Jo Pestum

Schneemänner auf Abwegen

Zwei Weihnachtskrimis in einem Band

Jo Pestum
studierte Malerei und arbeitet als Schriftsteller sowie als Film-, Funk- und Fernsehautor. Er zählt zu den bekanntesten deutschen Kinder- und Jugendbuchautoren.

Jo Pestum

Schneemänner auf Abwegen

Zwei Weihnachtskrimis in einem Band

Arena

1. Auflage 2009

Einband: Lisa Althaus
Gesamtherstellung: Westermann Druck Zwickau GmbH
ISBN 978-3-401-06367-6

www.arena-verlag.de

Inhalt

Jo Pestum

Die gefährlichen Schneemänner

Ein Weihnachtskrimi in 24 Kapiteln

Mit Bildern von Lisa Althaus

1. Kapitel

Bratwürste und Schneegestöber

Sie brüllten den Kanon so laut, dass die Fensterscheiben zitterten. Missis Blacky dirigierte.

I wish you a Merry Christmas,
I wish you a Merry Christmas,
I wish you a Merry Christmas
and a Happy New Year!

Roland sang extra falsch. Er war stinksauer. Vokabeltest in der sechsten Stunde! Das war doch eine Unverschämtheit, so etwas Hinterlistiges konnte man wirklich nicht machen. Und das ausgerechnet am Freitag, wo man auch noch eine anstrengende Schulwoche in den Knochen hatte. Außerdem waren es nur noch ein paar Tage bis zu den Weihnachtsferien. Wer kann sich denn da noch auf Vokabeln konzentrieren? Roland wusste, dass er den Test total vergeigt hatte. Und darum war er jetzt stinksauer. Wenn sie jetzt zum Schluss der Stunde noch ein bisschen zwitschern durften, dann machte das die Sache auch nicht mehr besser. Roland sang: »I wish you no Merry Christmas . . .« Und meinte natürlich Frau Schwarzhaupt.

Eigentlich mochte er die Englischlehrerin. Mit dem langen schwarzen Haar sah sie aus wie eine Indianersquaw, da passte der Name Schwarzhaupt prima, kein Wunder, dass sie von den Mädchen und Jungen Missis Blacky genannt wurde. Aber die Gemeinheit mit dem Vokabeltest wollte Roland ihr heute nicht verzeihen.

In den Gesangslärm hinein schrie er seinem Nebenmann Peter ins Ohr: »Mann, wann klingelt's denn endlich?«

»In tausend Jahren vielleicht!«, knurrte Peter. Er war auch sauer. Die letzte Stunde am Freitag schien immer eine halbe Ewigkeit zu dauern.

Aber dann schrillte die Schulklingel doch schon nach wenigen Sekunden. Schluss mit »Merry Christmas«. Jetzt hieß es: die Schultaschen geschnappt, mit Geschrei raus aus dem Klassenzimmer, blitzschnell in die Mäntel und Anoraks geschlüpft und hinein in das große Gewühl. Denn heute war ein besonderer Tag. Alle Schülerinnen und Schüler der Albert-Schweitzer-Schule hatten dasselbe Ziel.

Der Supermarkt am Konradsplatz feierte Eröffnung!

Seit Tagen verkündeten riesige Plakate, dass es zum Start ein Straßenfest geben werde mit Musik und zahlreichen Leckereien – und zwar alles umsonst. Trotz der Kälte drängelten sich natürlich alle vor den langen Holztheken, hinter denen komisch lächelnde Frauen in gelben Uniformen und mit gelben Mützchen standen und von gewaltigen Tabletts Bratwürste und Frikadellen, Krapfen mit Marmeladenfüllung und Lebkuchenherzen an die grapschende Menschenmenge verteilten. Freibier wurde ausgeschenkt und Glühwein. Für die Kids gab es Apfelschorle in Pappbechern. Die Leute benahmen sich, als ständen sie kurz vor dem Verhungern und Verdursten. Bunte Fahnen flatterten am Hausgiebel, Luftballone stiegen auf zum grauen Wolkenhimmel und Blasmusiker in Schwarzwälder Tracht schmetterten doofe Volksmusik.

Irgendwo in all dem Trubel standen Roland und Peter und schlugen sich die Bäuche voll. Bratwürste für lau! Das wollten sie sich doch nicht entgehen lassen, auch wenn die Würstchen ziemlich labberig und fast schon kalt waren.

Peter schlürfte seinen Becher leer und zeigte zu dem großen Firmenschild mit der Leuchtschrift über dem Eingang. »Viel zu bombastisch. Seit wann hat unsere kleine Stadt denn 'ne City?«

Das Schild verkündete mit mannshohen Buchstaben: ZITI-MARKT.

»Ich finde, der ganze Schuppen ist 'ne Nummer zu groß«, meinte Roland und stopfte sich einen Krapfen in den Mund.

»Wahrscheinlich glauben die, dass jetzt sämtliche Leute aus allen Dörfern der Umgebung hierher zum Einkaufen kommen.«

Peter nickte. »Ich frag mich bloß, was mit den anderen Geschäftsleuten geschieht. Müssen die dann ihre Läden dichtmachen, wenn ihre Kunden ab jetzt bloß noch zum Supermarkt laufen, weil's da ein paar Cent billiger ist?«

»Das ist leider das Problem«, bestätigte Roland. »Mein Vater hat mir erzählt, dass deswegen viele kleine Läden Pleite machen.«

Plötzlich hörten die Musiker auf zu blasen. Ein dicklicher Mann mit Pelzmütze trat ans Mikrofon und räusperte sich erst einmal. »Verehrte Mitbürgerinnen, verehrte Mitbürger, ich freue mich, dass Sie in so großer Zahl der Einladung zu unserer kleinen Einweihungsfeier gefolgt sind! Zunächst möchte ich mich Ihnen vorstellen. Ich heiße Laurenz Wollmann und bin der Leiter dieser neuen Ziti-Markt-Filiale . . .«

Jemand fing an zu klatschen. Wahrscheinlich war er einer von den Angestellten und tat das auf Anweisung. Dann klatschte die gesamte Menschenmenge Beifall. Peter und Roland sahen, dass auch der Bürgermeister, der Pfarrer und mehrere Ratsmitglieder heftig in die Hände schlugen. Eine Frau schwenkte einen Blumenstrauß.

»Mensch, ich kenne den Typ!« Roland boxte Peter so wuchtig in den Bauch, dass der den Pappbecher fallen ließ. »Der Wollmann, der war doch bisher Manager vom Autohaus Zumlauf. Guck an, guck an, jetzt spielt er den Supermarktfuzzi!«

Herr Wollmann hatte sich inzwischen in Fahrt geredet. Dass die Menschen in der Stadt sich nun glücklich schätzen könnten, alle Waren unter einem Dach zu äußerst günstigen Preisen einkaufen zu können, erklärte er. Und er schwadronierte von erstklassigem Service, geschultem und freundlichem Personal, großartiger Angebotspalette und Parkplatzkapazitäten. Klar, Schulbedarf und Schreibwaren finde man in reicher Auswahl, die Fleischtheke biete stets superfrische Ware und die Bäckerei Humann, sozusagen Shop in Shop, biete ofenfrische Backwaren aller Art an.

Dann hob Herr Wollmann geradezu feierlich die Hand. »Uns ist selbstverständlich bekannt«, rief er, »dass die Verbraucher bei uns im Schwarzwald ganz besonderen Wert auf biologisch hochwertige Nahrungsmittel legen. Dem haben wir mit unserer Abteilung für zertifizierte Bio-Produkte in besonderem Maße entsprochen.«

Er laberte noch weiter, doch auf einmal pfiffen kalte Windböen und dichtes Schneegestöber setzte ein. Der Bürgermeister kam gar nicht mehr dazu, seine Rede zu halten.

»Hiermit eröffne ich den Ziti-Markt!«, rief Herr Wollmann.

Die eine Hälfte der Leute strömte sofort in den Supermarkt, die andere Hälfte machte sich so schnell davon, dass die Frauen in den gelben Uniformen Mühe hatten, die Tische festzuhalten. Peter und Roland trotteten heimwärts.

»Mann, bin ich voll!«, stöhnte Peter. »Sieben Bratwürste mit Brötchen, vier Frikadellen, jede Menge Krapfen und dann noch die Lebkuchen. Hoffentlich muss ich nicht kotzen.«

»Ha, und ich erst!« Roland klopfte sich auf den Bauch. »Ich hab noch viel mehr gefuttert als du.«

In der Rathausstraße kamen die beiden Freunde an *Lucias Naturkost-Laden* vorbei. Durch die Schaufensterscheibe konnten sie sehen, dass kein einziger Kunde im Geschäft war. Lucia stand an die Kassentheke gelehnt und hielt die Hände vor das Gesicht.

»Sieht aus, als ob sie heult«, sagte Roland.

»Vielleicht hat sie Liebeskummer«, meinte Peter.

Warum weint Lucia wohl?

2. Kapitel

Roland glaubt nicht an Gespenster

Die Lichterketten am großen Weihnachtsbaum auf dem Marktplatz tanzten im Wind. Vom Wiesenhang am Stadtrand her waren aufgeregte Jubelschreie der Schlittenfahrer zu vernehmen. Die Kinder waren im Schneetreiben nicht zu sehen, doch der Wind trug ihre fröhlichen Stimmen bis in die Stadt. In der Nacht war Schnee gefallen und nun schneite es schon wieder. Vielleicht würde die Schneedecke bald auch für die Skifahrer dick genug sein.

Das hofften jedenfalls Peter und Roland. Ein tolles Wochenende könnte das werden! Bei der Apotheke schlugen sie zum Abschied die Hände gegeneinander. So machten sie es immer.

»Wir pennen erst mal aus!«, rief Peter. »So gegen zehn hole ich dich dann ab, okay? Dann schaun wir mal, was wir morgen so alles unternehmen.«

»Alles klar!«, brüllte Roland in den Wind hinein. Er trabte nach Hause und spürte merkwürdiges Rumoren in seinem Bauch. Ich hab mich eindeutig überfressen, dachte er. Seine Beine fühlten sich bleischwer an, als er die Treppe hinaufstieg. Die widerlich süßen Gerüche, die vom Friseursalon ins Treppenhaus drangen, schlugen ihm heute heftig auf den Magen. Rolands Eltern führten nämlich den *Damen- und Herrensalon Trautwein.*

Roland wusste, dass die Mutter für ihn und Barbara das Mittagessen in der Küche bereitgestellt hatte. Er brauchte es bloß aufzuwärmen. Aber ans Essen durfte Roland jetzt nicht denken, auch nicht an den vermasselten Vokabeltest. Er ließ in der Diele die Schultasche fallen, ging in sein Zimmer und schob die CD »War« von U2 ein. Dann legte er sich erst einmal auf sein Bett.

War er eingeschlafen? Plötzlich ging das Licht an. Die Mutter stand im Zimmer und tippte Roland auf die Nasenspitze. Roland rieb sich die Augen.

»Junge, du hast ja gar nichts gegessen! Ist dir nicht gut?«

Da konnte Roland nur müde grinsen. »Wenn du wüsstest, was ich alles verputzt habe. Ich war doch mit Peter bei der Eröffnung vom Supermarkt, da konnte man essen und trinken bis zum Abwinken. Alles umsonst. Stell dir das mal vor!«

»Na, die scheinen's ja zu haben.« Frau Trautwein schob die Hände in die Taschen ihres lindgrünen Kittels. »Aber so lockt man die Leute an. Die anderen Ladenbesitzer in der Stadt finden es nicht sehr lustig, dass ihnen die Kunden weggeschnappt werden. In den Geschäften war heute Nachmittag kaum was los. Und das an einem Freitag in der Vorweihnachtszeit!«

Roland sprang vom Bett auf und reckte und streckte sich erst einmal, um richtig wach zu werden. »Das rappelt sich schon wieder ein. So 'ne Eröffnungsveranstaltung ist halt die große Show für Neugierige.«

»Dein Wort in Gottes Ohr. Jedenfalls machen sich die Geschäftsleute große Sorgen um ihre Existenz.« Frau Trautwein schaute auf ihre Armbanduhr. »Hast du Barbara gesehen? Es ist schon ziemlich dunkel, sie müsste längst zu Hause sein.«

Roland schüttelte den Kopf. »Null Ahnung, wo sie steckt.«

»Dann saus mal los und such sie! Sie wollte mit den anderen Kindern zum Schlittenfahren auf dem Nordhang.«

»Aye, aye, Sir!« Roland grüßte zackig und grinste. »Ich werde sie verhaften und in Ketten legen.«

»Du komischer Clown!« Die Mutter kicherte. »Und sag mir Bescheid, wenn ihr wieder zu Hause seid, ja? Ich muss runter. Frau Mewes wartet unter der Trockenhaube auf mich.« Frau Trautwein eilte davon und klapperte die Treppe hinunter.

Roland schlüpfte in den Anorak, stülpte sich seine Speziallederkappe auf den Kopf und machte sich auf den Weg. Aus der düsteren Wolkendecke taumelten nur noch vereinzelte Schneeflocken. Der Wind wehte zugig durch die Straßen, war aber längst nicht mehr so kalt. Eine seltsam fahle Helligkeit lag über der Stadt. Ein paar Einkäufer hasteten noch kurz vor Ladenschluss umher, der Schneematsch spritzte unter ihren Schuhen. Die Schaufenster der Geschäfte waren weihnachtlich dekoriert, Lämpchen leuchteten zwischen Backwaren, Festtagsschinken und Spielzeugen. Da und dort dudelten Weihnachtslieder aus unsichtbaren Lautsprechern. Eine Frau im Pelzmantel ließ ihren Dackel mitten auf dem Bürgersteig pinkeln.

»Ferkel!«, knurrte Roland. Er wusste selber nicht so genau, ob er nun den Dackel meinte oder den rücksichtslos vorbeibretternden Autofahrer, der die Passanten mit Schmutzwasser-Fontänen übersprühte.

Drei einsame Kinder rodelten noch auf dem Nordhang: Barbara und ihre Klassenkameraden Jens und Orhun aus der Zweiten. Alle anderen Schlittenfahrer waren wohl längst zu Hause. Aber das war typisch für Rolands kleine Schwester. Sie konnte nie genug bekommen und musste immer alles bis zur völligen Erschöpfung auskosten.

Roland wartete unten am Hang, bis die drei Unentwegten jauchzend angesaust kamen.

Mit dem Fuß bremste er Barbaras Schlitten.

»Roland, was machst du denn hier?«

»Doofe Frage! Dich nach Hause holen. Die Mam macht sich schon Sorgen. Hast du 'ne Ahnung, wie spät es schon ist?«

Barbara protestierte. »Aber es macht doch so viel Spaß!«

»Schluss mit lustig!«, erklärte Roland und zog den Schlitten unter Barbaras Popo weg. »Du kommst jetzt mit, Babsy.«

»Du sollst nicht immer Babsy zu mir sagen, du Blödmann! Ich heiße Barbara. Bar-ba-ra!« Sie stand wütend auf und klopfte sich den Schnee vom Hosenboden. »Spielverderber!«

Doch als Orhun und Jens meinten, sie müssten nun auch

abschwirren, weil sie sonst zu Hause Ärger bekämen, gab Barbara ihren Widerstand auf. »Es war gerade so lustig! Das ist unfair«, nörgelte sie. Dann trottete sie trotzig hinter ihrem Bruder her.

Roland sah, dass in der Ferne beim Supermarkt alles hell erleuchtet war. Auf dem Parkplatz standen noch viele Autos. Barbara zog den Schlitten hinter sich her, bis sie den Stadtrand erreichten. Hier war der Schnee fast schon geschmolzen.

»He, Roland, du musst meinen Schlitten tragen!«

»Ist okay, olle Nervensäge.« Roland hängte sich den Schlitten über die Schulter.

»Und ich weiß was, was du nicht weißt. In Lucias Laden hat 'ne tote Maus zwischen den Apfelsinen gelegen. Stell dir das mal vor! Simones Mutter hat gesagt, das war unheimlich eklig gewesen. Un-heim-lich eklig.«

Roland antwortete nicht. Eine tote Maus? Im Naturkost-Laden war doch immer alles ganz sauber und proper. Was hatte das zu bedeuten? Hatte Lucia deshalb geweint?

Barbara wusste noch mehr. »Ich hab einen ganz komischen Schneemann gesehen. Oben am Waldrand. Ich wollte mit dem Schlitten gerade Anlauf nehmen zum Runtersausen, da hab ich ihn gesehen. Er stand unter den Bäumen und hatte was Schwarzes im Gesicht.«

»Na und?« Roland lachte spöttisch. »Soll ja schon mal vorkommen, dass die Kids sich Schneemänner bauen.«

Doch Barbara war noch nicht fertig. »Der Schneemann hat sich aber bewegt und ist dann weggelaufen. Echt spukig. Wie so ein Gespenst.«

Roland tippte sich an die Stirn. »Wer glaubt schon an Gespenster! Das hast du geträumt. Du bist 'ne Spinnerin.«

Spinnt Barbara wirklich?

3. Kapitel

Ziegen haben keine Hände

Es wurde nichts mit dem Ausschlafen. Als Peters Handy dudelte, war es noch dunkel. Peter schreckte auf und stammelte schlaftrunken seinen Namen. Er lauschte dem aufgeregten Gebrabbel und begriff dann allmählich, dass seine Klassenkameradin Anne die Anruferin war.

»Peter, wir brauchen Hilfe! Alle unsere Ziegen sind ausgebüxt. Laufen jetzt wahrscheinlich im Wald rum. Wir müssen sie schnell wieder einfangen. Aber da brauchen wir Hilfe. Du musst sofort kommen.«

»Wa-wa-wann sind die denn ausgebüxt?«, fragte Peter und war noch immer nicht richtig wach.

»Keine Ahnung. Irgendwann in der Nacht. Und den Roland musst du auch mitbringen, okay? Beeilung!« Anne hatte ausgeschaltet.

Peter beeilte sich also. Er spritzte sich ein paar Tropfen Wasser ins Gesicht, zog sich in Windeseile an und kritzelte in der Küche hastig eine Nachricht für die Eltern auf einen Zettel: *Ich bin bei Roland.* Dann grapschte er sich eine Toastscheibe aus dem Brotkorb und düste in Weltrekordzeit zum Haus der Trautweins.

Dort brannte schon Licht. Für Friseurinnen und Friseure sind die Samstage ja besonders stressige Arbeitstage. Verwundert öffnete Rolands Mutter die Wohnungstür, als Peter nach heftigem Sturmgeklingel die Treppe hochgetrampelt kam.

»Peter? So früh? Was ist denn los?«

»Tut mir leid, aber ich muss Roland aus dem Bett schmeißen. Anne hat mich gerade angerufen. Auf Brockmeyers Ziegenhof sind sämtliche Viecher ausgebrochen. Wir müssen jetzt sofort beim Einfangen helfen.«

Peter stürmte in Rolands Zimmer und riss dem Schnarcher

die Bettdecke weg. »Raus aus der Koje, du Penngurke! Einsatz für Cowboys ist angesagt. Schmeiß dich schnell in deine Klamotten!«

Roland rieb sich die Augen. Er fand Peters Auftritt gar nicht witzig. »Hast du 'n Rad ab?«, schnauzte er. »Es ist noch mitten in der Nacht!« Aber als er erfuhr, worum es ging, war er sofort hellwach. Er mochte die Brockmeyers, und wenn die Hilfe brauchten, dann konnten sie selbstverständlich auf ihn zählen. Er verschwand einige Sekunden im Badezimmer, zog sich dann ruck, zuck an und war startbereit. Seinem Vater, der in der Küche am Frühstückstisch saß, riss er das Leberwurstbrötchen aus der Hand und rannte mit Peter los. Kauen konnte man auch beim Rennen.

Patrick und Ulla Brockmeyer, Annes Eltern, hatten vor Jahren ein altes Bauernhaus mit Scheune und Stall gekauft und sorgfältig renoviert. Dort züchteten sie Ziegen und produzierten erstklassigen Ziegenkäse, der war in der ganzen Gegend berühmt. Ihr Ziegenhof lag oberhalb des Nordhanges mitten in einer großen Wiese.

Inzwischen war es schon ziemlich hell geworden. Schneegeruch lag in der Luft. Oben am Waldrand lärmte ein Krähenschwarm. Die beiden Jungen ächzten den Hang hoch, der von den Kufen der Schlittenfahrer zerfurcht war. Wieder und wieder glitten sie auf dem glitschig nassen Schnee aus und kamen trotz der Morgenkälte mächtig ins Schwitzen. So beschwerlich die Kraxelei auch war: Der Aufstieg über den Hang war eindeutig eine Abkürzung, denn die Straße wand sich in zahlreichen Serpentinen zur Hügelkuppe hoch.

»Da seid ihr ja endlich!«, rief Anne, als Roland und Peter keuchend den Ziegenhof erreichten.

»Was heißt hier endlich!«, protestierte Peter. »Schneller hätte es nicht mal Schumi in seinem Ferrari geschafft. Warum lasst ihr auch eure Ziegen einfach weglaufen? Man muss so 'ne Stalltür eben richtig zumachen.«

»Klugscheißer!« Anne blaffte Peter zornig an. »Unsere Ziegen sind nicht einfach weggelaufen. Da hat jemand nachgeholfen, nur dass ihr's wisst. Den Riegel vom Stalltor kann man nur von außen öffnen. Da hätten die Ziegen schon durchs Fenster greifen müssen. Und wie hätten sie überhaupt das Fenster aufkriegen sollen? Ziegen haben nämlich keine Hände. Das müsstest selbst du wissen. Und die Kette vom Weidezaun ist auch geknackt worden.«

»Vielleicht waren es ja Gespenster«, versuchte Peter zu witzeln. »Mit Gespenstern muss man immer rechnen.«

Gespenster! Da machte es klick! in Rolands Kopf. Hatte Barbara am Ende doch nicht gesponnen? Der Schneemann, der laufen konnte und angeblich spukig wie ein Gespenst gewesen war . . . Aber zum Grübeln blieb jetzt keine Zeit.

»Kommt schnell, es geht gleich los!«, rief Anne.

Bei der offenen Stalltür warteten Ulla, Patrick und ein paar Leute von den Höfen aus der Umgebung. Auch Annes Freundin Katrin war gekommen.

»Hallo, Peter und Roland! Das ist toll, dass ihr uns helfen wollt.« Aufgeregt winkte Ulla den beiden Jungen zu.

Roland ging ein paar Schritte in den Stall hinein. Leer, völlig leer. Er schnüffelte. »Puh, wie das stinkt!«

Da entgegnete Anne streng: »Ziegen stinken nicht, sie duften.«

Patrick zog sich die Strickmütze tief ins Gesicht und wischte Nässetropfen aus seinem Vollbart. »Ich schätze, es ist jetzt hell genug. Gehen wir die Sache an! Wir müssen uns auf der Rückseite des Wäldchens ein bisschen verteilen und die Tiere dann ganz behutsam hierher auf die Weide treiben. Nur keine Hektik! Wenn sie scheu werden, rennen sie in alle Himmelsrichtungen davon. Dann stehen wir schön blöd da. Und sie sind schlau, die Ziegen. Machen sich gern einen Jux daraus, die Menschen auszutricksen. Also, ganz ruhig und schön langsam.«

Ulla guckte besorgt. »Sie müssten längst gemolken werden.«

Peter hatte sich hingekniet und prüfte sorgfältig die dünne Schneedecke vor der Stalltür. »Wenn irgendein fremder Knilch heimlich die Stalltür aufgeriegelt hat, dann müsste man ja eigentlich Fußspuren im Schnee sehen. Aber von den tausend Ziegenhufen sind die wohl völlig verwischt worden.«

»Mann, du redest ja wie ein Detektiv!« Patrick staunte. »Aber es sind keine tausend Ziegenhufe, sondern genau hundertundacht.«

»Hä?« Peter war verblüfft. »Woher wissen Sie das?«

Anne mischte sich ein. »Peter, bist du so blöd oder tust du nur so? Patrick wird doch wohl wissen, wie viele Ziegen wir haben. Teil doch mal hundertundacht durch vier, dann weißt du's auch.«

Peter haute sich die Fäuste vor den Kopf. Klar – peinlich, peinlich. Dann rechnete er schnell. »Siebenundzwanzig Ziegen. Wir müssen siebenundzwanzig Ziegen einfangen.«

»Bingo!« Anne lachte.

Roland hatte auch nachgedacht. »Jedenfalls wissen wir, dass die Ziegen erst aus dem Stall gelaufen sind, als es schon aufgehört hatte, zu schneien. All diese Spuren wären sonst längst wieder zugeschneit.« Er zeigte die Richtung. »Ganz deutlich – alle Spuren führen zum Wäldchen hinauf.«

Patrick mahnte zur Eile. »Auf geht's. Mir nach!«

Warum wurden die Ziegen heimlich aus dem Stall getrieben?

4. Kapitel

Anne hat einen Verdacht

Die kleine Schar der Ziegenfänger schlich vorsichtig gen Westen durch das Unterholz. Sie hatten eine Kette gebildet mit einem Abstand von ungefähr zehn Schritten. Schneepolster plumpsten hinunter, wenn einer einen Zweig berührte. Es war ganz still im morgendlichen Wald. Trittspuren von Kaninchen, Vögeln und Wieseln bildeten ein seltsames Muster.

Roland fand das alles sehr spannend. Er kam sich vor wie ein Trapper in Alaska. Und dann war er der Erste, der die Ziegen entdeckte. Am Rande der Schonung, wo Buchensetzlinge gepflanzt waren, knabberten sie an den jungen Zweigen. Einige Tiere pflügten mit den Nasen durch den Schnee, als ob sie nach frischem Gras suchten. Roland sah die prallen Euter. Keine Frage, die Ziegen mussten dringend gemolken werden.

»Jetzt im Halbkreis weiter!«, zischte Patrick. »Langsam, langsam! Wir dürfen sie nicht erschrecken.«

Aber jetzt hatten die Ziegen die Menschen entdeckt. Sie hoben die Köpfe und guckten fast spöttisch, als lachten sie ihre Verfolger aus.

»Brav, ganz brav!« Ullas Stimme war den Ziegen natürlich vertraut. »Jetzt geht's ganz brav nach Hause. Hopp, meine Lieben! Im Stall gibt's feines Heu. Macht jetzt bloß keinen Quatsch!«

Nur ein bisschen Unruhe kam auf, ein bisschen Hüpferei, ein bisschen Gemecker. Dann rotteten sich die Tiere zusammen und setzten sich beruhigt und zügig trippelnd in die Richtung in Bewegung, die zum Ziegenhof führte.

Aber eine spielte verrückt. Sie bäumte sich auf und vollführte drollige Sprünge. Unter höhnischem Gemecker preschte sie im Slalom zwischen den Buchenstämmen hindurch, tiefer in den Wald hinein. Das Euter schlackerte wie ein Mehlsack.

»Das ist Kleopatra!«, schrie Anne. »Die hat mal wieder ihren Rappel gekriegt, die blöde Zimtziege. Los, ihr drei«, trieb sie Katrin und die Jungen an, »schnell, wir müssen ihr nach!«

Wie geölte Blitze hasteten sie hinter der flüchtenden Ziege Kleopatra her. Roland hatte gar nicht gewusst, dass Ziegen so flink sind. Der Kleopatra schien das Fangenspielchen zu gefallen. Immer wieder schlug sie Haken und stieß fröhliches Gemecker aus. Peter fluchte und schimpfte, weil ihm Zweige ins Gesicht peitschten. Zu allem Elend stolperte er auch noch über eine Baumwurzel, die er unter dem Schnee nicht bemerkt hatte, und rutschte mit dem Gesicht durch matschiges Laub.

Roland lachte schadenfroh. »Versuch's doch mal mit 'nem Snowboard! Das ist viel eleganter.«

»Quatscht nicht so viel!«, rief Katrin. »Rasch, weiter!«

Peter rieb sich die Nase und rappelte sich hoch. Dann rannte er hinter Anne, Roland und Katrin her. Kleopatra hatte einen großen Vorsprung. Doch dann geriet sie in die Brombeerranken und verhedderte sich. Ende der Flucht!

Anne packte die Ziege beim linken Horn, Katrin beim rechten. Roland fasste nach dem Stummelschwanz. Und dann kam auch Peter angejapst, riss sich den Gürtel aus den Jeans und schlang ihn der Ziege um den Hals. Kleopatra wehrte sich nicht. Offenbar hatte ihr der Spaß gereicht. Ohne Mucken ließ sie sich nun zum Ziegenhof führen.

Dort waren Ulla und Patrick schon wie die Weltmeister beim Melken. Die Nachbarn waren nach Hause gegangen. Patrick knurrte zornig vor sich hin, sein Bart schien unter Strom zu stehen.

»Wer tut uns nur so etwas an!« Auch Ulla war außer sich. »Das war ein verdammt gemeiner Scherz. Das kann doch bloß ein hirnverbrannter Idiot gewesen sein. Ich verstehe das nicht.«

Patrick knurrte: »Wenn ich den Schweinehund in die Finger

kriege, dann – dann – dann . . .« Was er mit diesem Schweinehund anstellen würde, verriet er nicht. »Außerdem war das kein Scherz, das war gezielte Sabotage. Da will uns jemand ernstlich schaden. Ich werde an der Stalltür und am Weidegatter ganz dicke Vorhängeschlösser anbringen, das ist mal klar. Und am Haus lasse ich eine Warnanlage installieren.« Er starrte wütend vor sich hin. »Das fehlte gerade noch, dass so ein Fiesling in unsere Käserei eindringt, die Geräte zerstört und sich vielleicht noch an den Lagerbeständen vergreift. Dann wären wir ruiniert.«

»Patrick, mal doch nicht gleich den Teufel an die Wand«, sagte Ulla, die dem Weinen nahe war. »So etwas muss sich ja nicht wiederholen. Da hat sich jemand einen bösen Spaß erlaubt und . . .«

Patrick Brockmeyer unterbrach seine Frau. »Das war kein Spaß, das war Ernst. Ich werde auf jeden Fall Strafanzeige gegen unbekannt erstatten.«

»Das bringt doch nichts!«

»Dann ist die Sache jedenfalls schon mal aktenkundig bei der Polizei, falls dieser Schweinehund noch einmal zuschlagen sollte.« Patrick stöhnte. »Mist, jetzt ist es schon nach neun Uhr! Die Kunden werden mir den Kopf abreißen.« Er zog so heftig an den Zitzen, dass die Ziege, die er gerade molk, fast senkrecht in die Höhe schnellte.

Roland und Peter verstanden Patricks Nervosität. Normalerweise belieferte der nämlich seine Geschäftspartner früh am Morgen mit frischen Ziegenmilchprodukten und Käselaiben aus den Lagerbeständen. Heute war geschäftsoffener Samstag bis zum Abend, die Läden hatten längst geöffnet, die Händler warteten auf die Ware vom Ziegenhof.

Anne bugsierte ihre Freundin Katrin und die beiden Jungen hinüber ins Wohnhaus. »Ihr habt doch garantiert noch nicht gefrühstückt. Kommt mit, ich brate Spiegeleier.«

Das hörte Peter gern. »Keine schlechte Idee. Mein Magen

hängt schon unter meinen Schuhsohlen. Und wie ich den verfressenen Roland kenne, geht's dem auch so.«

In der Küche stellte Anne die allergrößte Pfanne auf den Herd und briet Butter an. Dann holte sie das Eierkörbchen aus der Vorratskammer. Roland säbelte derweil jede Menge Scheiben vom Landbrot ab. Dann begann das große Schlemmen. Katrin schenkte Ziegenmilch aus. Selbst Peter, der eigentlich Milch nicht mochte, schlürfte begierig.

»Schöner Schreck am Morgen«, sagte Roland mit vollem Mund.

»Man müsste jetzt rauskriegen, welcher Armleuchter die Ziegen aus dem Stall gescheucht hat.« Patrick hatte ihn mit einem *Detektiv* verglichen. Dieses Wort schwirrte nun in seinem Kopf herum. »Da stellt sich zunächst die Frage nach dem Warum. Warum will dieser Unbekannte euch einen Schaden zufügen?« Roland zielte mit der Gabel auf Anne. »Kannst du dir das irgendwie vorstellen?«

Anne zögerte und starrte zur Decke. »Na ja«, murmelte sie dann, »ich hab da so einen Verdacht. Es gibt so einige Bauern und Viehmäster hier in dieser Gegend, die haben was gegen ökologische Landwirtschaft und artgerechte Tierhaltung. Das sind diese Fritzen mit der großen chemischen Keule und den Unkrautvernichtungsgiften. Besonders die Schweinemäster mischen ja so komische Wachstumsbeschleuniger ins Futter. Vielleicht haben sie ja Angst, dass die Leute nur noch bei uns einkaufen? Immerhin hat ja sogar der neue Leiter vom Supermarkt betont, dass sich viele Leute hier für Bio-Produkte interessieren.«

Teilen Roland und Peter Annes Verdacht?

5. Kapitel

Zwei Detektive kombinieren

Endlich konnte Patrick Brockmeyer mit seinem Landrover losbrausen, um die Kunden zu besuchen. Ulla machte sich daran, den Stall auszumisten und die Ziegen zu füttern. Anne und Katrin halfen ihr bei der Arbeit.

Da kamen sich Peter und Roland ziemlich überflüssig vor und verabschiedeten sich. Ulla rief ihnen ein Dankeschön nach. Feiner Schnee wehte den beiden Jungen sacht wie Staub in die Gesichter, als sie vom Waldrand her den Nordhang erreichten. Es war so höllisch glatt, dass der Abstieg eine einzige Rutschpartie wurde. Die Kids mit den Schlitten waren wieder fröhlich beim Rodeln. Irgendwo in der Menge befand sich natürlich auch Barbara, aber sie bemerkte ihren Bruder und dessen Freund nicht, weil sie sich darauf konzentrieren musste, Zusammenstöße mit anderen Schlittenfahrern zu vermeiden.

»Babsy hat behauptet, sie habe gestern Abend einen geheimnisvollen Schneemann oben am Waldrand beobachtet«, sagte Roland. »Spukig sei's gewesen, weil sich der Schneemann angeblich auf einmal bewegt hätte. Und was Schwarzes hätte der im Gesicht gehabt. Ob das vielleicht der Knilch war, der die Ziegen aus dem Stall gescheucht hat?«

»Ein Schneemann, der sich bewegt hat?« Peter tippte sich an die Stirn. »So ein Quatsch! Ich schätze, dein Schwesterherzchen hat sich mal wieder die falschen Filme in der Glotze angeguckt. Die und ihre Fantasie!« Peter lachte glucksend.

Aber Roland meinte, vielleicht sei es doch kein Quatsch gewesen. »Ich kombiniere jetzt mal wie ein Detektiv.« Er hob die Hände, als wollte er ein Orchester dirigieren. »Wenn Anne mit ihrem Verdacht recht hat, dann muss sich ja irgendjemand von den Bauern an den Ziegenhof rangeschlichen haben. Und wie tarnt man sich am besten, wenn die ganze Landschaft weiß ist?«

»Na ja, man zieht sich weiße Klamotten an.« Peter hatte begriffen. »So könnte es gewesen sein: Da hockt einer in ’nem weißen Dress zwischen den Büschen, und Barbara denkt zuerst, dass sich ein paar Kids einen Schneemann gebaut haben. Aber dann ist der Schneemann gar kein Schneemann, sondern ein verkleideter Armleuchter, der sich an Brockmeyers Ziegenstall anpirscht, die Kette vom Gatter knackt und dann die Stalltür öffnet. Und da frage ich mich jetzt mal detektivmäßig, was für Typen denn so normalerweise in weißen Anzügen rumlaufen.«

»Ärzte zum Beispiel«, sagte Roland, »und Krankenpfleger und so. Aber Bauern doch nicht!«

»Nee, Bauern bestimmt nicht«, bestätigte Peter. »Außerdem müsste es auch was Plustriges gewesen sein, wenn’s nach Schneemann ausgesehen hat. Ich denk da mehr an so Astronautenanzüge. Hast du mal Bilder von der Mondlandung gesehen?«

Roland lachte laut. »Meinst du, hier ist ein Astronaut von der NASA gelandet? Das ist doch Käse mit Soße!« Dann wurde er wieder ernst. »Jedenfalls hat Babsy erzählt, der Schneemann sei ziemlich gespenstisch gewesen. So ein weißer Arztanzug wirkt jedenfalls nicht gespenstisch. Du hast gerade gesagt: was Plustriges. Das ist vielleicht gar nicht so doof. Was für Leute tragen denn plustrige weiße Anzüge?«

Da geriet Peter richtig in Fahrt. »Na, Feuerwehrmänner zum Beispiel, wenn es in ’ner Fabrik gebrannt hat und Giftgase ausströmen! Außerdem setzen die sich dann auch Gasmasken auf. Hat deine Schwester nicht behauptet, der Schneemann hätte was Schwarzes vor dem Gesicht gehabt?«

»Das könnte aber auch so eine Wollmaske gewesen sein«, meinte Roland. »Sturmhaube oder so. Wie die Spezialeinheiten der Polizei sie überziehen und die Bankräuber, damit man die Gesichter nicht erkennen kann. Und wer trägt sonst noch solche weißen Schutzanzüge?«

Peter kannte sich da aus. »In Fernsehkrimis kann man das doch immer sehen. Die Beamten von der Spurensicherung, die laufen mit weißen Overalls rum und weiße Handschuhe haben die an, damit sie die Fingerabdrücke der Täter nicht verwischen. – Aber wie sollen denn die Bauern an solche Anzüge kommen?«

»Keine Ahnung«, sagte Roland. »Aber mir fällt gerade ein, dass ja auch die Wissenschaftler in den Forschungslaboren weiße Schutzanzüge über ihren Klamotten tragen müssen.«

Peter sah ihn fragend an. »Na und? So eine Ausrüstung haben die Bauern doch erst recht nicht. Vielleicht sind wir auf 'nem ganz falschen Trip. Unser komischer Schneemann gehört vermutlich gar nicht zu den Bauern, die was gegen die Öko-Fuzzis haben. Ich könnte mir denken, dass irgendein anderer Konkurrent den Brockmeyers schaden will, einer, der auch 'ne Ziegenkäserei hat.«

»Gibt es denn hier in der Gegend noch einen Ziegenhof mit einer Käserei?«, fragte Roland.

Peter hatte auch keine Ahnung. »Sollen wir mal die Lucia fragen? Immerhin hat sie ja einen Naturkost-Laden, da müsste sie sich doch eigentlich auskennen.«

Lucia! Das war für Roland das Stichwort. »Mensch, das hab ich dir doch noch gar nicht erzählt! Bei Lucia hat gestern jemand heimlich eine tote Maus in die Apfelsinenkiste geschmissen. Das sei unheimlich eklig gewesen, hat Simones Mutter gesagt.«

Peter schob die Mütze aus der Stirn und legte die Hände an die Schläfen. Anscheinend konnte er so besser nachdenken. Plötzlich schlug er sich mit der Hand gegen die Stirn – auch das schien ihm das Denken zu erleichtern – und fragte: »Glaubst du an Zufälle?«

Roland war verblüfft. »Zufälle? Wieso?«

»Na ja, irgendwie kommt mir das alles seltsam vor: Erst schleicht ein geheimnisvoller Unbekannter, der wie ein Schneemann aussieht, am Abend durch die Gegend. Dann werden bei den Brockmeyers im Dunkeln die Ziegen aus dem Stall gescheucht. Und dann liegt bei Lucia plötzlich 'ne tote Maus in der Obstkiste. Das kann doch kein Zufall sein. Ich wette meine Nase gegen hundert Bratwürste, dass es da einen Zusammenhang gibt. Nimmst du die Wette an?«

Roland grinste breit. »Da müsste ich doch bescheuert sein. Aber ich glaube auch, dass irgendjemand etwas gegen Leute hat, die mit Bio-Ware handeln. Die Frage ist bloß, ob es sich um einen Konkurrenten handelt oder um Gegner ökologischer Produkte. Hopp, komm schon, wir befragen Lucia!«

Mittlerweile waren die beiden in der Stadt angelangt. Es war ganz schön voll. Nicht nur beim neuen Ziti-Markt, sondern auch in den anderen Läden der Einkaufsstraßen herrschte so eine Art Großkampftag. Verkaufsoffener Samstag in der Adventszeit – da war wohl die gesamte Stadt im Kaufrausch. Weihnachtsgesänge plärrten aus Lautsprechern, Tannengirlanden schaukelten im Wind, überall flimmerten Lichter. Und der Schnee rieselte leise.

Auch in Lucias Naturkost-Laden *rieselte der Schnee* – so tönte es zumindest aus dem Lautsprecher. Wie überall heute war es auch hier so voll, dass man kaum zwischen den Kisten und Schachteln und Regalen hindurchkam. Lucia war voll im Stress.

Sind Roland und Peter auf einer heißen Spur?

6. Kapitel

Ein Untier fletscht die Zähne

Roland und Peter mochten Lucia gern. Nicht nur, weil sie freundlich und freigiebig war, sondern auch, weil sie ziemlich hübsch war: Mit dem rötlichen Krussellockenhaar und dem feinen Gesicht erinnerte sie beinahe an einen Weihnachtsengel. Lucia war eine erstklassige Sportlerin. In der Basketballmannschaft spielte sie Center und auf Skiern war sie die schnellste Slalomfahrerin der ganzen Gegend.

Die Jungen mussten ziemlich lange warten, bis sich der Laden zwischendurch ein wenig leerte und Lucia eine kleine Verschnaufpause einlegen konnte.

»Schön, euch zwei Asse mal wieder zu sehen!« Sie boxte den beiden vor die Brust. »Was gibt's?«

»Du kannst uns ein paar Fragen beantworten«, sagte Peter.

Lucia fasste sich an den Kopf. »Nein! Fragt mich jetzt bloß nicht auch noch nach der toten Maus! Die halbe Stadt redet schon darüber. Ich fürchte, ich werde einige Kunden verlieren.«

Peter hob beschwichtigend die Hand. »Also, jetzt beruhig dich mal! Die Leute wissen schon, was sie an dir haben. Die standen doch regelrecht Schlange, um in den Laden hineinzukommen!«

»Hör schon auf, du Schmeichler!« Lucias Gesicht verdunkelte sich. »Ich frage mich wirklich, welcher Vollidiot das getan haben könnte. Das war kein Jux. So etwas ist geschäftsschädigend. – He, was ist mit euren Fragen?«

»Hast du einen Verdacht?« Roland zog die Mütze tief ins Gesicht, weil er das cool fand. »Hat sich jemand von den Leuten im Laden irgendwie auffällig benommen?«

Lucia machte große Augen. »Sagt mal, spielt ihr jetzt Kriminalpolizei?«

»Wir verstehen uns eher als Privatermittler, wenn du verstehst«, erklärte Peter gelassen und Roland zog seine Mütze noch ein paar Zentimeter tiefer. »Es gibt da so ein paar Zusammenhänge. Kann gut sein, dass wir auf einer heißen Spur sind.«

»Ach ja?« Lucia gab sich Mühe, die zwei Jungen ernst zu nehmen, aber dann konnte sie sich das Grinsen doch nicht verkneifen. »Also, als das gestern mit der ekligen Maus passierte, da hatte ich mehrere Kunden im Laden. Die meisten kannte ich, aber zwei, drei Unbekannte waren auch dabei. So genau kann ich mich nicht erinnern. Jedenfalls schrie Frau Möbius plötzlich wie am Spieß und zeigte auf die Maus. Ich hatte die Apfelsinen erst kurz vorher in die Kiste gepackt. Die Maus konnte da also noch nicht lange gelegen haben, war aber schon ziemlich vergammelt.« Lucia schüttelte sich. »Sagt, was ist denn nun mit eurer heißen Spur? Was für Zusammenhänge . . .«

Roland unterbrach Lucia mit einer lässigen Geste. »Du bist nicht die Einzige, bei der ein geheimnisvoller Täter zugeschlagen hat. Den Brockmeyers hat irgendjemand in der Nacht sämtliche Ziegen aus dem Stall getrieben.«

Hastig berichteten die Jungen, was sich auf dem Ziegenhof ereignet hatte. Sie sähen da einen Zusammenhang, erklärten sie, und es könne gut sein, dass sich irgendwelche Dunkelmänner gegen die »Öko-Fritzen« verschworen hätten.

»Vielleicht ist das erst der Anfang«, flüsterte Roland.

Lucia war abgelenkt, weil neue Kunden ihren Laden betraten. Dann sagte sie: »Jetzt verstehe ich, warum Patrick noch nicht hier eingetrudelt ist. Ich warte dringend auf seine Käselieferung.« Sie ballte die Fäuste. »Blöde Hühnerkacke, ich krieg die Krise! Endlich habe ich die Leute hier so weit, auch mal bei mir einzukaufen, obwohl es teurer ist, und da wollen rückständige Dumpfbacken unseren Erfolg verhindern. Ich versteh das einfach nicht. Eigentlich haben doch schon ziemlich viele Leute begriffen, dass sie nicht nur der Natur, sondern auch sich selbst einen Gefallen tun, wenn sie biologisch hochwertige Nahrungsmittel . . .«

Roland kicherte. »Genau das hat der Boss vom neuen Supermarkt gestern bei der Eröffnung auch gepredigt.«

»Ach, der!« Lucia blies die Backen auf. »Das ist doch nix als heiße Luft. Die machen doch eh bloß auf billig, billig, wie wollen die da wirkliche Qualität . . .«

Lucia kam nicht weiter. Ihre Kunden brauchten sie. Irgendjemand fragte nach dem Herkunftsland der Paranüsse, ein anderer wollte sich ungespritzte Zitronen auswiegen lassen und der dritte suchte die Gläser mit den eingelegten schwarzen Oliven.

Peter hielt Lucia am Kittelärmel fest. »Eine Frage noch. Gibt es hier in der Nähe außer den Brockmeyers noch irgendwen, der Ziegen hat?«

»Soll das wieder 'ne detektivische Frage sein?« Lucia überlegte kurz. »In der Gärtnerei Fleckhorst hab ich mal Ziegen gesehen. Von den Fleckhorsts beziehe ich übrigens viel Gemüse für meinen Laden. – So, Schluss mit dem Verhör, ihr Privatschnüffler! Ich muss mich um die Kunden kümmern.«

Als Peter und Roland dann auf der Straße standen, hielten sie erst einmal Kriegsrat. Wenn der eine Ziegenhalter den anderen Ziegenhalter als scharfen Konkurrenten sah und ihm deshalb das Geschäft vermasseln wollte, dann machte die Sache mit der Maus doch keinen Sinn, denn auf die Bio-Läden in der Umgebung waren sie doch angewiesen. Das waren die wichtigsten Abnehmer für ihre Erzeugnisse. Denen wollten sie bestimmt nicht schaden!

»Vielleicht hat die Maus mit den Ziegen gar nichts zu tun«, gab Roland zu bedenken. »Auf jeden Fall sollten wir uns bei der Gärtnerei Fleckhorst mal genau umschauen. Könnte ja sein, dass wir einen Hinweis auf den komischen Schneemann finden – seine Verkleidung oder so. Sehe ich das richtig, Herr Privatermittler?«

»Das sehen Sie richtig, Herr Privatermittler.« Peter feixte. »Immer vorausgesetzt, dass deine Schwester sich den Schneemann nicht einfach nur ausgedacht hat. Und die Sache mit Fleckhorsts Ziegen müssen wir natürlich auch überprüfen. Auf geht's!«

Die Jungen kannten den Weg zur Gärtnerei am westlichen Ende der Stadt. Eine Birkenallee führte zu dem flachen Gebäudekomplex, den ausgedehnten Gartenflächen und den Gewächshäusern mittendrin. Noch immer stäubte feiner Schnee.

Der Parkplatz vor dem Gitterzaun war rappelvoll. Hier wurden Weihnachtsbäume verkauft. Familien mit kreischenden Kindern suchten nach den schönsten Tännchen und Fichten. Niemand achtete auf die beiden Jungen, die um die Hausecke huschten und dann geduckt zwischen den Hecken zu den gläsernen Treibhäusern vordrangen. Von irgendwelchen Ziegen war nichts zu sehen.

»Garantiert gibt es hier irgendwo einen Geräteschuppen«, sagte Peter, »da hängen mit Sicherheit auch die Anziehklamotten rum. Regenjacken und so. Wenn wir da so einen weißen Schutzanzug fänden – Mann, das wär was!«

Sie stapften durch ein abgeerntetes Gemüsebeet. Erdklumpen klebten an ihren Schuhen. Die Jungen schlichen auf ein Glashaus zu, an das sich ein gemauerter Trakt anschloss. Wurden hier die Gartengeräte aufbewahrt?

Roland legte die Hände ans Gesicht und peilte durch die Glaswand. »Kannst du was erkennen?«

Gerade setzte Peter zu einer Antwort an, da hörten sie plötzlich hinter sich ein heiseres Knurren. Erschrocken fuhren sie herum und erstarrten. Da stand ein gewaltiges Untier und fletschte die Zähne.

Sind die Detektive jetzt in Gefahr?

7. Kapitel

Katrin kommt zur rechten Zeit

D-d-das ist ein Hund!«, wisperte Peter. »B-b-bloß nicht bewegen! Der will uns fressen.«

»Das könnte aber auch glatt ein Löwe sein«, hauchte Roland mit zittriger Stimme. »Mann, was für Zähne! Jetzt sind wir verloren. Das Viech hat was gegen uns.«

Das Knurren wurde noch aggressiver. Speichel tropfte dem Tier von den Lefzen. Wenn dies wirklich ein Hund war, dann war es ein Monsterhund. So riesig, so zottelig und so kraftstrotzend!

»Sollen wir um Hilfe rufen?«, fragte Peter und heulte fast.

Doch auf einmal ertönte eine Donnerstimme. »Haben wir euch ertappt, ihr Halunken! Kommt bloß nicht auf den Gedanken, zu fliehen. Ihr sitzt in der Falle. Und jetzt rufe ich die Polizei.«

Ein Mann kam da gelaufen, ein Kleiderschrank von einem Mann. Auf seinem großen Schädel hüpfte ein lächerlich kleines Lodenhütchen. Der Mann spuckte Gift und Galle und schwang einen Reisigbesen.

»W-w-wir sind völlig unschuldig!«, schrie Roland. »Wir wollen doch bloß mal gucken . . .« Roland kam nicht weiter. Ihm fiel nicht ein, was Peter und er gucken wollten, obwohl er doch sonst um Ausreden nie verlegen war. Er konnte doch nicht sagen: »Wir suchen nach einem weißen Schneemannanzug.«

Der Mann stand nun neben dem knurrenden Hund und fummelte ein Handy aus der Brusttasche seiner Lederweste. »Unschuldig? Dass ich nicht lache! Ihr wart das. Ihr habt unseren ganzen Grünkohl zertrampelt. Aber wartet, ihr Bürschchen, das kommt euch teuer zu stehen. Die Polizei wird gleich hier sein.«

»Sie irren sich!«, stammelte Peter. »Wir sind nur . . .«

»Das könnt ihr alles der Polizei erzählen, ihr Strolche.« Der Mann schwang den Besen. »Man sollte euch was hinter die Löffel hauen. So jung noch und schon kriminell!«

Der Hund bellte, als wollte er das bestätigen.

Da rief plötzlich eine helle Lachstimme: »Aber Opa, was redest du denn da? Das sind doch Roland und Peter! Klassenkameraden von mir. Die waren ganz bestimmt nicht die Täter.«

Den beiden Jungen fielen vor Verblüffung fast die Augen aus den Köpfen. »Katrin, was machst du denn hier?«, fragten sie wie aus einem Mund.

Katrin zeigte auf den Mann, als sie sich rasch näherte. »Meinen Opa besuchen und natürlich meinen Lieblingshund.« Sie fasste mit beiden Händen in das Wuschelfell des Riesenhundes und kraulte ihn kräftig. Ganz offensichtlich schien der Hund das sehr zu genießen. »Das ist Xerxes«, erklärte Katrin, »er ist ein ganz lieber. Vor dem braucht ihr wirklich keinen Schiss zu haben.«

»Wuff!«, bestätigte der Hund.

Peter und Roland pusteten erleichtert die Luft aus den Backen und freuten sich, dass die Gefahr vorüber war. Katrin war genau zur rechten Zeit gekommen.

Herr Fleckhorst rückte das Lodenhütchen zurecht und brummte leicht verlegen: »Anscheinend hatte ich euch ja zu Unrecht in Verdacht. Aber ihr befindet euch hier auf Privatgelände. Da fragt man sich doch, was ihr hier zu suchen habt.«

Bloß jetzt keinen Fehler machen, bloß jetzt nichts Falsches sagen! Die Jungen hatten längst begriffen, dass Katrins Opa mit der hinterhältigen Tat auf Brockmeyers Ziegenhof nichts zu tun hatte. Roland schaute Peter an, Peter schaute Roland an.

Und auf einmal hatte Roland die Blitzidee. »Auf dem Ziegenhof hat heute Nacht so ein geheimnisvoller Saukerl alle Ziegen aus dem Stall gescheucht und da wollten wir . . .«

Opa Fleckhorst fuchtelte wieder mit dem Besen. »Das hat

Katrin mir schon alles berichtet. Schlimme Sache. Gemein, so was.«

»Peter und Roland haben mitgeholfen, die Ziegen wieder einzufangen«, sagte Katrin, »die sind nämlich zwei prima Freunde.«

»Schön und gut.« Herr Fleckhorst setzte endlich den Reisigbesen ab. »Aber das beantwortet noch immer nicht meine Frage. Was habt ihr hier zu suchen?«

»Sie haben mich ja nicht ausreden lassen!« Roland tat so, als wäre er jetzt sehr wütend. »Die Lucia hat uns erzählt, dass Sie auch Ziegen haben – na ja, da wollten wir halt mal überprüfen, ob der Ziegenverscheucher auch bei Ihnen zugeschlagen hat.«

Peter nickte eifrig. »Genau. Wir ermitteln nämlich in dem Fall, müssen Sie wissen.«

Herr Fleckhorst schmunzelte. »Aha, ich verstehe. Ihr spielt Emil und die Detektive oder so.« Dann wurde er wieder ernst. »Aber überlasst das Ermitteln doch mal lieber der Polizei. Hauptmeister Löffle war vorhin schon hier und hat sich den Tatort angeschaut. Alle Grünkohlbeete sind in der Nacht total zertrampelt worden. Mutwillig! Das ist ein großer finanzieller Schaden für uns.«

Roland und Peter dachten in diesem Augenblick das Gleiche: Wir werden das Ermitteln ganz und gar nicht der Polizei überlassen, wir bleiben dran an dem Fall.

»Katrin kann euch ja mal das verwüstete Grünkohlfeld zeigen. Das sieht aus, als ob 'ne Bombe eingeschlagen hätte.« Opa Fleckhorst schulterte den Besen. »Ich muss beim Weihnachtsbaumverkauf helfen. Da ist der Teufel los. So viel Kundschaft! – Komm, Xerxes!«

Herr und Hund eilten davon.

»Mensch, Katrin, wenn du nicht gekommen wärst!« Peter grinste. »Das war wie im Krimi: Rettung in letzter Sekunde. Toller Zufall.«

Katrin schüttelte den Kopf. »Kein Zufall. Ich bin oft bei meinen Großeltern zu Besuch, weil ich nämlich später Gärtnerin werden will. Ich will mich auf Kräuter spezialisieren, vielleicht zusammen mit Anne. Küchenkräuter und Heilkräuter und so. – Sagt mal, das mit dem Ermitteln, war das echt ehrlich gemeint?«

Lebhaft und wortreich redeten Roland und Peter nun ziemlich durcheinander von ihrem Verdacht, dass wohl irgendjemand etwas gegen ökologische Landwirtschaft habe. Es müsse doch ein Zusammenhang bestehen zwischen der Untat auf dem Ziegenhof, der toten Maus in Lucias Apfelsinenkiste und dem zertrampelten Grünkohl.

Schließlich flüsterte Peter verschwörerisch: »Wir haben Hinweise darauf, dass ein rätselhafter Schneemann seine Finger im Spiel hat.« Dass es Barbara gewesen war, die diesen Schneemann am Waldrand oberhalb des Rodelhanges beobachtet hatte, brauchte Katrin ja nicht unbedingt zu wissen.

»Ein Schneemann?« Katrin schaute Peter an, als hätte sie einen Irren vor sich. »So einer mit 'ner Möhre als Nase?«

Peter machte eine wegwerfende Handbewegung. »Das war natürlich nur Tarnung. Der Typ hat sich einen weißen Schutzanzug übergezogen, damit er in der verschneiten Landschaft nicht auffällt. Kapierst du?«

Roland redete weiter. »Jetzt können wir's dir ja verraten, Katrin. Wir hatten die Leute von der Gärtnerei Fleckhorst in Verdacht. Die Fleckhorsts sind ja eine Art Konkurrenz von den Brockmeyers, weil es ja hier auch Ziegen gibt.« Aber lässig fügte er hinzu: »Der Verdacht hat sich nicht bestätigt. Alles okay.«

Aber nun war Katrin stinksauer. Wie eine Raubkatze fuhr sie die Krallen aus. »Habt ihr Matsche im Gehirn? Damit würden wir uns doch nur selbst schaden.« Sie beruhigte sich wieder. »Kommt, ich zeig euch mal unsere Ziegen.«

Wird das eine Überraschung für Roland und Peter?

8. Kapitel

Hier gibt es keine Elefanten

Katrin stampfte voraus. Sie war immer noch ziemlich gekränkt. Wie konnten die Jungen ihre Großeltern nur so verdächtigen! Das war doch unerhört.

Peter zischte dem Freund ins Ohr: »Du bist wirklich der hintervorletzte Dödel. Das mit dem Verdacht, das hättest du dir locker verkneifen können.«

Roland verteidigte sich. »Wieso denn? Das hat sich doch längst aufgeklärt. Außerdem steht Katrin auf unserer Seite, da müssen wir sie doch über unsere Recherchen informieren. Könnte gut sein, dass wir mal ihre Hilfe brauchen. Und die von Anne auch.«

Die Schneemützen auf den Sträuchern, Beeten, Büschen und Rabatten hatten das Gelände der Gärtnerei in eine Märchenlandschaft verzaubert, überall schienen Trolle, Zwerge, Feen und Kobolde herumzustehen. Katrin strebte dem Obstgarten zu. In den Zweigen der Birnbäume, Apfelbäume und Pflaumenbäume turnten Meisen.

Dann erblickten Peter und Roland die Tiere. Fünf kleinwüchsige braune Ziegen mit schwarzen Beinen und schwarzen Gesichtern pflügten mit den Nasen durch den Schnee und schnupperten nach Gräsern. Scheu trippelten sie davon, als sie Katrin und die zwei Jungen bemerkten.

Katrin breitete die Arme aus. »Da seht ihr unsere Ziegen! Gemolken werden die übrigens nicht, aber dafür sind sie das ganze Jahr über unsere lebendigen Rasenmäher.«

»Das sind aber komische Ziegen«, bemerkte Roland.

»Prima, dass du das auch schon merkst«, antwortete Katrin. »Der Witz ist nämlich, dass das überhaupt keine Ziegen sind. Die sehen bloß so ziegenmäßig aus. In Wirklichkeit sind das Kamerunschafe. Ziemlich menschenscheu, wie ihr gerade bemerkt habt. Ihr müsst wirklich einen Dachschaden haben, dass ihr die Leute von der Gärtnerei verdächtigt habt, sich an Brockmeyers Ziegen vergriffen zu haben.« Katrin fasste sich mit beiden Händen an den Kopf. »Das ist doch nicht zu fassen!«

»Wir konnten doch nicht ahnen, dass die Fleckhorsts Verwandte von dir sind.« Roland legte Katrin beruhigend die Hand auf die Schulter. »Vergiss es einfach!«

Aber so schnell ließ sich Katrin nicht beschwichtigen. »Mit Verwandtschaft hat das überhaupt nix zu tun«, erwiderte sie. »Es ist einfach völlig unlogisch, anzunehmen, dass sich ausgerechnet diejenigen mit den gleichen Interessen gegenseitig austricksen.«

Unlogisch? Das wollte Peter nicht so einfach auf sich sitzen lassen. »Wenn man in so einem Fall ermittelt, dann muss man völlig unvoreingenommen sein. Kannst du das nicht kapieren, Katrin? Da muss man alle Möglichkeiten in Erwägung ziehen. In der Fachsprache heißt das: ›Wir ermitteln in alle Richtungen.‹«

Katrin prustete los. »Wie geschwollen du quasselst! Ihr seid mir schöne Detektive, aber echt. Wie mein Opa schon sagte: Überlasst das Ermitteln mal lieber der Polizei.«

Empört fragte Roland: »Soll das eine Beleidigung sein?«

»Nun seid nicht gleich eingeschnappt.« Katrin hörte auf zu lachen. »Ich finde es ja cool, dass ihr helfen wollt, diesen hundsgemeinen Grünkohlvernichter zu entlarven, aber ich meine, ihr solltet der Polizei nicht ins Handwerk pfuschen.«

Das sahen Roland und Peter selbstverständlich ganz anders.

»Kommt, wir müssen weiter«, mahnte Katrin. »Ihr wollt euch doch das Schlachtfeld anschauen. Ich kann's immer noch nicht fassen, dass der ganze Grünkohl vernichtet wurde.«

Es sah wirklich schlimm aus. Erdklumpen, Grünkohlstrünke und Schneematsch waren zu einer dunklen Schlammmasse zertrampelt worden. Da hatte jemand brutal zugeschlagen.

Katrin hatte einen Kloß im Hals. »Das war mal wunderbares Gemüse. Sollte heute auf dem Wochenmarkt verkauft werden. Die Leute sind ja ganz scharf auf frisch geernteten Grünkohl. Mit Speck und Mettwürstchen – schmeckt der ja auch wirklich toll.«

Peter knurrte: »Und dein Opa hat uns unterstellt, dass wir die Brutalinskis wären, die diese Sauerei angerichtet haben. Das hält man doch im Kopf nicht aus.«

»Ihr habt ihn verdächtigt, er hat euch verdächtigt und jetzt seid ihr quitt«, entschied Katrin. »Hoffentlich wird der Verbrecher geschnappt. Dann muss er den Schaden bezahlen.«

»Warum hat denn der Hund nicht gebellt?«, fragte Roland. »Der müsste doch gemerkt haben, dass da jemand über den Zaun gestiegen ist und hier eine Schlammschlacht veranstaltet hat.«

Katrin winkte ab. »Xerxes ist nachts immer im Haus. Der ist kein Wachhund, der ist mehr so ein Schmusehund.«

Peter verzog das Gesicht. »Na, wie ein Schmusehund ist er mir vorhin aber nicht vorgekommen. Aber sag mal, Katrin, wieso sollte der Grünkohl denn erst heute geerntet werden? Der war doch bestimmt schon gefroren und voll Eis und Schnee.«

Über so viel Ahnungslosigkeit konnte Katrin natürlich nur müde kichern. »Bist du wirklich so doof oder tust du nur so? Das weiß doch jedes Kind, dass man Grünkohl erst erntet, wenn er mindestens einmal so richtig Frost mitgekriegt hat. Der Frost verwandelt die Bitterstoffe in Zucker und Stärke und erst dann ist der Grünkohl so richtig lecker und gesund.«

Peter staunte. »Was du alles weißt!«

»So etwas muss eine zukünftige Gärtnerin ja wohl wissen«, erwiderte Katrin gelassen.

Roland umrundete mittlerweile das verwüstete Grünkohlfeld, das fast so groß wie ein Tennisplatz war. Erstaunt stellte er fest, dass im weichen Boden keinerlei Schuhabdrücke zu erkennen waren, keine Spuren von Profilsohlen oder Gummistiefeln. Da waren nur riesige, undeutliche Trittsiegel zu sehen. »Als ob hier ein Elefant rumgetrampelt wär oder ein Nashorn oder ein Nilpferd!«, rief er.

»Wir haben nur Ziegen«, gab Katrin zurück. Ihr war im Moment gar nicht nach Witzeleien zumute. Sie beugte sich vor und betrachtete verwundert die rätselhaften Eindrücke in der Matsche. »Die könnten auch von einem Dinosaurier stammen«, meinte sie, »irgendwie merkwürdig.«

»Was hat denn der Polizist zu den Spuren gesagt?«, wollte Peter wissen. »Hat der die überprüft?«

Katrin zuckte mit den Schultern. »Keine Ahnung. Als der Löffle sich diese Katastrophe angeschaut hat, da war ich doch noch bei Anne auf dem Ziegenhof.«

Peter tippte sich auf die Nasenspitze. »Also, wenn ich jetzt richtig kombiniere, dann hat sich der Armleuchter was um die Schuhe gewickelt, damit man seine Spuren nicht identifizieren kann. Irgendwas Dickes. Kartoffelsäcke vielleicht oder Mülltüten oder so. Ganz schön ausgekocht, der Kerl.«

In diesem Augenblick machte Roland die entscheidende Entdeckung. Aufgeregt rief er: »Kommt mal her! Hier kann man's deutlich erkennen. Es waren zwei Typen! Der eine Trampler hatte was Glattes an den Beinen, der andere was Raues.«

Katrin und Peter kamen neugierig herbeigeeilt. Kein Zweifel: Roland hatte recht! Die glatten Spuren ließen auf Plastik schließen, die mit dem feinen Muster auf Sackleinen.

»Wow!« Katrin war schwer beeindruckt. »Ihr seid ja wirklich echte Detektive!«

Gibt es also zwei Schneemänner?

9. Kapitel

Am Ende der Spur

Die Fährte führte zum Maschendrahtzaun am Ende des Gartengeländes, vorbei an Baumsetzlingen und abgeernteten Gemüsebeeten. Die Stängel der Rosensträucher, die den Pfad säumten, wirkten schwarz. Auf dem dünnen Neuschneeteppich waren die dicken Eindrücke besonders deutlich zu erkennen, und es gab keinen Zweifel: Da waren zwei Eindringlinge mit umwickelten Füßen gestampft. Frischere Schuhspuren waren auch zu sehen, die stammten vermutlich von Herrn Fleckhorst und Hauptwachtmeister Löffle, sie endeten am Zaun und zeigten dann nach rückwärts. Der Polizist war der Spur also jenseits des Zaunes nicht weiter gefolgt.

Roland zeigte auf die Stelle, wo der Maschendraht verbogen war. »Hier sind sie rübergeklettert. Los, wir folgen der Fährte.« Er war gespannt wie ein Flitzebogen: Wohin könnten die Knilche wohl gelatscht sein?

Katrin bibberte. »M-m-mir ist kalt. Spielt ihr mal allein James Bond. Ich geh zu meiner Oma ins Haus.« Und schon lief sie davon.

»Kalt? Solch ein Wort kennt ein Detektiv gar nicht!«, rief Peter ihr nach. Das war natürlich gelogen, denn trotz der Mütze schmerzten seine Ohren wie verrückt.

Roland begann zu klettern. Dann machte es rrrritsch. »Oh Scheiße!« , kreischte Roland. »Der Anorak ist ganz neu. Meine Mutter beißt mir die Nase ab.« Traurig starrte er auf den Riss im Ärmel, dann kletterte er weiter.

Auf der anderen Seite des Zaunes ließen sich die Jungen einfach in den Schnee plumpsen. Deutlich sahen sie, dass die Spuren der Schneemänner quer über eine Wiese führten. An den Wischern hinter den Fußeindrücken war zu erkennen, dass die Grünkohlzertrampler auf diesem Weg gekommen waren und sich auch wieder verdrückt hatten. Rutschspuren: zwei hin, zwei her.

»Jetzt bin ich verdammt neugierig, wohin die Spuren führen«, sagte Roland und wollte schon losspurten.

Aber Peter hatte etwas entdeckt. »Stopp mal!« Er zupfte einen blauen Plastikfetzen aus einer Zaunmasche. »Vielleicht hat hier ja ein Schneemann seine Schuhumwicklung verloren. Ich würde mal sagen: Hier haben wir ein richtiges Beweisstück.« Er betrachtete prüfend das Stück Plastikfolie. Es war etwa so groß wie ein Handteller. »Da ist ein Buchstabe drauf, siehst du's?« Er zeigte auf ein verschnörkeltes A und runzelte nachdenklich die Stirn. »Irgendwie kommt mir das bekannt vor. Ich frage mich, wo ich so einen Buchstaben schon mal gesehen haben könnte!« Er klopfte sich gegen die Stirn, es fiel ihm aber trotzdem nicht ein. Den Plastikfetzen stopfte er in die Tasche.

»Ich kann einfach nicht begreifen, dass der Löffle das Beweisstück nicht entdeckt hat!« Roland schüttelte den Kopf. »Und so einer nennt sich Polizist.«

»Das darfst du nicht so eng sehen«, meinte Peter. »Die Normalbullen erhalten ja keine kriminalistische Ausbildung. Normalerweise haben die mehr mit Falschparkern und Radaubrüdern zu tun. Das Kombinieren und Recherchieren ist eben unser Job. Hopp, weiter!«

Das Kreischen einer Motorsäge tönte durch die kalte Luft. Fleckhorsts Weihnachtsbäume wurden gefällt. Das Schneegefissel hatte aufgehört und nun klebte die Sonne wie eine Orange am milchigen Himmel, es war, als ob sie all die Kälte ausstrahlte.

Bald hatten Roland und Peter den Hügelkamm erreicht. Ihr Atem wölkte so heftig, als rauchten sie Zigaretten. Krähen flatterten knatternd von einer Ackerfläche auf. Es ging nun abwärts, die Spuren wurden immer undeutlicher. Offenbar waren die Schneemänner hier mehr geschlittert als gelaufen.

Peter stürmte in langen Sprüngen die Wiese hinunter. »Mir nach!« Aber dann geriet er auf dem glitschigen Untergrund ins Straucheln, hampelte wie ein Clown herum, vollführte eine nicht gerade, elegante Pirouette, knallte auf den Hintern und rutschte noch ein paar Meter weiter durch die Landschaft.

Roland hatte seinen Spaß. »Klasse! Bremst du immer so?«

»Ja!«, fauchte Peter. »Die Hosenbodenbremse ist meine Spezialmethode. Solltest du eigentlich wissen.«

Roland grinste schadenfroh. »Hatte ich ganz vergessen.«

Ginsterbüsche begrenzten die Wiese. Die Jungen zwängten sich hindurch und erreichten einen schmalen Feldweg. Undeutliche Schuhabdrücke, vom Schnee überstäubt, waren zu erkennen. Offenbar hatten die Schneemänner hier die Hüllen von den Beinen gestreift. Ende der Spur.

»Hier hatten sie ihr Auto geparkt.« Roland ging in die Knie und schaute sich das Muster der Reifenprofile genau an. »Wie blöd, dass wir keine Fotokamera dabeihaben. Wenn wir das Reifenmuster fotografieren würden, dann könnte das ein wichtiges Beweismittel abgeben. Und dann . . .«

Peter unterbrach den Freund. »Vergiss es! Die Abdrücke sind viel zu undeutlich. Aber es sind ziemlich breite Winterreifen. Das muss schon eine ziemlich große Karre gewesen sein. Landrover oder so.«

Roland nickte bestätigend. »Oder ein Transporter oder so ein Kleinlaster. Auf keinen Fall ein normaler Pkw, das ist ja schon am Radstand zu erkennen. Hier und hier und hier und hier!« Roland deutete auf die Stellen, an denen sich die Räder des abgestellten Wagens in den Boden gedrückt hatten. »Wenn Opa Fleckhorst und seine Leute schon im Morgengrauen auf waren, dann müssen die beiden Heinis noch im Dunkeln zugeschlagen haben. Sie konnten ja Taschenlampen benutzen.«

»Aber dann hätte man das Gefunzel vom Haus aus sehen müssen!«

»Mann, denk doch mal nach«!« Roland schlug die Hände zusammen, weil ihm trotz der dicken Handschuhe die Fingerspitzen vor Kälte wehtaten. »Da haben die Fleckhorsts doch noch geschnarcht. Unwahrscheinlich, dass da zufällig einer aus dem Fenster schaut. Außerdem ist das Grünkohlfeld reichlich weit vom Wohnhaus entfernt und die Treibhäuser liegen auch noch dazwischen.«

»Ich schätze, das siehst du richtig«, gab Peter zu. »Die Grünkohlvernichter brauchten keine Angst zu haben, dass man sie entdeckte. Ich frage mich bloß, ob sie zuerst hier herumgewütet haben oder beim Ziegenhof.«

»Wieso ist das denn wichtig?«

»Zeitabläufe sind bei Ermittlungen immer wichtig«, belehrte ihn Peter mit wichtiger Miene. »Angefangen hat's mit dem Schneemann am Waldrand, den deine Schwester beobachtet hatte. Ich glaube, der hat gestern Abend erst mal die Gegend bei den Brockmeyers ausbaldowert.«

»Falsch!«, widersprach Roland. »Angefangen hat es schon vorher. Mit der toten Maus in Lucias Apfelsinenkiste nämlich. Aber zu der ist natürlich kein weiß verkleideter Unbekannter in den Laden eingedrungen. Es muss ein ganz normaler Kunde gewesen sein. Aber wer?« Ratlos sah er Peter an. »Ich fürchte, wir haben das Motiv immer noch nicht richtig erkannt.«

Peter suchte sorgfältig die Gegend um die Autospuren ab. »Es könnte ja sein, dass die Typen etwas verloren haben. Einen Knopf oder Zigarettenkippen oder sonst was.«

Roland winkte ab. »Ich glaube nicht, dass wir noch was finden. Vielleicht hilft uns ja die Plastikfolie mit dem komischen A weiter.« Tatsächlich konnte Peter nichts weiter entdecken. Die beiden waren ziemlich ratlos.

Finden die beiden Detektive das Motiv heraus?

10. Kapitel

Ein seltsamer Drohbrief

Als Roland und Peter zum Parkplatz vor der Gärtnerei trabten, wurden sie von Anne erwartet. Sie winkte den Jungen zu.

»Was machst du denn hier?«, fragte Peter verdutzt.

»Na, was schon! Ich warte auf euch. Katrin hat mir am Telefon gesagt, dass ihr auf Spurensuche seid.« Neugierig sah sie die beiden an. »Habt ihr was entdeckt?«

Roland verzog das Gesicht zu einem betrübten Lächeln. »Sorry, Fehlanzeige. Wir konnten nur ermitteln, dass die Strolche unten am Feldweg in ein Auto gestiegen und abgehauen sind. – Aber wieso wartest du auf uns?«

»Weil ich mir Sorgen um die Grillen mache. Die beiden haben einen Drohbrief erhalten. Irgendjemand hat ihn wohl unter der Haustür durchgeschoben. Heute Morgen nun, als sie in die Backstube gingen, haben sie den Brief gefunden. Mit dicken roten Filzstiftbuchstaben war der geschrieben.«

»Und was steht drin in dem Drohbrief?«, wollte Roland wissen.

»Hier! Ich hab's mir aufgeschrieben.« Anne hielt den Jungen einen Zettel hin. »Die beiden sind furchtbar aufgeregt und Angst haben sie natürlich auch.«

Peter und Roland lasen: WIR WARNEN EUCH! GEHT LIEBER NICHT IN DIE BACKSTUBE! SCHLUSS MIT DER GANZEN BIO-SCHEISSE!

»So eine Gemeinheit!«, knurrte Peter. »Woher weißt du eigentlich von dem Brief?«

»Vom Polizisten«, antwortete Anne. »Der Löffle war vorhin bei uns, um sich die Stalltür und das kaputte Gattertor anzuschauen und die Anzeige gegen unbekannt aufzunehmen. Natürlich haben wir ihn gefragt, ob die Grillen trotzdem Brot gebacken hätten. Ja, hätten sie wohl, hat er gemeint, denn der Laden sei geöffnet gewesen. Den Drohbrief nehme er nicht ernst. Seiner Meinung nach sei das nur ein geschmackloser Streich.«

Peter sah sie mit immer größer werdenden Augen an und polterte schließlich los. »Toll, ganz toll! Eine tote Maus zwischen den Apfelsinen, verscheuchte Ziegen, zertrampelter Grünkohl, ein Drohbrief an zwei alte Damen – alles nur geschmacklose Streiche! Unser Sheriff ist wirklich ein Trottel, wenn er da keine Zusammenhänge sieht. Wir müssen Helma und Christine helfen. Denn wenn der blöde Brief erst mal nur eine Warnung war, dann kommt das dicke Ende ja wohl noch hinterher. Sehe ich das richtig?«

»Ich schätze, das siehst du richtig«, sagte Anne, »und ich sehe es genauso. Darum will ich doch mit euch sprechen. Lasst uns zu Katrin ins Haus gehen, dort können wir einen Plan schmieden.«

Roland brummte: »Vor allem müssen wir das Motiv finden. Der Quatsch mit der so genannten Bio-Scheiße könnte gut und gerne ein Trick sein, so eine Art Ablenkungsmanöver. Wir dürfen uns nicht hinters Licht führen lassen. Logik ist jetzt angesagt.«

»Genau«, sagte Peter.

Die »Grillen«, wie jeder die zwei Schwestern Christine und Helma Grill nannte, waren im Städtchen sehr beliebt. Viele Leute waren Stammkunden in ihrer Bäckerei, weil die beiden alten Frauen ihr Bio-Brot nach einer uralten Methode backten, die heute kaum noch ein Bäcker kennt. Sie verwendeten ausschließlich Mehl, Wasser und Salz, verzichteten völlig auf Fertigteig mit chemischen Treibmitteln. Mit ihren schrumpeligen Apfelbäckchen und den schneeweißen Zöpfen sahen die beiden Frauen so schön aus, als kämen sie selbst aus einer märchenhaften alten Zeit. Aber sie waren ziemlich unkompliziert und legten Wert darauf, beim Vornamen angesprochen zu werden. Ihre Bäckerei befand sich in der umgebauten alten Mühle am Stadtrand. Über dem Eingang hing ein Blechschild mit gotischen Buchstaben: PFISTEREI.

Die Grillen waren stolz auf den alten Namen. Ihren Kunden erklärten sie es geduldig, dass der Begriff vom lateinischen Wort *pistor* stamme, was Bäcker bedeutet. Pfister, so nannten sich früher die Müller, die gleichzeitig eine Bäckerei betrieben. In der Wassermühle wurde zwar kein Korn mehr gemahlen, da drehte sich auch kein Schaufelrad mehr, doch den ursprünglichen Namen wollten die Grillen nicht ändern.

Als Peter, Anne und Roland ins Wohnhaus der Fleckhorsts traten, kam ihnen Xerxes schon in der Diele mit heftig wedelndem Schwanz entgegen. Anne kannte er ja gut, von der ließ er sich erst einmal ausgiebig beschmusen. Dann beschnüffelte er die Jungen, das schien zu bedeuten: Alles klar, ich akzeptiere euch. Xerxes war wirklich kein Untier, trotz seiner Größe und seiner gewaltigen Zähne.

In der Küche waren Katrin und ihre Oma dabei, für die Weihnachtsbaumverkäufer Unmengen von Leberwurstbroten zu schmieren.

Frau Fleckhorst, Katrins Oma, begrüßte Roland und Peter. »Katrin hat mir schon von euch erzählt. Tut mir leid, dass mein Mann euch verdächtigt hat. Schlimme Sache, das mit dem Grünkohl.« Sie seufzte. »Ihr spielt ja, wie ich gehört habe, jetzt Detektive. Seid ihr denn dem Täter schon auf der Spur?«

Etwas gekränkt erklärte Roland, dass sie erstens nicht Detektive spielten, sondern ernsthaft ermittelten, dass es sich zweitens um zwei Täter handele und dass sie drittens bereits erste Erkenntnisse hätten.

Oma Fleckhorst war beeindruckt. »Aber helft ihr trotzdem den Mädchen, die Leberwurstbrote und den Tee zu den Mitarbeitern zu bringen?«

»Ist doch kein Thema«, sagte Peter und nahm die riesige Kanne vom Herd. Dabei verbrannte er sich gehörig die Finger, das tat zwar höllisch weh, doch Peter steckte es locker weg. Detektive sind harte Burschen. Schnell zog er sich die Handschuhe an.

Katrin und Anne trugen den Korb mit den Leberwurstbroten, Roland balancierte das Tablett mit den Bechern und Peter schleppte die Kanne.

Beim Weihnachtsbaumverkauf drängelten sich Frauen, Männer und Kinder. Aus Lautsprechern dudelte *Ihr Kinderlein, kommet* ... Dabei waren doch schon Massen von Kindern da!

Als sie die leeren Körbe und Tabletts wieder zurück ins Haus brachten, wehte ihnen ein verführerischer Duft entgegen: Frau Fleckhorst hatte Linsensuppe mit Speckwürfeln gekocht. »Eigentlich sollte es heute Grünkohl geben, aber das hat sich ja leider erledigt. Habt ihr Hunger?«

»Aber immer!«, verkündete Roland.

»Eigentlich bin ich noch ziemlich satt«, sagte Anne.

»Das Wort satt kenne ich überhaupt nicht«, erklärte Peter und hockte sich schon an den Tisch. »Entweder ich hab Hunger oder mir ist schlecht.«

»Ho, ho, ho! Uralter Witz«, höhnte Katrin.

Sie futterten drauflos. Die Suppe schmeckte prima. Doch nun wurde es höchste Zeit, dass sie mit ihrer Beratung begannen. Sie setzten sich in der Diele, wo das Kaminfeuer knisterte, auf den Sisalteppich und Xerxes legte sich in ihre Mitte.

Peter zog den Plastikfetzen aus der Tasche. »Eine Frage, bevor wir mit der Beratung beginnen: Schaut euch mal kurz genau dieses A mit dem schnörkligen Aufstrich an! Ich hab das schon mal irgendwo gesehen. Kommt einem von euch der Buchstabe bekannt vor?«

Alle schauten hin, dann schüttelten sie die Köpfe.

Was planen die vier?

11. Kapitel

Ein cleverer Plan und zwei kleine Lügen

Roland hatte die Idee. »Wenn die Grillen trotz der komischen Warnung heute Morgen Brot gebacken haben, dann werden die Ganoven Ernst machen. Also müssen Peter und ich in der kommenden Nacht die Pfisterei observieren.«

»Observieren?« Katrin schaute Roland fragend an. »Was bedeutet das? Musst du immer so geschwollen reden?«

»Observieren ist der Fachausdruck für Beschatten und heimliches Beobachten. Weiß doch jeder.« Roland verdrehte die Augen.

»Angeber!«, zischte Anne.

Peter protestierte lebhaft. »Mensch, Roland, bei dir piept's doch! Wir können uns nicht die ganze Nacht in die Büsche hocken und die alte Mühle bewachen. Da frieren wir uns den Arsch ab!«

Roland grinste überlegen und hob gelassen die Hände. »Cool, Mann, immer cool bleiben! Ich habe einen ganz anderen Plan. Wir observieren von innen. Die Grillen haben doch im Obergeschoss der Mühle eine kleine Ferienwohnung, die vermieten sie im Sommer an Touristen. Dort quartieren wir uns ein und beobachten die Straße.« Zufrieden blickte er in die Runde. »Jetzt seid ihr baff, wie? Ist das ein cleverer Plan? Ja oder nein?«

»Und wenn Helma und Christine euch nicht reinlassen?«, gab Anne zu bedenken. »Wie wollt ihr denen das erklären?«

»Da fällt uns schon was ein.« Roland ließ sich nicht aus der Ruhe bringen. »Wir haben so unsere Tricks drauf.«

Katrin war noch nicht überzeugt. »Und eure Eltern? Was sagen denn die dazu, wenn ihr . . .«

»Jetzt wart doch mal ab!«, rief Peter, dem Rolands Idee inzwischen gefiel. »Roland hat schon recht: Wir haben so unsere Tricks. Lasst uns lieber mal über das Motiv reden.«

Aber da konnten sie noch so sehr ihre grauen Zellen anstrengen: Eine überzeugende Theorie für die feigen Aktionen fanden sie nicht. Sie waren sich nur einig, dass die Schneemänner damit zu tun haben mussten. Anne blieb zwar bei ihrem Verdacht, dass irgendwelche Landwirte als Gegner der Öko-Produkte hinter dem Spuk steckten, doch das überzeugte die drei anderen nicht so recht. Katrin meinte, wirkliche Gegner seien die Bauern doch gar nicht, die meisten wollten eben nur nicht auf die Überdüngung und die chemische Unkrautvernichtung verzichten. Außerdem setzten besonders die jungen Landwirte mehr und mehr auf ökologische Landwirtschaft. Und Roland gab zu bedenken, dass die wenigen kleinen Öko-Betriebe doch sowieso keine Konkurrenz für die großen Bauernhöfe darstellten. Ihre Milch verkauften sie ohnehin nur an die überregionalen Molkereien. Auch die Getreideernte würde über die großen Genossenschaften abgewickelt.

»Irgendwie stehen wir immer noch auf dem Schlauch«, stellte Anne betrübt fest. »Wir kommen einfach nicht weiter.«

Das sah Peter anders. »Wenn wir die Täter identifizieren, erkennen wir auch das Motiv. Aber mit Konkurrenz muss es auf jeden Fall was zu tun haben. Sind die Öko-Freaks tatsächlich untereinander befreundet?«

Anne nickte heftig. »Dafür lege ich die Hand ins Feuer.«

»Und wer gehört in unserer Stadt denn so alles dazu?«

Anne zählte die Namen auf. Da waren also die Gärtnerei Fleckhorst, Brockmeyers Ziegenhof, Lucias Naturkost-Laden, die Pfisterei der Grillen und der Öko-Hof der Bichlers am Bühl.

Roland wollte wissen, was die Bichlers denn so alles produzierten. »Könnte ja sein, dass die als Nächste von den geheimnisvollen Tätern in den weißen Klamotten heimgesucht werden.«

»Ihr wisst doch alle, dass die Bichlers einen ziemlich kleinen Bauernhof haben«, sagte Anne. »Der rentiert sich nur, weil sie in ihrem Hoflädchen eigene Produkte verkaufen. Eier, Fleisch, Gemüse, Kartoffeln, Obst, Würste, Marmelade und so. Meine Mutter hat vorhin übrigens schon mit den Bichlers telefoniert.«

Peter erinnerte die anderen außerdem an den neuen Ziti-Markt. Immerhin habe Filialleiter Wollmann in seiner Eröffnungsrede großspurig betont, dass Bio-Ware einen Schwerpunkt im Angebot bilden werde. »Vielleicht schmeißen sie dem auch tote Mäuse in die Obstkisten!«

»Tote Ratten!« Roland lachte. »Bei einem Supermarkt muss alles 'ne Nummer größer sein. Ich frage mich bloß, ob das mit dem Bio-Schwerpunkt überhaupt stimmt. Behaupten kann man alles.«

Das musste überprüft werden. Katrin und Anne wollten das übernehmen. Sie waren sowieso neugierig auf den neuen Supermarkt.

»Also Schluss mit dem Gerede«, verkündete Roland. »Jetzt ist Action angesagt! Anne und Katrin gucken sich den Superladen an, Peter und ich statten den Ladys in der Pfisterei einen Besuch ab.«

Katrin gluckste: »Huch, ihr stattet den Ladys einen Besuch ab! Wo hast du so einen Spruch denn gelesen, Roland? Okay, machen wir uns auf die Socken. Und wir bleiben über Handy in Verbindung.«

Xerxes fand das offensichtlich gar nicht lustig, dass er allein zurückbleiben musste. Fast klagend bellte er den vier Kids nach, als die aus dem Haus eilten.

Mittlerweile war es schon Nachmittag. Großes Gedränge im Städtchen, vorweihnachtlicher Kaufrausch. Von überall her tönte Weihnachtsmusik und die Straßen waren voller Schneematsch.

Im Bäckerladen der Grillen war Hochbetrieb. Doch nach einer Weile schafften es Peter und Roland, hinter der Theke mit Helma zu sprechen. Die war mächtig erstaunt, als die beiden Jungen ihr Anliegen vortrugen.

»Verstehe ich das richtig? Ihr wollt heute Nacht oben in der Ferienwohnung kampieren? Seid ihr verrückt? Da ist es kalt, da gibt's keine Heizung, die Betten sind nicht bezogen . . .«

Peter legte der alten Frau vertraulich die Hand auf den Arm und flüsterte verschwörerisch: »Das ist doch toll! Kalt ist genau richtig. Da können wir trainieren. Roland und ich, wir wollen später mal Polarforscher werden. Unsere Schlafsäcke bringen wir natürlich mit.«

Außerdem behaupteten sie, ihre Eltern würden am Abend eine doofe Erwachsenen-Party veranstalten. Da wollten sie sich lieber aus dem Staub machen. Roland und Peter waren Weltmeister im Flunkern.

Helma schüttelte zwar verständnislos den Kopf, aber sie war einverstanden mit den zwei Nachtgästen. Trick eins hatte geklappt, Trick zwei war nur noch Formsache.

Peter schläft bei Roland, Roland schläft bei Peter: Das hatten sie an den Wochenenden wechselseitig schon oft gemacht. Vater und Mutter Trautwein waren voll im Stress. Als Roland daher mit seiner Anfrage in den Frisiersalon stürmte, nickten sie nur stumm. Bei Peter ging es nicht ganz so glatt. Vater Scherer, der Lastwagenfahrer, war die ganze Woche unterwegs gewesen und wollte nun das Wochenende gemütlich im Kreise der gesamten Familie verbringen. Aber schließlich unterlag er doch den Überredungskünsten seines Sohnes. Peter durfte »bei Roland« schlafen. Vom Nachtlager in der alten Mühle bräuchte der Vater ja nichts zu erfahren. Flunkerer Peter hatte gewonnen. Sofort schickte er dem Freund eine SMS: *Pünktlich am Treffpunkt!*

Wird es eine abenteuerliche Nacht in der alten Mühle?

12. Kapitel

Was die Mädchen entdecken

Zur gleichen Zeit schlenderten Katrin und Anne durch den riesigen Supermarkt. Die Kunden, die ihre Wägelchen durch die Regalreihen schoben, schienen von einer Art Raffgier befallen zu sein. *Jingle bells, jingle bells.* Die säuselnde Musik regte anscheinend die Kauflaune an.

»Da drüben.« Katrin deutete mit dem Daumen zur Kopfseite der Kaufhalle. »Vita-Bio-Shop. Gucken wir uns den Shop mal an!«

Unter der Leuchtschrift VITA-BIO-SHOP flimmerten bunte Lämpchen und Lamettabüschel an einer Girlande aus künstlichem Tannengrün. Die Sonderabteilung war mindestens dreimal so groß wie Lucias Naturkost-Laden.

»Hier gibt's alles, was es auch bei Lucia gibt«, stellte Anne fest, »bloß in größerer Auswahl.« Sie überprüfte einige Preisschildchen. »Und alles viel billiger.«

»Kunststück!«, schnaubte Katrin. »Die kaufen ja auch selber alles viel billiger ein. Den Bauern bleibt gar nichts anderes übrig – sie müssen ihre Produkte zu Billigpreisen anbieten. Aber ob die Qualität auch super ist, das ist 'ne andere Frage. Wer weiß, wie lange die Ware schon in irgendwelchen Großlagern rumgelegen hat.«

»Schau nur, sie haben sogar eine eigene Theke für Bio-Wurst und Bio-Fleisch.« Anne ging zu dem Kühlkasten mit dem Käseangebot. »Ziegenkäse ist auch dabei. Leider nicht von uns.«

Aber hier könnte man so leicht keine tote Maus einschmuggeln, so viel stand mal fest, denn überall wieselten Verkäuferinnen in gelben Hosenanzügen umher.

Katrin sagte: »Immerhin könnte jemand heimlich Birnen zerquetschen oder so aus dem Ärmel was Ekliges über die Pflaumen schütten. Bestimmt ist selbst dieser Shop nicht vor heimtückischen Anschlägen sicher. Kann gut sein, dass die Schneemänner hier auch zuschlagen. Natürlich ohne Verkleidung.«

Ein paar Leute stritten sich gerade um die letzten Strünke Grünkohl. Es sei eine Sauerei, dass auf dem ganzen Markt kein Grünkohl angeboten werde, schimpfte ein Mann mit Seehundschnauzbart. Gerade jetzt nach dem ersten Frost!

Anne und Katrin mussten ja noch durch eine der Kassen, darum nahmen sie sich ein Päckchen Kaugummi und einen Schokoriegel aus dem Regal. Sie wollten ihr Taschengeld nicht zu sehr strapazieren. Es dauerte lange, bis sie endlich an der Reihe waren, denn die Leute hatten die Einkaufswägelchen voll gepackt bis zum Rand. Die Kassiererin schaute die Mädchen argwöhnisch an. Ihr Blick: Was, nur so wenig? Ihr habt doch nicht etwa geklaut?

Draußen schlug ihnen die Kälte entgegen. Anne und Katrin hüpften durch die Fußgängerzone, um den Kreislauf anzukurbeln. Dann schlängelten sie sich zwischen den Autos durch, quer über den Parkplatz.

Plötzlich blieb Anne wie angewurzelt stehen.

»Was ist? Siehst du Gespenster?«

Anne stieß einen Pfiff aus. »Keine Gespenster. Aber ich sehe das A, das von Peters Plastikfetzen.«

Und dann machte es auch in Katrins Kopf klick! AUTOHAUS ZUMLAUF. Selbstverständlich kannten die Mädchen das Autohaus, doch dass das A der großen Werbeschrift auf dem Flachdach einen so schnörkligen Aufstrich hatte, das fiel ihnen erst jetzt auf. Genau so sah das A auf dem Stückchen Plastik aus, das Peter im Maschendrahtzaun entdeckt hatte. Gab es da etwa einen Zusammenhang oder war das Zufall?

Was die beiden Jungen konnten, konnten Katrin und Anne auch: flunkern nämlich. Und so liefen sie zielstrebig zum Autohaus Zumlauf hinüber. Jetzt am Samstagnachmittag war die Werkhalle natürlich geschlossen, aber im Ausstellungsraum bewegten sich etliche Interessierte und beäugten mehr oder weniger fachmännisch die verschiedenen Modelle.

Ein dünner, junger Mann, der mit dem hochgekämmten Haarschopf ein wenig wie ein Hahn wirkte, begrüßte Anne und Katrin sehr freundlich. »Na, wollen sich die jungen Damen ein schickes Auto kaufen?«

»Sogar zwei«, antwortete Katrin schlagfertig, »und zwar die schnellsten, die Sie haben. Geld spielt keine Rolle.«

Der dünne Mann lachte meckernd. »Solche Kunden haben wir gern. Aber jetzt mal im Ernst: Was kann ich für euch tun?«

»Unser großer Bruder, also, der braucht ein neues Auto«, erklärte Anne. »Der studiert in Freiburg und zu Weihnachten kommt er nach Hause. Deswegen hat er uns gebeten, ihm schon mal ein paar Prospekte und Kataloge zu besorgen. Dann kann er sich über die Feiertage damit beschäftigen. ›Mittelklassewagen‹, hat er gesagt. Gleich nach Neujahr kommt er dann zu Ihnen. Sie haben doch Prospekte?«

»Aber sicherlich!« Zack, zack, zack zupfte der junge Mann dicke Hochglanzkataloge aus dem Metallregal und stopfte sie in eine blaue Kunststofftasche. »Preislisten sind auch dabei. Bestellt eurem Bruder, dass wir uns auf seinen Besuch freuen. Alles okay?«

»Alles okay«, sagten Anne und Katrin wie aus einem Munde und verließen eilig den Ausstellungsraum.

»Fröhliche Weihnachten!«, rief der dünne Mann ihnen nach.

Unter dem Vorbau des Eingangs zur Apotheke schauten die Mädchen sich die blaue Plastiktragetasche genau an. Auf beiden Seiten stand in weißer Schrift *Autohaus Zumlauf.* Kein Zweifel, der Fetzen mit dem schnörkligen A stammte von solch einer Tüte, da waren die beiden sich sicher. Das mussten sie den Jungs erzählen!

Anne hatte Peters Handynummer und rief sofort bei ihm an. Der kam nicht dazu, sich richtig zu melden, da sprudelte sie schon los: »Das ›A‹ bedeutet Autohaus Zumlauf! Es gehört zur Reklameschrift von dem Autohaus. Katrin und ich haben auch gleich 'ne Plastiktüte mit der Aufschrift . . .«

»Jippee!«, unterbrach Peter jubelnd. »Jetzt fällt's mir wie Schuppen aus den Haaren. Klar, das A von der Schrift auf dem Dach. Da hätte ich auch mal selber drauf kommen können! Mensch, Anne, große Klasse. Das habt ihr prima recherchiert!«

»Recher. . . Was?«

»Recherchiert. Recherchieren bedeutet ermitteln, untersuchen, nachforschen, erkunden. Das ist sozusagen Detektivfachsprache, will ich mal sagen. Auf jeden Fall ist das ein wichtiger Hinweis im Fall Schneemänner.«

»Oh Peter! Dass ihr Jungs immer so angeberisch quasseln müsst!« Anne seufzte ein bisschen genervt. »Übrigens haben wir uns auch im Supermarkt umgeschaut. Da gibt es tatsächlich eine riesengroße Bio-Abteilung. Alles aus ökologischer Landwirtschaft. So steht's jedenfalls auf dem Schild. – Und wie geht es jetzt weiter?«

»Wir treffen uns morgen früh zur Beratung. Am besten bei euch auf dem Ziegenhof. So gegen zehn. Vergesst die blaue Tüte nicht! Roland und ich, wir brechen jetzt zu unserem Nachteinsatz auf.«

Werden sich die Schneemänner blicken lassen?

13. Kapitel

Die Nacht in der alten Mühle

Geheimnisvoll knisterte es im Gebälk. Das Rascheln im Giebel über der Holzdecke konnte von Mäusen stammen, vielleicht aber auch von einem Marder. Um das alte Mühlenhaus strich leise wimmernd der Abendwind. Bisweilen war auch das Plätschern des Mühlbaches zu vernehmen, das hörte sich an, als raunte da jemand Märchen oder alte Sagen.

Roland und Peter fanden die Ferienwohnung urgemütlich. Schöne alte Möbel, eine Lampe mit ledernem Schirm, Ohrensessel wie aus einem englischen Kriminalfilm, Tierbilder an den Wänden. Ein wenig spukig wirkte das alles, aber das war ja genau richtig für zwei Detektive, die sich auf die Nachtwache vorbereiteten. Sachlich und neuzeitlich eingerichtet war nur das winzige Badezimmer. Dass es hier oben im Haus ziemlich kalt war, weil es weder eine Heizung noch einen Ofen gab, störte die Jungen nicht. Sie hatten ja dicke Pullover an.

Und sie hatten sich gut vorbereitet auf diese Nacht!

Roland hatte die Digitalfotokamera seines Vaters stibitzt und zum Schlafsack in die Sporttasche gesteckt. Peter hatte sich mit Fernglas und Vierzellentaschenlampe bewaffnet. Strammen Schrittes waren sie dann vom Treffpunkt an der Rathausecke zur alten Mühle marschiert, wo sie von Helma und Christine freundlich in Empfang genommen wurden. Anscheinend waren die alten Damen nach dem rätselhaften Drohbrief vom Morgen ganz froh darüber, dass die zwei Jungen über Nacht zu Gast sein würden. Und so wurden Peter und Roland erst einmal zum Abendessen eingeladen.

Es gab Apfelpfannkuchen und danach Grießpudding mit Rosinen. Die Jungen langten gehörig zu. Statt des Früchtetees hätten sie allerdings lieber Cola getrunken. Die Grillen kippten noch ein paar Gläschen Kräuterschnaps. Das sei gut für die Verdauung, erklärten sie, und am Sonntag könnten sie ja auch endlich mal wieder ausschlafen. Normalerweise müssten sie jeden Morgen schon früh um vier in der Backstube stehen.

»Gleich wird das Fest der Volksmusik im Fernsehen übertragen«, sagte Christine und freute sich schon. »Ich nehme mal an, ihr habt keine Lust, das mit uns anzuschauen?«

Volksmusik! Roland und Peter verdrehten die Augen. Dirndlkleider und Lederhosen und Gejodel zur Ziehharmonika. Darauf hatten sie tatsächlich keinen Bock. Außerdem waren sie nicht zum Fernsehen gekommen, sondern zum Wachehalten.

»Nee, danke«, schwindelte Peter, »wir müssen noch ein Stündchen Vokabeln pauken. Missis Blacky, unsere Englischlehrerin, ist 'ne hinterhältige Schlange. So kurz vor den Weihnachtsferien lässt die uns am Montag noch einen Vokabeltest schreiben. Das ist unfair.«

Helma und Christine fanden das auch unfair.

Und so polterten Roland und Peter die steile Stiege hinauf und breiteten ihre Schlafsäcke auf den Betten aus. Eine Weile lauschten sie den spukigen Geräuschen, dann löschten sie das Licht. Niemand durfte merken, dass sie hier oben auf der Lauer lagen. Jetzt drang nur noch der schwache Schein einer Straßenlaterne durch die Fensterscheiben.

»Wenn sie gar nicht kommen, sehen wir ziemlich alt aus«, murmelte Roland.

»Geduld ist die höchste Tugend der Detektive«, antwortete Peter feierlich. »Vielleicht tauchen die Typen auf, vielleicht auch nicht. Sherlock Holmes hat mal sieben Tage und sieben Nächte auf einem Baum gesessen und auf das Erscheinen eines Mörders gewartet, nach dem er fahndete.«

»Kunststück!«, schnaubte Roland. »Der Sherlock Holmes ist ja auch bloß 'ne Romanfigur, der hat's leicht.«

»Aber sieben Tage und sieben Nächte, stell dir das mal vor,

das ist auch für einen erfundenen Detektiv ganz schön viel«, gab Peter zu bedenken. »So, jetzt lass uns noch mal in aller Ruhe überlegen. Der Drohbrief, der unter der Tür durchgeschoben wurde, der sollte eine Warnung sein. Seh ich das richtig, Partner?«

»Das siehst du richtig, Partner. Christine und Helma sollten die Backstube nicht betreten. Das bedeutet: Kein frisches Brot, die Kunden sind sauer und hauen wütend wieder ab und kaufen dann anderswo. Die Schneemänner wollen der Pfisterei Schaden zufügen, wie schon der Lucia und den Brockmeyers und der Gärtnerei Fleckhorst. Und da stellt sich wieder die wichtigste aller Detektivfragen: Warum?«

Peter zuckte mit den Schultern, das konnte Roland im Dunkeln aber nicht sehen. »Fakt ist, die Grillen *haben* die Backstube betreten, sie *haben* wie üblich Brot gebacken. Also haben sie die Warnung missachtet.«

»Und genau das werden die Schneemänner wohl erfahren haben, schätze ich. Wenn ihre Drohung nichts genützt hat, dann müssen sie also mal so richtig Druck ausüben. Sehe ich das richtig, Partner?«

Peter bestätigte seinem Freund, dass er das richtig sehe und dass logischerweise mit dem Erscheinen der Halunken in dieser Nacht zu rechnen sei. »Aber was wollen sie tun? Etwa die alte Mühle in Brand stecken?«

»Na ja, auf jeden Fall könnten sie problemlos das Türschloss knacken, in die Backstube eindringen, die Mehlsäcke aufschlitzen oder den Grillen einen fürchterlichen Schrecken einjagen.«

»Aber dann werden *wir* diejenigen sein, die *denen* einen Schrecken einjagen«, knurrte Peter.

Die beiden Jungen standen am Fenster und starrten zur Straße hinunter. Kein Mond, keine Sterne. Aber eine Spur von fahler Helligkeit war unter der Wolkendecke. Die Stadt lag zur anderen Hausseite, doch vielleicht spiegelten sich die

Laternenlichter in der Dunstglocke, vielleicht war es auch der Widerschein vom Schnee.

»Wir müssen Geduld haben«, wiederholte Peter. Es war ein langer und anstrengender Tag gewesen, da war es kein Wunder, dass er laut gähnte.

Zum Glück hatte Roland eine Idee. »Wir wechseln uns ab. Einer kann ja mal so 'n Stündchen pennen, während der andere Wache hält. Ich übernehme die erste Wache.« Er schaute auf die Leuchtziffern seiner Armbanduhr. »In einer Stunde wecke ich dich, dann bist du an der Reihe. Okay?«

»Okay.« Peter schlüpfte in seinen Schlafsack und ließ sich auf das Bett sinken. Schon nach drei Minuten schnarchte er wie eine gesamte Fußballmannschaft.

So schwer es auch war, die Augen offen zu halten: Roland hielt eisern durch. Nichts geschah in der ersten Stunde, hin und wieder hörte man aus der Ferne das Geräusch eines Automotors, vom Wald her tönte das Klagen eines Nachtvogels oder das Stöhnen eines Windstoßes.

Als Peter nach einer Stunde von Roland geweckt wurde, war er völlig verwirrt und wusste zuerst nicht, wo er war.

Schlaftrunken, aber tapfer übernahm er die Nachtwache.

Mitternacht. Geisterstunde. Plötzlich war Peter hellwach.

Was geschieht da draußen?

14. Kapitel

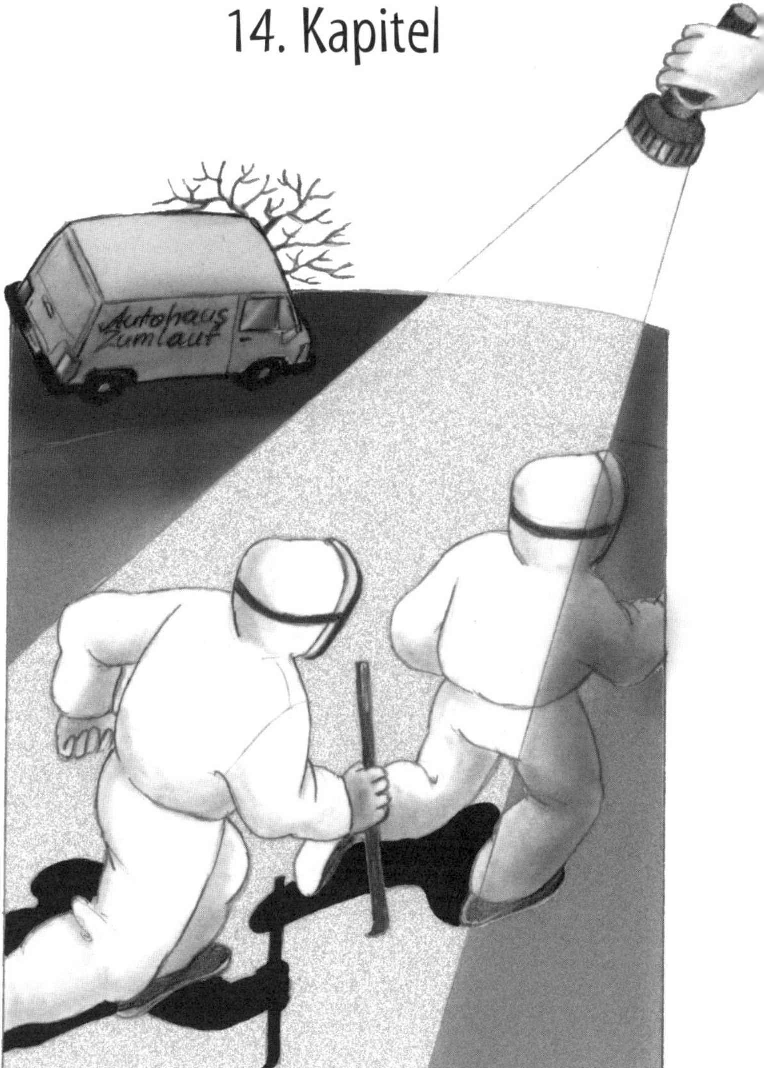

Die Schneemänner kommen

Im Dunkeln, jenseits des Laternenscheins, hatte ein Auto angehalten. Undeutlich konnte Peter die Umrisse erkennen. Es schien ein größeres Auto zu sein: vielleicht ein Lieferwagen oder ein Bulli. Türen schlugen zu. Peter spürte seinen Herzschlag sogar in den Ohren.

»Wach auf, Roland! Sie kommen!« Peter rüttelte den Partner aus dem Tiefschlaf. »Mach endlich deine Glubschaugen auf!«

Roland wälzte sich auf die Seite und grunzte irgendetwas, das sich nach »Will schlafen« und »Was 'n los?« anhörte.

»Die Schneemänner kommen!«

Das wirkte sofort. Wie elektrisiert fuhr Roland hoch, schlüpfte blitzschnell aus dem Schlafsack und hastete zum Fenster. »Wo, wo sind sie denn?«

Peter hatte sich das Fernglas gegriffen und starrte angestrengt hinaus in die Finsternis. »Sie sind mit 'nem Auto gekommen. Ich kann die Karre sehen. Dunkler Lieferwagen. Pass auf, gleich werden sie auftauchen.«

Roland tastete nach der Fotokamera. Gärten, Büsche und Hänge waren in dunstiges Weiß gehüllt. Keine Bewegung war zu erkennen. Hatte Peter sich etwa getäuscht?

Aber dann!

Zwei oder drei Minuten waren vergangen, da erspähten die Jungen zwei Gestalten, die sich im Schutz der Hecke langsam näherten. Mit ihren weißen Anzügen waren sie in der verschneiten Landschaft kaum wahrzunehmen, doch scharfen Detektivaugen blieben die heimlichen Schleicher da draußen nicht verborgen. Keine hundert Schritte mehr waren sie vom Mühlenhaus entfernt.

»D-d-die A-a-astronauten, die auf dem M-m-mond gelandet sind, die hatten auch solche A-a-anzüge an.« Roland bibberte vor Kälte und vor Aufregung. »W-w-was machen wir jetzt?«

»Wir lassen sie erst mal näher rankommen«, wisperte Peter.

»Dann musst du sie fotografieren. Wir brauchen Beweise.« Mit dem Fernglas konnte er die Schneemänner jetzt deutlich erkennen.

Die Sekunden verrannen, geduckt kamen die zwei Schneemänner angeschlichen. Was hatten sie vor? Den alten Damen nur einen Schrecken einjagen? Aber das hatten sie ja schon mit dem Drohbrief versucht. Ganz klar: Sie führten Böses im Schilde.

Jetzt kamen die beiden Gestalten über die Straße gehuscht. Hatte der eine Schneemann etwa eine Brechstange in den Hand? Peter konnte es nicht genau erkennen. Nur noch wenige Meter, dann würden die unheimlichen Gestalten vor der Ladentür stehen. Die Jungen wussten, dass nun Action angesagt war. Auf keinen Fall durften sie zulassen, dass die Schneemänner ins Haus eindrangen.

»Babsy hatte recht. Sie haben tatsächlich Masken vor dem Gesicht«, flüsterte Roland. Beide überlegten fieberhaft, was nun zu tun wäre. Roland hatte als erster eine Idee: »Pass auf«, flüsterte er, »wir erschrecken die einfach so richtig. Auf mein Kommando musst du das Fenster aufreißen!«

Die Gestalten in den weißen Anzügen schauten sich misstrauisch nach allen Seiten um. Keine Frage, sie waren bereit – wozu auch immer. Die Jungen am Fenster hielten den Atem an: Auch sie waren bereit.

»Jetzt!«, zischte Roland.

Sofort ließ Peter die Fensterflügel auffliegen. Eisiger Wind fuhr ins Zimmer. Mit dem starken Strahl der Taschenlampe erfasste Peter die rätselhaften Figuren. Klick-klick-klick. Roland knipste mit der Kamera, was das Zeug hielt. Klick-klick-klick. Detektive im Einsatz. Die Angst war verflogen. Peter und Roland fühlten sich wie im Rausch.

Überrascht und irritiert von dem grellen Licht, das da

plötzlich aufblendete, erstarrten die weißen Gestalten für Sekunden zu Salzsäulen.

Peter brüllte mit tiefer Stimme: »Hier spricht die Polizei! Geben Sie auf, jeder Widerstand ist zwecklos!«

Und Roland schrie: »Nehmen Sie die Hände hoch! Und keine Bewegung! Sie sind nämlich umzingelt.«

Jetzt sahen Peter und Roland also die merkwürdigen Schneemänner zum ersten Mal mit eigenen Augen. Da tat es gut, nach dem langen Warten die Gefühle so richtig rauszulassen. Die zwei Typen hatten offenbar den Schock überwunden und wandten sich zur Flucht. Trotz der weiten Anzüge rannten sie in höllischem Tempo die Straße hinunter.

»Macht bloß, dass ihr wegkommt, ihr Gangster!« Peters Stimme überschlug sich fast. »Oder wir schießen! Wir sind nämlich bis an die Zähne bewaffnet.«

Roland hatte die ganze Zeit den Auslöser betätigt. Er hörte erst auf zu knipsen, als die Fliehenden jenseits des Lichtkreises der Laterne in der Dunkelheit verschwunden waren.

»Sollen wir sie verfolgen?«, fragte Peter.

»Zwecklos«, meinte Roland, »die haben zu viel Vorsprung.« Er schaltete im Zimmer das Licht an, die Aktion Nachtwache war beendet. »Denen haben wir einen ganz schönen Schrecken eingejagt, die kommen garantiert nicht wieder hierher.«

Peter lachte. »Vielleicht haben sie sogar die Hosen voll.«

In der Ferne sprang der Motor des Lieferwagens an. Reifen quietschten, als die Flüchtenden das Auto wendeten. Dabei geriet das Fahrzeug für einen Augenblick ins Laternenlicht. Ganz klar war zu erkennen: Das Auto war blau und hatte eine weiße Aufschrift. Noch einmal klickte Rolands Kamera.

Peter starrte durch das Fernglas. »So was Blödes, die Schrift konnte ich nicht lesen. Ging zu schnell.«

Das Motorgeräusch verlor sich irgendwo in der Ferne. Die Jungen lauschten ihm nach, um die Richtung zu erkennen, in die der Lieferwagen verschwand. Doch da röhrte plötzlich noch ein Motor auf, offenbar auf der anderen Seite der Mühle. War das ein Zufall?

Roland schloss das Fenster. »Könnte ja sein, dass wir nicht die Einzigen sind, die den Schneemännern aufgelauert haben.«

Peter wollte etwas antworten, doch da wurden unten im Haus aufgeregte Stimmen laut. Ängstliche Rufe ertönten: »Was ist denn passiert? – »Was soll das Getöse?« – »Peter, Roland, seid ihr da?«

Peter öffnete die Tür und schaute in die Diele hinunter. Was für ein Bild! Am Fuß der Treppe standen Helma und Christine mit wallendem weißem Haar, in weißen Nachthemden und mit Kerzen in den Händen.

»Was war los? Warum habt ihr so laut geschrien?« Christines Stimme war ganz zittrig. »Habt ihr jemanden gesehen?«

Roland trat neben den Freund und hob beruhigend die Hände. Die Grillen sollten sich nicht fürchten, darum flunkerte Roland drauflos: »Nur keine Aufregung! Alles ganz harmlos. Da war ein Besoffener, der wollte an die Ladentür pinkeln.«

»Genau«, bestätigte Peter, »wir haben das Ferkel aber schon verscheucht. Die Sache hat sich erledigt. Weiterhin Gute Nacht!«

»Wieso habt ihr den denn bemerkt?« Helma dachte gar nicht daran, sich so leicht abspeisen zu lassen. »Wart ihr denn noch wach?«

»So gerade eben noch«, sagte Roland. »Wir haben noch lange Vokabeln gepaukt und dann haben wir uns noch Witze erzählt – ja, und dann hörten wir die torkelnden Schritte.«

Christine und Helma glaubten ihnen anscheinend und beruhigten sich allmählich wieder. »Na gut«, gähnte Helma, »dann noch mal Gute Nacht.«

Peter und Roland schlossen sich dem Gähnkonzert an und so wankten schließlich doch noch alle in ihre Betten.

Ob die Auswertung der Fotos neue Erkenntnisse bringt?

15. Kapitel

Dreimal blau und kleine Schweine

Die vier hockten in Annes Zimmer und knabberten geröstete Esskastanien. Ziemlich lautstark und einander immer wieder ins Wort fallend, schilderten Roland und Peter die Ereignisse der vergangenen Nacht. Sie fuchtelten dramatisch mit den Armen herum und führten den erstaunten Mädchen noch einmal die Szene am Fenster vor: Auge in Auge mit den gefährlichen Schneemännern! Aber sie hätten die Ganoven eiskalt verjagt, wie Angsthasen hätten die Typen die Flucht ergriffen und seien mit ihrem Auto abgerauscht.

»Wenn wir nicht so clever gewesen wären«, erklärte Peter schließlich triumphierend, »dann hätten die garantiert den Bäckerladen der Grillen verwüstet.«

Katrin kicherte. »Wir werden euch wegen eurer Heldentat für das Bundesverdienstkreuz vorschlagen. Roland und Peter, die Supermänner. Aber jetzt bleibt mal schön auf dem Teppich und lasst uns die Fakten zusammenfassen!«

Roland staunte. »Wow! Du redest ja fast schon wie ein Detektiv. Und was die Fakten betrifft: Die sind blau.«

Das sahen die anderen genauso. Der Fetzen mit dem A stammte eindeutig von einer Plastiktasche vom Autohaus Zumlauf. Und das Auto der Schneemänner war auch blau und hatte eine weiße Aufschrift, genau wie die Reklametasche.

»Dreimal blau, das passt zusammen.« Anne pellte mit dem Daumennagel eine Kastanie und stellte kurz und bündig fest: »Die Spur führt zum Autohaus.«

Für Sekunden herrschte Stille. Sie grübelten alle über die Frage nach: »Was für einen Grund könnten die Leute vom Autohaus Zumlauf haben, den Öko-Betrieben Schaden zuzufügen?«

Dann packte Roland die Kamera aus. »Überprüfen wir mal Bild für Bild meine Fotobeweise! Vielleicht finden wir ja noch mehr heraus.« Er schwieg bedeutungsvoll und setzte dann mit ernster Miene hinzu: »Wir sollten vor allem auf Details achten. Wir müssen profimäßig . . .«

»Angeber!«, spottete Anne. »Ich sag's ja immer: Angeber.«

Roland schnaubte beleidigt, sagte aber nichts. Neugierig steckten die Kids die Köpfe über dem Display der Digitalkamera zusammen und starrten auf die Bilder, die Roland langsam durchlaufen ließ. Erstaunte Bewunderungsrufe. Alle fanden, dass die Fotos trotz des kümmerlichen Lichts in der Nacht von erstklassiger Qualität waren. Das baute den gekränkten Roland wieder auf. Deutlich erkannte man die vermummten Gestalten in den hellen Overalls, denn sie wurden von Peters Taschenlampe angestrahlt. Dann sah man an ihrer Haltung, wie sie erschraken und sich zur Flucht wandten. Das letzte Foto zeigte nur noch schemenhaft den blauen Lieferwagen im Schein der Laterne.

»Die Masken«, murmelte Peter, »die sind so seltsam. Es sind keine Strumpfmasken, aber solche Sturmmasken wie die der Spezialisten bei den Sondereinsatzkommandos der Polizei sind es auch nicht. Diese Masken sind ganz anders.«

Anne beugte sich noch weiter über die Fotos und meinte plötzlich: »Habt ihr das gesehen? Die haben doch irgendwelche Firmenschildchen auf der Brust. Ich wette, da steht Autohaus Zumlauf drauf.«

Zu erkennen war das nicht, aber zu erahnen. Ähnlich war es bei der Seitenaufschrift des Lieferwagens. Jetzt waren sich alle einig: Die Spur führt zum Autohaus.

Nur Katrin war sich da nicht so sicher. Nachdenklich starrte sie zur Zimmerdecke und meinte schließlich: »Bei Lucia fing es an. Als Nächstes wurde hier der Ziegenstall aufgeknackt, in der Gärtnerei wurde der Grünkohl zertrampelt und dann ging's zweimal gegen die Pfisterei der Grillen . . . Eigentlich wäre doch längst der Öko-Hof der Bichlers am Bühl an der Reihe. Irgendwas stimmt da nicht.«

Peter sprang auf. »Okay, rücken wir den Bichlers mal auf die Pelle! Einverstanden?«

Natürlich gab es keine Einwände. Draußen angekommen, mussten sie erst einmal die Augen zusammenkneifen. Die Wintersonne brachte die Landschaft zum Leuchten. Am Nordhang tobten wieder die Schlittenfahrer. Obwohl die Schneedecke noch dünn war, kurvten auch ein paar Skifahrer und ein einsamer Snowboarder durch die Gegend. Spaziergänger genossen den klaren Wintertag. Hunde wälzten sich im Schnee, Kinder versuchten vergeblich aus dem Pulverschnee Bälle zu kneten. Anne, Roland, Katrin und Peter liefen in einem Affentempo querfeldein ins Tal hinein.

Der Öko-Hof Bichler befand sich am Hang auf der anderen Talseite. Schon von Weitem sah man das Wohnhaus, die Scheune und die Stallungen. Das Holztor bei der Einfahrt schien aus einem Cowboyfilm zu stammen. ÖKOLOGISCHE LANDWIRTSCHAFT BICHLER: Die Buchstaben waren in das hölzerne Schild eingebrannt. Und darunter stand: *Unser Bauernlädchen mit eigenen bio-dynamisch erzeugten Produkten ist täglich außer sonntags geöffnet.*

Auf der Hausweide schien eine Art Zirkus stattzufinden. Kleine Schweine wetzten um die Wette, Meerschnuckenschafe schnupperten im Schnee, ein moppeliger Hund spielte verrückt und drei Kinder versuchten sich auf gescheckten Ponys als Kunstreiter.

Die Kinder der Bichlers kannten Anne. Sofort lenkten sie ihre trippelnden Ponys auf die Ankömmlinge zu und brachen in lautes Hallo aus. Der braune Hund kam angehechelt und bellte mit piepsiger Stimme.

Anne machte die Bichlerskinder Frauke, Franziska und Björn mit ihren Freunden bekannt. »Trainiert ihr hier für ein Krippenspiel?«, fragte sie lachend.

»Klar«, antwortete Franziska, »sieht man doch. Wir sind die Heiligen Drei Könige und die Schweinchen spielen die Hirten. Ihr könnt auch mitmachen. Die Rollen von Maria und Josef sind noch frei.« Sie zeigte auf Roland. »Und du bist das Jesuskind.«

Großes Gelächter. Aber Roland fand das nicht besonders witzig. Während Frauke erklärte, eigentlich gehe es bloß darum, den kleinen Schweinen ein halbes Stündchen Bewegung zu verschaffen, weil die sonst die ganze Zeit im Stall unter den Heizstrahlern lägen, machte Roland eine Entdeckung.

Da stand ein Polizeiauto vor der Scheune!

In diesem Augenblick kam Konrad Bichler, unheimlich lang und unheimlich dünn, mit der Pfeife im Mund aus dem Haus. »Wir haben Besuch? Was verschafft uns die Ehre?«

»Es ist wegen der Schneemänner«, sagte Anne.

»Bei Lucia, bei uns, in der Gärtnerei Fleckhorst und bei den Grillen haben sie ja schon zugeschlagen. Es geht immer gegen die Öko-Leute. Deswegen wollten wir mal erkunden, ob sie bei euch auch schon aufgetaucht sind.«

»Wir ermitteln nämlich in diesen Fällen«, erklärte Peter.

Konrad Bichler schmunzelte. Dann sagte er ernst: »Nein, wir sind zwar auch ›Öko-Leute‹, wie ihr so schön sagt, aber uns haben die Brutalinskis bisher verschont. Vielleicht hat unser Trick sie verscheucht.« Er zeigte zum Polizeiauto hinüber. »Die Karre steht schon seit gestern da. Wir waren ja von Ulla vorgewarnt worden. Da hab ich sofort den Kurt Löffle eingeschaltet, der Hauptwachtmeister ist nämlich mein Schwager.«

»Hat der die ganze Zeit hier Wache gehalten?«, fragte Roland verwundert.

»I wo!« Konrad Bichler winkte ab. »Das ist nur ein Bluff. Das olle Auto ist bei der Polizei längst ausrangiert, es rollt nur noch im zweiten Gang. Wie es scheint, hat die Täuschung funktioniert. Der Kurt Löffle hatte gar keine Zeit, hier Wache zu schieben. Der war die ganze Nacht im Einsatz wegen der merkwürdigen Vorgänge. Er hat übrigens Verstärkung aus der Kreisstadt bekommen. Die Polizei nimmt die Sache sehr ernst.«

Kennt man bei der Polizei vielleicht schon das Motiv?

16. Kapitel

Roland im Alleingang

Die Ponyreiter drehten wieder ihre Runden, der Moppelhund vollführte artistische Sprünge, die Schweinchen liefen bei ihrem Quiekkonzert zur Höchstform auf.

»Ich glaube nicht, dass der Bluff mit dem leeren Polizeiauto auf Dauer wirkt«, sagte Peter.

Konrad Bichler nickte, kniff die Augen zusammen und klopfte seine Pfeife am Schuhabsatz aus. »Ich auch nicht. Da werde ich heute Nacht wohl Wache schieben müssen. Ich lasse drinnen und draußen die Lampen brennen. Wenn ich was Verdächtiges höre oder sehe, lasse ich den Hund los. – Verflucht noch mal, ich hoffe, die Polizei kann den Spuk rasch beenden!«

Polizei? Das hörte Roland gar nicht so gern. »Jedenfalls haben wir ja inzwischen auch eine heiße Spur«, meinte er lässig. »Man darf den Gegner aber nicht unterschätzen. Kann gut sein, dass wir gerade in diesem Augenblick aus der Ferne beobachtet werden. Ich hab da so ein Prickeln im Urin.«

»Schwache Blase, wie?« Anne grinste. »Ich muss jetzt nach Hause und Ulla im Stall helfen. Mein Vater pennt bestimmt. Er war die ganze Nacht auf den Beinen. Die Alarmanlage kann erst im Laufe der nächsten Woche montiert werden.«

»Und ich muss allmählich das Schweinevölkchen wieder in den Stall treiben. Zu lange dürfen sie nicht in der Kälte rumtoben.«

Konrad Bichler gab den Ponyreitern ein Handzeichen. »Also dann! Und danke für euren Besuch.«

Katrin, Anne und die beiden Jungen machten sich auf den Heimweg. Eine Weile begleitete sie noch das Geschrill der Schweinchen, das Gebell des braunen Hundes und das heisere Gebrüll der Jungbullen aus den Stallungen.

Peter zeigte auf die hölzernen Masten, die entlang der Zufahrt zum Gehöft der Bichlers führten. »Diese Leitungen da, was haben die eigentlich zu bedeuten?«

Anne erklärte es. »Hier außerhalb der Stadt geht's noch ein bisschen altmodisch zu, da liegen die Leitungen nicht in der Erde. Bei uns ist es genauso. An den dickeren Masten hängen die Stromkabel und an den dünnen die Telefonleitungen. Dass du das nicht weißt!«

Peter schämte sich ein bisschen. »Ist ja auch nicht so wichtig. Lasst uns etwas schneller laufen. Wenn ich zum Mittagessen nicht pünktlich zu Hause bin, krieg ich echt Ärger. Mein Alter hat morgen seine letzte Tour vor Weihnachten, da will er heute noch mal die komplette Familie am Tisch sehen.«

»Und ich muss bei der doofen Spekulatiusbäckerei mithelfen«, stöhnte Katrin. »Heute Nachmittag geht es bei uns los. Ich hasse diese alberne Weihnachtsbäckerei.« Dann lachte sie kurz auf. »Eigentlich müsste ich mich bei den Bichlers entschuldigen. Ich hatte nämlich so einen kleinen Verdacht, dass die irgendwie in die Sache verwickelt wären, weil die anderen Öko-Betriebe ja Konkurrenten . . .«

Weiter kam sie nicht. Wie eine Furie fauchte Anne die Freundin an: »Ich hab doch gesagt, dass die Bichlers völlig okay sind! Die sind Freunde von uns. Warum denkst du dir bloß so einen blöden Mist aus?«

»Cool bleiben! Hast du schon vergessen, wie sauer du warst, als die Jungs deine Großeltern verdächtigt haben?«, mahnte Roland. »Wenn Detektive recherchieren, dürfen sie keine Möglichkeit außer Acht lassen. Sympathien spielen da keine Rolle. Katrins Verdacht hat sich ja wohl nicht bestätigt. Aber etwas Wichtiges haben wir immerhin erfahren.«

»Ach ja?« Peter blies die Luft aus den Backen. »Und was ist das Wichtige, das wir erfahren haben? Da bin ich aber mal neugierig, ob ich gespannt bin.«

»Dass der Löffle nicht so eine Schlafmütze ist, wie wir gedacht hatten, und dass die Polizei die Sache ernst nimmt. Das haben wir erfahren. Aber ich schätze, wir haben die Nasen vorn. Im Gegensatz zu den Bullen haben wir immerhin schon konkretes Beweismaterial.« Roland klopfte auf die Digitalkamera.

Anne wiegte den Kopf. »Fotos von zwei vermummten Figuren und ein undeutliches Bild von einem blauen Lieferwagen. So furchtbar konkret ist das aber noch nicht. Erst mal müssen wir die Schneemänner identifizieren. Wir wissen ja immer noch nicht, wer denn nun hinter den Masken steckt.«

Peter knurrte entschlossen: »Wir werden sie schon entlarven. Die heiße Spur führt zum Autohaus Zumlauf. Ich verstehe bloß immer noch nicht, was das Motiv sein könnte.«

Am Stadtrand löste sich die Gruppe auf. Anne eilte den Hang hinauf, Katrin lief durch die Astrid-Lindgren-Straße nach Hause und die beiden Jungen gingen noch ein Stück gemeinsam durch die Fußgängerzone.

»Hoffentlich gibt's heute Nacht nicht wieder 'ne Katastrophe«, sagte Roland. »Wir können schließlich nicht dauernd Wache halten. Hab ich recht?«

»Hast du«, bestätigte Peter. »Bestimmt brauchen die komischen Schneemänner auch mal eine Pause. Und morgen, gleich nach der Schule, ermitteln wir im Autohaus. Alles klar, Partner?«

»Alles klar.«

Peter trabte davon. Höchste Zeit für ihn, pünktlich am Tisch zu erscheinen. Und so stand Roland auf einmal allein auf der Straße. Er hatte keine Eile. Nach der stressigen Samstagsarbeit schliefen die Eltern Trautwein am Sonntag immer bis zum Nachmittag. Barbara war gewiss noch beim Rodeln. Da fasste Roland einen Entschluss. Er würde schon einmal allein die Lage auf dem Firmengelände des Autohauses peilen. Mit tief in die Stirn gezogener Ledermütze marschierte er los.

Die Stadt wirkte wie ausgestorben, denn viele Leute waren

zum großen Weihnachtsmarkt in die Kreisstadt gefahren. Die Tannengirlanden mit den bunten Lämpchen schaukelten leicht im Wind. Der Himmel hatte sich verfinstert. Wahrscheinlich würde bald wieder Schnee fallen. Roland schnupperte. Ganz klar, da lag Schneegeruch in der Luft.

Als Roland beim Autohaus anlangte, schlich er durch die Reihen der abgestellten Autos. Hinter den großen Scheiben der Ausstellungshalle schimmerten die Neuwagen, hier draußen wurden die Gebrauchtwagen gezeigt, natürlich alles superpreisgünstige Schnäppchenangebote, große Schilder mit Preisen und technischen Daten hinter den Windschutzscheiben.

Dann erreichte Roland den Innenhof vor dem Werkstatttor. Dort standen die Wagen, die zur Reparatur gebracht worden waren. Aber dahinter, unter einem Blechdach, parkten zwei blaue Firmenwagen mit der weißen Aufschrift AUTOHAUS ZUMLAUF. Roland atmete tief durch. Es gab keinen Zweifel: Mit solch einem Lieferwagen waren die Schneemänner weggedüst, als sie von der alten Mühle verscheucht worden waren.

Schon hatte Roland die Kamera bereit. Jetzt galt es, Beweise zu sammeln. Klick-klick-klick. Und dann noch eine Großaufnahme von dem schnörkligen A. Aber wer waren denn nun die Kerle, die im Dunkeln mit einem dieser Wagen unterwegs gewesen waren? Was ging hier eigentlich vor?

Plötzlich wurde Roland aus seinen Gedanken gerissen. Er spürte es körperlich, dass er beobachtet wurde. Er drehte sich nicht um, weil er im Rückspiegel eines Autos den Mann im dunklen Regenmantel sehen konnte, der da scheinbar zufällig geschlendert kam.

Wer ist dieser Mann?

17. Kapitel

Zwei Männer mit Spritzpistolen

Deutsch in der ersten Stunde am Montagmorgen. Es sollte vorweihnachtlich zugehen. Und so hatten Jonas, Lisa, Manuela und Paul das Singspiel von der Herbergsuche eingeübt. Sie hofften, damit ihre Deutschnoten verbessern zu können. Paul und Manuela spielten die hartherzigen Wirtsleute, Lisa und Jonas mimten die Rollen von Maria und Josef. Die vier Spieler waren sichtlich nervös, weil die Mitschülerinnen und Mitschüler so komisch feixten. Herr Waldhausen forderte Ruhe.

Die Wirtsleute begannen zu singen. »Wer klopfet an?«

Maria und Josef antworteten: »Oh, zwei gar arme Leut!«

Paul und Manuela: »Was wollt denn ihr?«

Kläglich sangen Lisa und Jonas: »Oh, gebt uns Herberg heut! Überall sind wir verstoßen, jede Tür ist uns verschlossen . . .« Weiter kamen sie nicht.

Denn da kreischte Robin: »Versucht's doch mal bei McDonald's!«

Brüllendes Gelächter. Das war's dann. Die Weihnachtsstimmung war wie weggeblasen. Lisa heulte. Herr Waldhausen bekam einen Wutanfall. Also Schluss mit dem Singspiel, das kaum begonnen hatte. Stattdessen wurden Satzgefüge mit erweitertem Infinitiv gepaukt und Robin, dem sie das zu verdanken hatten, hockte jetzt da wie ein Häufchen Elend.

Peter und Roland kümmerten sich allerdings nicht um die Infinitive, sie hatten Wichtigeres zu besprechen. Tuschelnd tauschten sie ihre Ansichten über den Mann im dunklen Regenmantel aus. Roland hatte ihn sogar heimlich knipsen können. Jetzt schob er Peter das Foto zu. Leider zeigte es nur den Rücken des Mannes.

Selbstverständlich hatte Roland gleich nach seinen Entdeckungen auf dem Firmengelände des Autohauses Zumlauf seinen Freund angerufen und ihm von den blauen Autos und dem fremden Mann berichtet.

»Der sieht irgendwie gefährlich aus«, zischte Peter und gab das Foto zurück. »Die ganze Haltung und so.«

»Das hab ich dir doch gestern schon am Telefon gesagt.«

»Hast du den Mann irgendwann schon mal gesehen?«

Roland schüttelte den Kopf. »Nee, der ist bestimmt nicht von hier.«

»Ob er dich wohl heimlich vorfolgt hat?«

Auf diese Frage konnte Roland nicht mehr antworten, denn plötzlich stand der Deutschlehrer neben seinem Platz. Blitzschnell ließ Roland das Foto unter dem Tisch verschwinden. Er wusste schon, was ihn erwartete.

»Wenn ich eins hasse«, polterte Herr Waldhausen prompt los, »dann sind es Privatkonferenzen während des Unterrichts. Hopp, Roland, an die Tafel! Mal sehen, ob du da auch so eifrig bei der Sache bist.«

Roland ergab sich in sein Schicksal. Er schlich zur Tafel und Raja reichte ihm die Kreide. Es dämmerte ihm, dass er wohl da weiterschreiben sollte, wo sie eben aufgehört hatte. Allerdings hatte er keinen blassen Schimmer, worum es überhaupt ging. Resigniert breitete er die Arme aus. Das sollte bedeuten: Ich gebe mich geschlagen.

»Du kannst dich beim Weihnachtsmann bedanken, dass ich dir nicht eine saftige Übungsarbeit verpasse«, schnauzte Herr Waldhausen. »Setz dich!«

Roland schämte sich zwar ein bisschen, doch er fand, dass ein cooler Detektiv solche Niederlagen locker wegstecken muss. Für den Rest der Stunde heuchelte er angestrengte Aufmerksamkeit.

Als endlich der Gong zur großen Pause ertönte, flitzten die beiden Jungen zusammen mit Katrin und Anne zum Vordach der Turnhalle. Eine Lagebesprechung war angesagt. Denn wie sollte es nun weitergehen? Von den Schneemännern war in der vergangenen Nacht nichts zu sehen und zu hören gewesen. Patrick, Annes Vater, hatte schon früh am Morgen herumtelefoniert. Roland zeigte den Mädchen das Bild von dem Mann im Regenmantel.

»Der Mann könnte natürlich rein zufällig da rumgelaufen sein«, gab Katrin zu bedenken. »Suchte vielleicht nach einem passenden Gebrauchtwagen oder so.«

»Aber er könnte auch der heimliche Boss der Schneemänner sein«, meinte Anne, »sozusagen der Unbekannte im Hintergrund.«

Peter nickte. »Das ist schon ziemlich verdächtig«, bestätigte er. »Ich glaube nicht an Zufälle. Wenn er Roland beobachtet hat, dann kann das nur eins bedeuten: Er weiß, dass wir an dem Fall arbeiten und eine Spur zum Autohaus Zumlauf gefunden haben. Vielleicht hat dieser Mann uns gestern die ganze Zeit heimlich beschattet. Wir müssen höllisch aufpassen, das ist mal klar.«

Sie beschlossen daher, dass Roland und Peter sich am Nachmittag unauffällig auf dem Werksgelände des Autohauses umsehen sollten. Katrin und Anne kamen dafür natürlich nicht infrage, weil sie zumindest in der Verkaufsabteilung schon bekannt waren. Es hatte in der Nacht tatsächlich wieder ein wenig geschneit. Peter zeichnete mit dem Finger das schnörklige A in den Schnee. Das war so etwas wie eine Beschwörung.

Zäh zog sich der Vormittag dahin. Die beiden Jungen warteten ungeduldig auf den Schulschluss. Dann ging es schnell zum Mittagessen nach Hause. Punkt drei Uhr trafen sich die Freunde vor dem Naturkost-Laden. Lucia winkte ihnen durch die Fensterscheibe zu. Peter zeigte ihr den erhobenen Daumen. Das sollte heißen: Wir sind an der Sache dran, verlass dich auf uns.

Beim Autohaus herrschte reger Betrieb. Interessenten und Verkäufer verhandelten in der Ausstellungshalle. Draußen manövrierten Monteure in blauen Overalls Reparaturautos hin und her. Peter und Roland schlenderten näher. Sie sahen

Mechaniker unter den Wagen auf den Hebebühnen emsig bei der Arbeit.

Plötzlich erklang hinter ihnen eine Stimme: »Was habt ihr denn hier zu suchen?« Das klang nicht unfreundlich. Ein Mann in einem blauen Arbeitskittel tippte den Jungen auf die Schultern. Offenbar war er der Werkstattmeister.

»O-o-och, wir . . .« Roland zuckte überrascht zusammen. Aber als gewiefter Oberflunkerer fand er sofort eine Ausrede. »Wir wollen nur mal ein bisschen zuschauen. Ich meine, was hier so abläuft. Wir wollen nämlich später mal Kfz-Mechaniker werden. Sie haben doch nichts dagegen, oder?«

»So, so, Kfz-Mechaniker wollt ihr mal werden.« Der Mann lächelte ein wenig spöttisch. »Also, hier draußen könnt ihr ruhig rumlaufen, aber die Montagehalle dürft ihr nicht betreten. Das Betreten ist Unbefugten nicht gestattet.«

»Und warum darf man da nicht rein?«, wollte Peter wissen.

»Weil's nicht ungefährlich ist.« Der Mann ließ die Jungen stehen und ging in das Büro der Reparaturannahme.

Etwas ratlos sahen sich die Jungen an und Roland fragte sich, was genau sie hier eigentlich suchten.

Da deutete Peter auf einen hellgrauen Anbau mit metallenen Toren. Ein heftiges Zischen drang aus dem Anbau nach draußen. Neugierig spähten die Jungen durch die schmalen Fensterschlitze.

»Wow!« Peter war wie elektrisiert. »Siehst du auch, was ich seh?«

»Ja.« Roland nickte heftig. »Ich seh auch, was du siehst.«

Zwei Männer in weißen Schutzanzügen und mit Schutzmasken vor den Gesichtern waren mit Spritzpistolen dabei, die Kotflügel eines Kleinwagens zu lackieren. – Hatten sie endlich die Schneemänner gefunden?

Was werden Peter und Roland jetzt unternehmen?

18. Kapitel

Ein Verschwörertreffen

Bingo!«, jubelte Roland leise. »Wir haben sie entlarvt.«

»Haben wir nicht«, widersprach Peter, »weil wir nämlich keine Ahnung haben, was für Gesichter hinter den Masken stecken. Das kriegen wir erst raus, wenn sie Feierabend haben. Wir müssen sie observieren.«

Das sah Roland ein. »Und was glaubst du, wann die Leutchen in so einer Firma aufhören zu malochen?«

»So gegen fünf, schätze ich mal.«

Da blieb also noch Zeit. Länger wollten sich Roland und Peter jetzt nicht auf dem Firmengelände herumtreiben, denn das wäre zu auffällig gewesen. Also trödelten sie ein wenig durch die Stadt. An Hausaufgaben brauchten sie nicht zu denken, weil Lehrerinnen und Lehrer vor den Weihnachtsferien gnädig gestimmt waren. Der neue Ziti-Markt mit den großen Glaswänden wirkte wie ein gigantisches Aquarium, in dem die Kunden wie Fischschwärme wimmelten. Mit dem Wind wehten Weihnachtsgesänge durch die Stadt.

»Das Gedudel geht mir allmählich auf den Keks«, brummte Peter. »Ich hätte jetzt Lust auf knallharte Rockmusik.«

»Guck dich mal vorsichtig um! Ich hab das komische Gefühl, dass wir beobachtet werden. Kannst du irgendwo 'nen Mann mit einem dunklen Regenmantel sehen?«

Peter tat so, als müsste er sich den Schuh zubinden, und spähte über die Schulter, doch er konnte nichts Verdächtiges entdecken. »Allmählich sollten wir uns einen guten Beobachtungsposten aussuchen«, mahnte er. »Lass uns zurückgehen zum Autohaus!«

Sie versteckten sich zwischen den Autowracks, die am Rande des Werksgeländes zum Ausschlachten abgestellt waren. Es war lausig kalt, aber sie harrten aus. Je dunkler es wurde, desto heller wirkte das Neonlicht in der Lackiererei. Jetzt zur

Feierabendzeit holten viele Kunden ihre reparierten Autos ab. Es herrschte hektische Betriebsamkeit.

»Ich bin fast schon ein Eiszapfen«, klagte Roland. »Hoffentlich ist hier bald Schluss.« Er schaute auf die Leuchtziffern seiner Armbanduhr. »Schon kurz vor fünf.«

»Wenn die Schneemänner in ihren Schutzanzügen zum Umziehen in so einen Gemeinschaftsraum gehen, wie sollen wir sie dann zwischen all den anderen beim Rauskommen erkennen – so in Zivilklamotten?« Peter bewegte die Finger in den dicken Handschuhen, doch dadurch wurden sie auch nicht wärmer. »Könnte sein, Partner, dass wir dann ein Problem haben.«

Daran hatte Roland auch schon gedacht. Aber er zuckte nur mit den Schultern. Vielleicht mussten sie einfach abwarten. Detektive müssen manchmal einfach auf ihr Glück vertrauen. Woher sollten sie auch ahnen, dass später ohnehin alles ganz einfach sein würde . . .

Fünf Uhr, endlich!

Ein durchdringender Summton verkündete das Ende des Arbeitstages. Nach und nach verstummten in der Montagehalle die lärmenden Maschinen, Motoren hörten auf zu tuckern, Lampen wurden ausgeschaltet. Auch in der Lackiererei verblasste nach einer Weile das grelle Licht zu funzeliger Sparbeleuchtung.

»Da, sie kommen!« Peter stieß dem Freund den Ellenbogen in die Rippen. »Hast du die Kamera bereit?«

Ja, Roland hatte die Digitalkamera schussbereit, er knipste auch – klick-klick-klick – einmal, zweimal, dreimal, doch dann nahm er den Finger vom Auslöser. Das brachte doch nichts! Die Schneemänner hatten zwar ihre Schutzmasken auf die Stirn geschoben, als sie in ihren weißen Anzügen zum Tor der Halle stapften, aber die Entfernung war zu groß. Peter und Roland konnten von ihren Gesichtern nichts erkennen.

»Jetzt haben wir den Salat!«, brummte Peter enttäuscht.

»Abwarten«, gab Roland zurück, »man kann nie wissen . . .«

Peter unterbrach ihn. »Das dauert noch, bis alle da rauskommen. So Kfz-Mechaniker sind nach der Arbeit ziemlich eingeschmiert von Öl und Fett und Dreck und so. Bis die sich gesäubert haben!« Er überlegte kurz: »Aber vielleicht sind die beiden Lackierer schneller fertig. Sie haben ja die Schutzanzüge getragen.«

Es war dann aber genau umgekehrt. Einzeln oder in Grüppchen erschienen die Arbeiter auf dem Firmenhof. Einige strebten dem Ausgang zu, andere gingen zur Rückseite der Halle, wo es anscheinend einen Parkplatz für die Firmenangehörigen gab. Roland und Peter wurden immer unruhiger. Wie sollten sie die beiden Schneemänner denn nur unter all den Anoraks, Winterjacken und Mänteln erkennen?

Aber dann! Zwei Männer verließen jetzt die Montagehalle – zwei Männer, die sich äußerst seltsam benahmen! Der eine trug eine rote Windjacke und hatte eine Pudelmütze auf dem Kopf, der andere hatte eine halblange Lederjacke an. Beide guckten sich nach allen Seiten um und eilten geduckt zu dem blauen Lieferwagen mit der Firmenaufschrift.

»Mann!«, flüsterte Roland. »Ich glaube, mein Goldfisch bellt. Siehst du auch, was ich sehe?«

»Blöde Frage! Sie haben ihre weißen Anzüge unterm Arm. Da! Sie packen sie in den Lieferwagen.« Er wurde immer aufgeregter. »He, die haben garantiert noch was vor. – Komisch, dass die privat einen Firmenschlitten benutzen dürfen.«

»Vielleicht dürfen sie's gar nicht«, gab Roland zu bedenken, »vielleicht tun sie's heimlich. Oder sie haben die Erlaubnis vom Boss. Ist ja eine gute Reklame, wenn so ein Auto vom Autohaus häufig in der Stadt gesehen wird. Aber was tun wir, wenn die jetzt einfach abdüsen?«

Aber die beiden Männer hatten offenkundig andere Pläne: Anstatt einfach abzudüsen, schoben sie nur leise die Seitentür des blauen Wagens zu und bummelten dann an den Reihen der Gebrauchtwagen und an der Ausstellungshalle vorbei zur Straße.

»Wir müssen ihnen auf den Fersen bleiben!«, zischte Peter. »Aber Vorsicht! Nach ihrer Pleite vor der alten Mühle sind die bestimmt argwöhnisch. Wenn sie uns entdecken, können wir einpacken.«

Geschickt wie Apachenspäher schlichen Roland und Peter den zwei Männern nach, versteckten sich, wenn es brenzlig wurde, in Toreinfahrten und Hauseingängen, duckten sich hinter Litfaßsäulen und geparkten Autos, liefen getrennt zwischen anderen Fußgängern hin und her und blieben dann und wann vor Schaufenstern stehen. Aber die beiden Schneemänner in Zivil ließen sie nicht einen Augenblick aus den Augen.

Die Männer steuerten das kleine Café Pennekamp mit den Stehtischchen an. Jetzt konnten Peter und Roland deutlich erkennen, dass beide noch sehr jung waren. Wieder ließ Roland die Kamera klicken. Nun hatten sie auch Bilder von den Gesichtern. Die Männer zündeten Zigaretten an. Wollten sie bloß zusammen ein Feierabendbierchen trinken oder warteten sie hier auf jemanden?

»Hast du die Typen schon mal gesehen?«, fragte Roland.

»Nee«, antwortete Peter. Er wollte noch mehr sagen, doch plötzlich duckte er sich und hielt den Finger vor den Mund.

Ein dicklicher Mann mit Pelzmütze betrat das Café und ging auf das Tischchen der Schneemänner zu.

»Boh, der Wollmann!« Peter fasste sich an den Kopf. »Ich kann's kaum glauben. Jetzt wird es spannend.«

Was hat der Filialleiter mit den Schneemännern zu tun?

19. Kapitel

Der Mann im Hintergrund

Bloß jetzt nicht entdeckt werden! Vom äußersten Rand des Schaufensters spähten Peter und Roland durch die Scheibe, sprungbereit, die Köpfe sofort zurückzuziehen, falls einer der Männer in ihre Richtung blickte. Sie sahen, wie die Serviererin Bier brachte, sie erkannten auch, dass der Mann mit der Pelzmütze eindringlich auf die beiden jungen Männer einredete. Die drei stießen fast mit den Köpfen zusammen – anscheinend verständigten sie sich im Flüsterton. Ganz klar: Geheimtreffen, Verschwörung, Auftragserteilung. Oder etwa nicht?

Peter raunte dem Partner zu: »Der Mann im Hintergrund. Wollmann ist der Mann im Hintergrund. Er stiftet die Schneemänner zu ihren hundsgemeinen Schandtaten an. Aber warum bloß?« Er geriet richtig in Fahrt: »Bestimmt erpresst er sie! Ich frag mich nur, woher er sie kennt?«

»Woher wohl! Hast du Matsche im Gehirn? Am Freitag, als der Supermarkt eröffnet wurde und der Wollmann seine Blabla-Rede hielt, da hab ich dir doch gesagt, dass ich den Laurenz Wollmann kenne und dass der vorher Manager beim Autohaus Zumlauf gewesen ist. Schon vergessen?«

Peter war enttäuscht. »Dann könnte das ja was ganz Harmloses sein. Oh Mann! Wollmann trifft sich nach Feierabend mit ehemaligen Kollegen und zischt mit ihnen ein Bierchen – und wir Idioten halten das für eine Verschwörung.«

»Das *ist* eine Verschwörung!« Roland presste Peters Arm. »Du musst logisch denken. Ist im Supermarkt etwa Feierabend? Von wegen! Da ist gerade jetzt Hochbetrieb, da ist die Hölle los. Und ausgerechnet zu dieser Zeit macht der Chef ein Päuschen, um sich mit alten Kumpels zu treffen? Mann, setz doch mal deine grauen Zellen in Bewegung! Hier läuft 'ne ganz heiße Nummer ab. Schau nur, die scheinen sich zu streiten. Könnte ja sein, dass die Lackierer kalte Füße gekriegt haben, weil wir sie bei der Pfisterei so toll erschreckt haben. Vielleicht wollen sie nun aussteigen.«

Peter war noch immer skeptisch. »Und wenn sie einfach bloß über Fußball reden oder so?«

»Dafür läuft der Wollmann doch nicht aus seinem Supermarkt raus. Ich sag dir, die baldowern wieder was Böses aus.«

Mehrere Frauen mit Einkaufstaschen drängten in das kleine Café. Für einen Augenblick waren die Köpfe der drei Männer nicht zu sehen. Roland und Peter traten näher ans Fenster.

Plötzlich geschah da etwas Seltsames!

Mit der rechten Hand hob Wollmann sein Bierglas, mit der linken griff er in die Manteltasche, zog etwas Weißes heraus und schob es über die Tischplatte. Schnell griff der Mann mit der Lederjacke zu und ließ das Ding im Ärmel verschwinden. Roland riss die Kamera hoch und knipste.

»Hast du die Szene im Kasten?«

Roland schüttelte den Kopf. »Ich bin doch nicht Spiderman. Das ging zu rasch. Was mag das wohl gewesen sein?«

»Wahrscheinlich ein Briefumschlag«, meinte Peter. »Vielleicht mit Geld.« Er zog den Freund aus dem Lichtkreis vor dem Schaufenster ins Dunkle. »Wenn du mich fragst: Es geht um einen neuen Auftrag. Sie schlagen wieder zu.«

»Wir dürfen jetzt keinen Fehler machen. Vielleicht sollten wir doch die Polizei informieren?«

Peter lachte kurz auf. »Quatsch! Was können wir den Bullen denn sagen? Dass wir gesehen haben, wie der Filialleiter vom Supermarkt zwei jungen Männern irgendwas übergeben hat? Das ist doch keine Straftat. Außerdem ist das nicht der Fall der Polizei, das ist noch immer *unser* Fall. Wir bleiben am Ball. Okay, Partner?«

»Okay, Partner.« Roland sah ein, dass Peter recht hatte. Er spürte ein Prickeln im Bauch, und das war eindeutig ein schönes Gefühl. So dicht vor dem Ziel dürfen Detektive doch nicht aufgeben.

Sie huschten zur anderen Straßenseite, in den Schatten eines Hauseingangs. Es dauerte nur noch zwei, drei Minuten, dann verließ Laurenz Wollmann eilig das Café. Er hatte sein Glas nicht ausgetrunken.

»Sollen wir uns trennen?«, fragte Peter aufgeregt. »Einer verfolgt den Wollmann, der andere bleibt den Schneemännern auf der Spur.«

Roland winkte ab. »Ich wette, der Wollmann geht jetzt wieder brav in seinen großen Ziti-Markt und tut so, als sei nichts gewesen. Ich frage mich nur, was die Schneemänner unternehmen werden. Und irgendetwas haben die bestimmt noch vor, sonst hätten sie ihre Schutzanzüge nicht in den Firmenwagen gepackt.«

»Und wenn die wieder erst um Mitternacht ihren faulen Zauber veranstalten?« Peter stöhnte. »Eigentlich müsste ich längst zu Hause sein. Meine Mutter skalpiert mich, wenn ich nicht . . .«

Roland hielt ihm den Mund zu. »Darauf können wir jetzt keine Rücksicht nehmen. – In Deckung, sie kommen!«

Die beiden jungen Männer kamen aus dem Café und schlenderten, scheinbar ganz gelassen, in Richtung Fußgängerzone. Doch Roland und Peter hatten den Eindruck, dass sie immer wieder nervös nach rechts und links schauten. Ob sie irgendwie merkten, dass zwei Verfolger jeden ihrer Schritte belauerten?

»Die gehen zum Autohaus«, flüsterte Roland, »da gibt's keinen Zweifel. Und was tun wir, wenn die in die blaue Karre steigen und verduften? Wir können doch nicht hinterherrennen. Dann sehen wir ganz schön dämlich aus.«

Peter meinte, es sei wieder einmal nötig, logisch zu kombinieren. »Erst war Lucia dran, dann der Ziegenhof, dann die Gärtnerei Fleckhorst, dann die Grillen. Nur Bichlers Öko-Hof am Bühl haben sie bisher verschont. Ich stelle mal die Theorie auf: Heute sind die Bichlers ihr Ziel. Wir müssen ihnen unbedingt eine Falle stellen.«

»Und wie soll diese Falle funktionieren?«

»Wir müssen unsere Hilfskräfte informieren.«

Zum Informieren hatten Roland und Peter allerdings erst einmal keine Zeit, weil die Schneemänner inzwischen vor dem Autohaus Zumlauf angekommen waren. Das schwere Metalltor vor der Einfahrt zum Hof war bereits hochgekurbelt. Doch die beiden Männer eilten gebückt am Zaun entlang zur hinteren Seite des Geländes. Dort gab es einen Hinterausgang.

»Da! Sie haben einen Schlüssel.«

Es schepperte, als die Torflügel aufschwangen. Peter peilte durch das Fernglas. Er sah, dass einer der Männer einen länglichen Gegenstand aus dem Kofferraum eines Gebrauchtwagens zog und zum blauen Firmenauto trug. Was es war, konnte er nicht erkennen. Der andere Mann war eingestiegen und hatte den Wagen gestartet. Langsam rollte das Fahrzeug aus der Hinterausfahrt auf die Straße. Der Kumpel zog das Tor zu, schloss ab und stieg ebenfalls ein.

Blitzschnell ließen sich die Jungen hinter einem Streusandkasten in den Schnee fallen. Der blaue Lieferwagen fuhr an ihnen vorbei. Da sah Roland plötzlich an der Ecke des Zauns den Mann im dunklen Regenmantel. Er stand einfach da.

Welche Rolle spielt der Mann im Regenmantel?

20. Kapitel

Peter zieht die Fäden

Roland atmete tief durch. »So was Blödes, eben habe ich noch den Kerl im Regenmantel gesehen! Dort hinten am Zaun. Hat der sich jetzt in Luft aufgelöst oder was?« Er starrte wütend zum Zaun. »Ich wüsste schon gern, welche Rolle der spielt!«

»Von mir aus kann er den Clown spielen«, gab Peter hastig zurück. »Für Männer in Regenmänteln haben wir jetzt keine Zeit. Jetzt geht es um Sekunden! Ab sofort dürfen wir die Schneemänner nicht mehr aus den Augen verlieren.«

»Du Witzbold! Die sind doch schon über alle Berge.« Roland ballte verzweifelt die Fäuste. »Da bräuchten wir doch Schumis Ferrari, wenn wir die noch einholen wollten.«

»Cool bleiben, Partner! Das ist alles eine Frage der Organisation. Die Hilfskräfte, du weißt doch.« Peter zog das Handy aus der Tasche. Rasch wählte er im spärlichen Licht Katrins Nummer. »Hopp, melde dich schon!« Nervös wie ein Rumpelstilzchen hüpfte er hin und her.

Dann, endlich: Katrins salbungsvolle Stimme. »Hier spricht die Königin von Saba. Was kann ich für Sie tun?«

»Lass den Quatsch!«, polterte Peter. »Die Schneemänner sind wieder in Aktion. Ich bin jetzt mit Roland beim Autohaus. Die zwei Zombies hatten gerade ein Geheimtreffen mit dem Filialleiter vom Supermarkt und eben sind sie mit dem blauen Firmenauto von hier losgefahren, ich schätze mal, Richtung Bichler-Hof. – Kannst du mich hören, Katrin?«

»Klar kann ich dich hören. Aber was willst du von mir?«

»Dass du auf der Stelle aus dem Haus saust und zum Kreisverkehr an der Hauptstraße rennst. Wenn du dich beeilst, bist du vor ihnen dort. Du musst rauskriegen, ob sie mit dem blauen Auto in Richtung Bergstraße abbiegen. Dann wissen wir nämlich, ob sie wirklich zu Bichlers Öko-Hof wollen.«

»Aber ich muss gerade meinem Bruder bei den Hausaufgaben helfen. Ich kann nicht einfach . . .«

»Hausaufgaben?« Peter brüllte wie ein Stier. »Das ist doch Pipifax! Hier geht es um einen kriminalistischen Großeinsatz. Du willst doch auch, dass wir den Schneemännern das Handwerk legen, und jetzt können wir sie voll in die Falle laufen lassen!« Er atmete tief durch und sagte dann ruhiger: »Also: Hör genau zu. Wenn die wirklich in die Bergstraße einbiegen, dann rufst du sofort bei deinen Großeltern in der Gärtnerei an, kapiert? Sie sollen die Zufahrt zu Bichlers Hof blockieren, sobald der blaue Lieferwagen durch ist. Möglichst mit 'nem Lastwagen oder so. Dann sitzen die Burschen in der Falle. – So, keine weiteren Fragen mehr. Schwirr ab! Tempo, Tempo!«

Roland hatte Peters Plan kapiert. Schon zückte er sein Handy und tippte Annes Nummer. Anne erfasste auch sofort die Lage: Klar, sie werde ihren Eltern auf der Stelle Bescheid sagen, dass dem Hof der Bichlers Gefahr drohe.

»Patrick soll den Konrad Bichler unbedingt vorwarnen«, mahnte Roland. »Wir wissen ja nicht hundertprozentig, ob die Schneemänner auf seinem Gelände auftauchen werden, aber die Wahrscheinlichkeit ist groß. Peter und ich haben die Täter knallhart ausspioniert.«

»Angeber!«, kicherte Anne. Und dann sachlicher: »Ihr könnt euch auf mich verlassen. Patrick ist bestimmt schon ganz wild darauf, den Ziegenverscheuchern was auf die Mütze zu hauen. Bis später dann!«

»Wie kommen *wir* eigentlich zu den Bichlers?«, fragte Peter den Partner. »Wie greifen wir jetzt in das Finale ein? Zu Fuß bis zum Bühl – das ist ja fast so weit wie nach Alaska.«

»Wieso?«, meinte Roland. »Ist doch alles nur eine Frage der Organisation. Das hast du doch selber gesagt. Wir brauchen eben einen fahrbaren Untersatz. Am besten fragen wir Lucia.« In Wirklichkeit war sich Roland seiner Sache aber gar nicht so sicher. Peters Pläne hörten sich zwar prima an, aber vielleicht lief die Sache dann aber ganz anders. Es war doch nur eine Vermutung, dass sich die Schneemänner auf dem Weg zu den Bichlers befanden. Außerdem herrschte dort auf dem Hof um diese Zeit bestimmt noch reger Betrieb. Wer einen Anschlag plante, musste doch eigentlich auf die Nacht warten oder auf das Morgengrauen. In Rolands Bauch rumorten die Zweifel.

»Worauf wartest du?« Peter riss den Freund aus der Grübelei. »Muss dich erst 'ne Prinzessin wachküssen? Aber du hast recht, Lucia muss uns kutschieren. Sie gehört doch sowieso zu unserer Mannschaft.«

Sie spurteten los. Zu Lucias Naturkost-Laden war es nicht weit. Die meisten Geschäfte hatten schon geschlossen, drinnen wurde geputzt. Nur beim Supermarkt klingelten wohl nicht nur die Weihnachtsglöckchen, sondern auch noch die Kassen.

Lucia war beim Aufräumen. Ihr Freund Kim, der Torwart von Sportfreunde 07, half ihr dabei. Lucia guckte erstaunt, als Peter gegen die Glastür hämmerte.

»He, ihr Penner, könnt ihr nicht zur regulären Geschäftszeit kommen?«, schimpfte Lucia, als sie kopfschüttelnd die Tür aufschloss. »Um was geht's denn?«

»Um Schneemänner!«, rief Roland völlig außer Atem. »Wir dürfen keine Zeit verlieren. Schnell, du musst uns mit deinem Flitzer zu den Bichlers fahren. Vielleicht schnappen wir sie!«

Natürlich verstand Lucia nur Bahnhof. »*Wen* wollt ihr schnappen? Die Bichlers?«

»Nein, die Schneemänner natürlich! Wen denn sonst?» Im Zeitraffertempo berichtete Roland von seinen und Peters Ermittlungen und schloss mit den Worten: »Und diese Typen haben dir garantiert auch die tote Maus untergejubelt!«

Die tote Maus. Das war das Stichwort. Lucia wollte sich nur

zu gern für diese Gemeinheit rächen. Entschlossen nahm sie ihre Wolljacke vom Haken. »Dann mal los!«

»Sollten wir nicht die Polizei verständigen?«, gab Kim zu bedenken. »So auf eigene Faust . . . Ich weiß nicht.«

»Für langes Palaver mit der Polizei ist es jetzt zu spät«, sagte Peter beschwörend. »Die anderen sind übrigens auch schon informiert.« Wen er mit *die anderen* meinte, erklärte er erst gar nicht. »Hopp, *full speed!*«

Kim zögerte. »Und wenn's gefährlich wird?«

Da riefen Roland und Peter wie aus einem Munde: »Das Wort *Gefahr* gibt es in der Detektivsprache nicht!«

Kim griff sich den Besen. »Zur Vorsicht nehme ich aber mal eine Waffe mit. Man kann nie wissen.«

Peters Handy dudelte. Es war die Nachricht von Katrin. Sie hatte das blaue Auto gesehen. Es war vom Kreisverkehr in Richtung Bergstraße abgebogen. Na also!

Lucias Mini parkte in der Liefergasse. Die Jungen zwängten sich auf die Rückbank und Kim schaffte es irgendwie, den Besen in den kleinen Wagen zu bugsieren. Lucia startete wie ein Formel-1-Fahrer. Raus aus dem Städtchen und die Bergstraße hinauf. Als sie später in den Fahrweg einbog, musste sie mächtig aufpassen. Es war glatt.

Peter wurde immer aufgeregter. »Hoffentlich kommen wir nicht zu spät«, murmelte er und trommelte nervös mit den Fingern.

Aber was haben die Schneemänner denn bloß vor?

21. Kapitel

Schneemänner in der Falle

Ein paar Sterne blinkten zwischen den Wolken. Die Scheinwerfer brachten den Schnee zum Glänzen. In der Ferne leuchteten die Lampen vom Gehöft der Bichlers. Fast war es eine weihnachtliche Stimmung. Die vier in Lucias Mini waren allerdings viel zu aufgeregt, um diese schöne, klare Nacht genießen zu können.

Gerade wollte Lucia den Mini vom Fahrweg in die Zufahrt zum Öko-Hof lenken, da machte Roland plötzlich aus dem Augenwinkel eine überraschende Entdeckung. Hinter Ginsterbüschen, kaum wahrnehmbar in der Dunkelheit, stand der Lieferwagen.

»Stopp!« Roland schrie so laut, dass Kim zusammenzuckte und sich fester an seinen Besen klammerte. »Peter und ich müssen hier aussteigen. Die Schneemänner sind zu Fuß unterwegs. Wir müssen sofort ihre Spur verfolgen.«

Lucia bremste und der Mini geriet ein wenig ins Schlittern. »Macht keinen Mist, Jungs! Ihr könnt doch nicht einfach . . . Das ist zu gefährlich! Solchen Ganoven ist alles zuzutrauen.«

Sie war sehr besorgt.

»Uns passiert nix«, sagte Peter entschieden. »Wir sind clevere Ermittler und ausgekochte Anschleicher. Roland hat recht. Wenn da drüben ihr Auto steht, dann sind sie zu Fuß quer durch die Landschaft gelaufen. Also kombiniere ich mal, dass sie nicht direkt auf dem Hof zuschlagen.«

»Vielleicht haben die Gauner vor, irgendwo eine Feldscheune abzufackeln«, gab Kim zu bedenken. »Oder sie schlagen einen großen Bogen und nähern sich vom Hügel aus der Rückseite des Gehöftes. Wer weiß das schon!«

»Eben.« Roland schüttelte Kims Schultern, damit der endlich ausstieg und die Jungen von der Rückbank krabbeln ließ. »Und weil es niemand weiß, müssen wir das rauskriegen, ehe es zu spät ist. Nun mach schon! Wir dürfen keine Zeit verlieren.«

Kim und Lucia zögerten. Durfte man die Jungen allein im Dunkeln zwei Straftäter verfolgen lassen? Das konnte man doch nicht verantworten.

Aber Roland und Peter setzten ihren Willen durch. Sie versprachen hoch und heilig, großen Abstand zu halten und nichts Leichtsinniges zu unternehmen. Außerdem seien sie ja mit Anne und Katrin per Handy im Dauerkontakt. Wenn für die anderen die Zeit zum Einsatz gekommen sei, würden sie rechtzeitig Alarm schlagen. Mehr überredet als überzeugt, ließen Lucia und Kim die Jungen aussteigen.

»Fahrt zum Hof«, forderte Peter, »ich schätze, Patrick und Ulla sind auch schon da. Und falls ihr gleich den Lastwagen von den Fleckhorsts sehen solltet, dann sagt ihnen, dass sich der Plan geändert hat. Alle sollen jetzt bei den Bichlers auf unser Zeichen warten. Habt ihr das geschnallt?«

»Was für einen Ton du draufhast!«, knurrte Lucia. »Du kommandierst hier rum wie so 'n General.« Dann rief sie den Jungen noch nach: »Passt auf euch auf!«

Während der Mini langsam weiterfuhr, huschten Peter und Roland durch das Ginstergestrüpp. Die Motorhaube des blauen Transporters fühlte sich noch warm an und im Schnee waren unscharfe Schuhabdrücke zu erkennen.

Roland flüsterte: »Dieses Mal haben sie ihre Quanten nicht umwickelt. Wahrscheinlich denken sie, dass der Wind ihre Spuren rasch zuweht.« Verwundert runzelte er die Stirn. »Seltsam, die Fährte führt gar nicht zum Hof, sondern in eine ganz andere Richtung.«

Das war dem Partner natürlich auch sofort aufgefallen. »Bis zum Hof ist es sowieso noch ein satter Kilometer. Was für ein Ziel die bloß ansteuern? Hast du 'ne Ahnung?«

Roland zuckte nur mit den Schultern, was Peter im spärlichen Licht freilich nicht sehen konnte. Geduckt folgten sie nun den Abdrücken. Der Ackerboden unter der dünnen Schneedecke war allerdings so hoppelig, dass die zwei Spurensucher wieder und wieder ins Stolpern gerieten. Außerdem brachte der kalte Wind die Augen zum Tränen und die Jungen, geistig hellwach, fühlten sich körperlich plötzlich schlapp und müde.

Am Ende des Ackers erhob sich eine Hecke mit dornigen Büschen. Peter und Roland zwängten sich hindurch, verharrten eine Weile reglos und lauschten.

»Mit ihren weißen Klamotten sind sie natürlich toll getarnt in dieser Schneewüste«, sagte Peter und atmete tief durch. »Ich vermute, dass sie gar nicht weit vor uns sind. Mist, dass man bei dem Windgepfeife nichts hören kann.«

Aber dann, als sie auf dieser Seite der Hecke nach der Fortsetzung der Fußspuren suchten, hörten sie doch etwas.

Da knirschte eine Säge!

Roland und Peter huschten vorwärts, egal, ob der Pulsschlag in den Ohren rauschte und die Knie ein bisschen zitterten. Und dann erkannten sie undeutlich die Gestalten der Schneemänner, die an einem Strommast kauerten – und sägten.

Was jetzt geschah, vollzog sich so plötzlich und überraschend, dass die Jungen nur noch dastanden und staunend die Augen aufrissen. Es war wie in einem Film:

Grelles Licht flammte auf. Erschrocken ließen die Schneemänner die Säge fallen und blinzelten geblendet in das gleißende Licht.

»Nehmen Sie die Hände hoch und bewegen Sie sich nicht!«, rief eine schneidende Stimme. »Polizei! Jeder Fluchtversuch wäre sinnlos. Wir wissen, wer Sie sind.«

»K-k-kratz mich mal!«, stammelte Roland. »Ich glaub, ich träume. Der Mann im dunklen Regenmantel, ist der etwa ...«

Und tatsächlich: Niemand anders als der hochgewachsene Mann im dunklen Regenmantel trat ins Licht und ging auf die

Schneemänner zu. Außerdem näherten sich zwei Polizisten in Uniform mit den Blendscheinwerfern. Und dann erschien auch Hauptwachtmeister Löffle auf der Szene.

»Ich bin Kommissar Koltschack von der Kreispolizei«, sagte der Mann im Regenmantel scharf. »Ich nehme Sie hiermit fest. Da wir Sie nun auf frischer Tat ertappt haben, brauchen Sie uns übrigens auch gar nicht erst irgendwelche Märchen zu erzählen.« Er gab dem Hauptwachtmeister ein Zeichen. »Handschellen!«

Für einen Augenblick sah es so aus, als wollten die Schneemänner flüchten, doch dann senkten sie wie arme Sünder die Köpfe und wehrten sich nicht, als Löffle ihnen die Handschellen anlegte.

»Wir wollten doch nur . . .«

Doch der Kommissar schnitt dem Schneemann Nummer eins das Wort ab. »Sie wollten einen Strommast umsägen. Halten Sie am besten den Mund! Reden können Sie später, wenn wir das Protokoll aufnehmen.«

»Aber woher wissen Sie, dass wir . . .« Schneemann Nummer zwei schien das alles noch nicht richtig zu begreifen. Ungläubig schaute er den Kommissar an.

»Wir haben schon gestern einen Peilsender an Ihrem Firmenwagen angebracht und Sie vorhin mit unseren Nachtsichtgeräten beobachtet«, sagte Kommissar Koltschack kühl, »und bei der alten Mühle haben wir Sie auch gesehen, aber da haben uns zwei Jungen den Zugriff vermasselt.«

Vermasselt? Das wollten Roland und Peter nicht auf sich sitzen lassen. Der Moment für ihren Auftritt war gekommen.

Wie wird der Kommissar reagieren?

22. Kapitel

Der Zorn der Öko-Leute

Entschlossen stapften Peter und Roland ins Licht der Scheinwerfer. Allgemeine Verwunderung: Wo kommen denn plötzlich die zwei Jungen her? Nur Kommissar Koltschack blieb gelassen.

»Sieh da, sieh da, die zwei Amateurdetektive! Ich habe mir schon fast gedacht, dass ihr hier auftauchen würdet.« Es war nicht genau zu erkennen, aber es sah so aus, als ob der Kommissar lächelte.

Peter war nicht bereit, das auf sich sitzen zu lassen, und rief empört: »Wir sind überhaupt keine Amateurdetektive, die irgendwelche Zugriffe vermasseln! Wir waren nämlich die Ersten, die diese Schneemänner überhaupt entlarvt haben. Die Sache mit den Schutzanzügen und so. Und dass die beiden da die Ziegen aus Brockmeyers Stall getrieben haben. Und die tote Maus in Lucias Apfelkiste.«

Das war allerdings schon wieder ein bisschen geflunkert, denn zuerst hatte Rolands Schwester Barbara ja einen Schneemann entdeckt. Doch das spielte jetzt keine Rolle.

»Schneemänner!« Das Wort schien dem Kommissar zu gefallen. »Klar, sie haben sich als Schneemänner getarnt. Aber ihr solltet eigentlich wissen, dass es gefährlich ist, Polizei zu spielen.« Er drohte mit dem Finger, doch das war wohl nicht böse gemeint. »Trotzdem: Alle Achtung!«

Doch auch Roland war nun voll in Fahrt. »Wir haben nicht Polizei gespielt, dass das mal klar ist. Wir sind Detektive. Haben Sie doch gerade selbst gesagt. Und wir haben Beweismaterial gesammelt. Den Plastikfetzen im Zaun von Fleckhorsts Gärtnerei zum Beispiel. Der stammt von ’ner Reklametüte vom Autohaus Zumlauf.« Roland zeigte auf die Schneemänner. »Die hatten sich nämlich was um die Schuhe gewickelt. Außerdem haben wir jede Menge Fotos gemacht. Wir haben sie nämlich fotografiert, als sie in die Pfisterei eindringen wollten und als sie sich in Pennekamps Steh-Café mit dem Wollmann heimlich getroffen haben, weil der ihr Auftraggeber ist und . . .«

»Stopp, stopp!« Der Kommissar unterbrach Rolands Redeschwall. »Eure Aussagen sind sehr wichtig für uns, die nehmen wir morgen richtig zu Protokoll.« Er tippte Roland auf die Ledermütze. »Wir zwei sind uns ja gestern schon mal auf dem Gelände vom Autohaus begegnet. Stimmt's?«

»Hm.« Roland nickte und behauptete dann: »Ich hab mir schon längst gedacht, dass Sie ein Kripomann sind.« Bei diesem grellen Licht war ja nicht zu erkennen, dass er rot wurde beim Flunkern.

Jetzt schaltete sich Hauptwachtmeister Löffle ein. »Aber dass ihr bei der alten Mühle wie die Brüllaffen gelärmt habt, das war ja wohl der Gipfel. Wir hatten den blauen Firmentransporter längst entdeckt und warteten auf der anderen Hausseite, um unsere sauberen Ganoven auf frischer Tat zu schnappen, aber ihr habt sie durch euer Geschrei verscheucht. Dadurch konnten sie rechtzeitig abhauen.«

Peter fühlte sich schwer gekränkt und brummte: »Wir wollten doch die Grillen beschützen. Konnten wir denn ahnen, dass die Polizei auf der Lauer lag?«

»Schluss jetzt!«, entschied der Kommissar. »Wir müssen uns ja hier nicht die Beine abfrieren. Auf das Fotomaterial der Jungs bin ich übrigens gespannt. Das könnten entscheidende Beweise gegen Laurenz Wollmann sein. Los, Abmarsch zum Hof! Da warten schon unsere Kollegen mit einem ganz speziellen Taxi für unsere Schneemänner.« Er zeigte auf die Säge. »Löffle, nehmen Sie die mit. Ein ganz besonders wichtiges Beweisstück.«

Die »Schneemänner« hatten die ganze Zeit geschwiegen. Offenbar sahen sie ein, dass jeder Protest zwecklos war. Widerstandslos ließen sie sich von den Beamten mit den Blendlaternen führen. Es war eine seltsame Prozession, die sich auf den Hof der Bichlers zubewegte.

Aber dann der Empfang! Denn als Kommissar Koltschack den Übeltätern die Handschellen abnehmen ließ und sie aufforderte, die Schutzanzüge auszuziehen, da bekam Konrad Bichler einen fürchterlichen Wutanfall, denn nun sah er die Gesichter der beiden jungen Männer.

»Himmel, das halte ich doch im Kopf nicht aus, das darf doch nicht wahr sein! Da kommt mir doch die Kotze hoch!« Er schnappte nach Luft. »Gerhard Biebricher und Carlo Walle! Meine Kameraden aus dem Schützenverein, meine eigenen Kameraden sind zu solch einer hinterhältigen Gemeinheit fähig?« Der lange, dünne Mann spuckte voll Ekel aus und ballte die Fäuste. »Schöne Kameraden, feine Kameraden! Ich glaube, ich werd verrückt. Habt ihr Vollidioten eine Ahnung, was passiert wäre, wenn ihr den Strommast umgesägt hättet?«

Mit gesenkten Köpfen standen Gerhard Biebricher und Carlo Walle wortlos da. Sie waren ganz grün im Gesicht und trauten sich nicht, die Leute um sich herum anzuschauen.

Konrad Bichler schrie wütend weiter: »Die Leitungen wären gerissen, in der ganzen Gegend hier wäre der Strom ausgefallen, keine Heizung – und das bei dieser Kälte! Auf unserem Hof wäre die Wasserpumpe ausgefallen. Kein Wasser für die Tiere. Wisst ihr Rindviecher, was das bedeutet?! Oder habt ihr genau das bezweckt? Wenn ich mir das nur vorstelle, wird mir ganz schlecht: Keine Wärmelampen bei den Jungtieren, keine Funktion bei der Melkmaschine und im Kühlhaus, völlige Dunkelheit im Haus und auf dem gesamten Hof . . . Am liebsten würde ich euch erst mal 'ne Abreibung verpassen.«

»Keine Gewalt!«, mahnte Polizist Löffle. »Keine Selbstjustiz!«

»Die Kerle gehören vor Gericht!« Auch Patrick Brockmeyer bebte vor Zorn. »Ihr wart doch bestimmt auch diejenigen, die mitten in der Nacht unsere Ziegen durch die Landschaft gescheucht haben? Das war doch wohl eine bodenlose Schweinerei. Die Tiere hätten sich die Knochen brechen können, wären vielleicht von Autos überfahren worden, hätten sich verirrt. Gar nicht auszudenken!«

Katrins Opa, Herr Fleckhorst, stimmte in das Wutgebrüll mit ein. »Alle Grünkohlpflanzen habt ihr mir zertrampelt, ihr Saukerle! Wisst ihr, was für ein Verlust das ist?«

Bevor die beiden Beschuldigten antworten konnten, mischte sich noch jemand ein: »Die Sache mit der toten Maus werde ich euch nie verzeihen. Ihr solltet euch schämen!« Knallrot vor Wut stand Lucia vor den beiden und durchbohrte sie geradezu mit ihren wütenden Blicken.

»Wie konntet ihr Helma und Christine nur so in Angst und Schrecken versetzen?«, kreischte Katrin. »Feiglinge seid ihr!«

Roland dachte: Zufälle gibt's, die gibt's gar nicht. Denn in diesem Moment kam ein uralter VW-Käfer angeknattert: Die Grillen! Also war die Öko-Gruppe komplett.

»Woher wissen denn Helma und Christine, dass hier . . .« Peter staunte. »Wer hat die denn informiert?«

»Ich«, sagte Anne.

Aber die Versammlung war wohl doch noch nicht ganz vollständig. Wieder näherte sich ein Auto mit aufgeblendeten Lichtern. Ein weißes Cabrio. Groß stand das Wort PRESSE auf der Kühlerhaube. Klar, das war Silke Grenningloh von der Lokalredaktion.

»Hast du die etwa auch angerufen?«, fragte Peter.

»Na logisch«, antwortete Anne. »Das ist doch ein Fall für die Öffentlichkeit.« Sie lachte. »Die Wahrheit muss ans Licht.«

»Schluss jetzt!«, rief der Kommissar. »Wir müssen los.«

Ulla protestierte. »Halt! Wir wollen wissen, warum die uns das angetan haben.«

Was werden die Schneemänner antworten?

23. Kapitel

Zwei arme Sünder beichten

Der Wollmann hat uns erpresst«, sagte Carlo Walle mit leiser Stimme und starrte vor sich in den Schnee. Es war ihm deutlich anzusehen, dass er sich schämte, besonders vor Konrad Bichler. »Wir haben Schulden bei der Sparkasse, der Gerhard und ich, weil wir uns im Sommer schwere Motorräder gekauft haben. Und weil wir die Raten nicht so richtig abzahlen konnten, haben wir hin und wieder so 'n paar Sachen heimlich aus dem Warenlager unserer Firma – na ja, Sie wissen schon. Die haben wir dann unter der Hand verscherbelt, weil wir doch dringend Geld brauchten. Aber einmal hat uns der Laurenz Wollmann dabei erwischt, da war er ja noch Manager beim Autohaus Zumlauf. Aber er hat uns nicht angezeigt. Er hat gesagt, dass er jetzt was guthätte bei uns und dass wir uns eines Tages revanchieren könnten.« Carlo Walle breitete hilflos die Arme aus.

Jetzt fing auch Gerhard Biebricher an zu reden und setzte in einem weinerlichen Tonfall die Erzählung seines Freundes fort. »Der hatte uns doch in der Hand! Als er zum neuen Supermarkt wechselte und Filialleiter wurde, da hat er sich mit uns getroffen und verlangt, dass wir allen Öko-Betrieben eins auswischen sollten. Ein bisschen Geld hat er uns auch rübergeschoben. Er wollte, dass die Öko-Betriebe in Verruf kommen und möglichst viele Kunden verlieren. Wenn's bei denen drunter und drüber geht, hat er gesagt, dann spricht sich das schnell rum und die Leute gehen lieber in die Bio-Abteilung vom Ziti-Markt. Und wenn sie schon mal im Supermarkt drin sind, dann kaufen sie da auch die anderen Sachen. – Oh Mann, hätten wir uns doch nur nicht auf so einen krummen Deal eingelassen!«

»Die Einsicht kommt ein bisschen spät«, knurrte Patrick Brockmeyer. »Was geschieht denn nun mit dem feinen Herrn Wollmann?«

Der Kommissar erklärte: »Der feine Herr Wollmann ist soeben wegen des Verdachts auf Anstiftung zu Straftaten festgenommen worden. Anweisung des Staatsanwalts. Wir sind in solchen Fällen völlig humorlos. Das werden die Herren Walle und Biebricher auch zu spüren kriegen.«

Ulla lachte bitter. »Die Sache ist doch sonnenklar. Herr Wollmann will seinen Firmenbossen beweisen, dass er ein toller Hecht ist und so richtig powern kann. Gleich von Anfang an die Konkurrenz plattmachen und mit tollen Umsatzzahlen protzen.«

»Das stimmt«, gab Gerhard Biebricher zu, »so ungefähr hat er das auch gesagt. Er will nämlich Karriere machen, damit er bald rauskann aus unserer Stadt. Er peilt den Job als Filialleiter in einer Großstadt an.«

Empörtes Gemurmel ringsherum. Immer heftiger pfiff der Wind, was Silke Grenningloh von der Lokalredaktion jedoch nicht daran hinderte, mit ihrem Mikrofon herumzufuchteln. Der kleine Hund nagte unterdessen an Katrins Schuhen.

Helma Grill rief voll Wut: »Und ihr zwei Deppen macht euch auch noch zu Handlangern von diesem rücksichtslosen und karrieregeilen Herrn Wollmann. Pfui!«

Anne flüsterte beeindruckt: »Dass die Helma solche Sprüche draufhat! Das hätte ich nicht gedacht.«

Ziemlich gequält und zerknirscht versuchte Carlo Walle so eine Art Verteidigung. »Wo der uns doch erpresst hat!«

»Wir hatten ja auch nicht gedacht, dass wir erwischt würden«, fügte Gerhard Biebricher reichlich blöde hinzu.

Peter stieß den Freund an. »Die konnten halt nicht wissen, dass wir uns in den Fall einschalten würden.«

»Na ja, ein wenig hat die Polizei bei der Aufklärung auch mitgeholfen«, grinste Roland. »Das dürfen wir nicht so eng sehen.«

»Komisch«, sagte Anne, »jetzt tun mir die beiden Blödmänner sogar ein bisschen leid. Aber nur ein bisschen.«

Kommissar Koltschack drängte zur Eile. Aus dem Hintergrund kam ein grün-weißer Bulli gerollt. Zwei Polizisten forderten Walle und Biebricher zum Einsteigen auf.

»Aber unser Wagen!«, protestierte Gerhard Biebricher. »Der steht unten an der Straße und . . .«

»*Ihr* Wagen?« Löffle lachte. »Ich denke, das ist doch wohl eher ein Firmenwagen. Na, Ihr Chef wird sich freuen. Fahrzeuge, die zu Straftaten missbraucht wurden, werden von der Polizei grundsätzlich erst einmal sichergestellt. Ein Kollege wird den Wagen zum Präsidium in die Kreisstadt fahren. Geben Sie mal den Schlüssel her!«

»Jetzt sind die Schneemänner geschmolzen«, witzelte Katrin.

Unheimlich gern hätten Roland und Peter die weißen Schneemannanzüge stibitzt, die da im Schnee lagen. Tolle Jagdtrophäen wären das gewesen! Aber ein Beamter nahm die Anzüge an sich. Klar, sie gehörten ja eigentlich der Autofirma und außerdem waren sie jetzt Beweisstücke.

Der Kommissar legte Peter und Roland geradezu feierlich die Hände auf die Schultern. »Respekt, ihr Herren Detektive! Ihr wart ganz schön clever. Aber in Zukunft solltet ihr die Polizeiarbeit der Polizei überlassen. Ist das klar?«

»Völlig klar«, murmelten die Jungen. Aber das war wieder einmal geschwindelt. Einmal Detektiv – immer Detektiv!

»Und die Digitalkamera mit den Bildern von Wollmann und seinen Helfern müsst ihr mir selbstverständlich leihen. Der Herr Filialleiter wird sich wundern, wenn er sich auf dem Foto sieht. Dann kann er mir nämlich gar nicht erst mit Ausflüchten kommen, er kenne die beiden Männer überhaupt nicht und so. Also, wir treffen uns morgen pünktlich um drei in der Polizeistation von Hauptwachtmeister Löffle. Da nehmen wir dann eure Aussagen auf. Verstanden?« Der Mann im dunklen Regenmantel hob die Hand zum Abschied, stopfte Rolands Kamera in die Tasche und stieg in seinen Wagen.

Löffle fasste Peter und Roland bei den Armen. »Ihr fahrt mit mir. Ich bringe euch nach Hause.«

Nach Hause! Gleichzeitig zuckten die Jungen zusammen und gleichzeitig griffen sie nach ihren Handys. Sie hätten sich längst zu Hause melden müssen, denn es war doch schon ziemlich spät geworden.

»Hi, Mam« , sagte Peter, als die Mutter sich meldete. »In ein paar Minuten bin ich zu Hause. Es ist ein bisschen spät geworden, weil Roland und ich noch was Kriminalistisches erledigen mussten.«

»Wo steckst du denn?«, fragte seine Mutter besorgt. »Und wovon redest du eigentlich?«

»Ich bin jetzt noch bei den Bichlers. Und was das Kriminalistische betrifft: Das erzähl ich dir zu Hause. Bis gleich!«

Herr Trautwein schimpfte zuerst, als er Rolands Stimme hörte. »Kannst du nicht pünktlich zum Abendessen zu Hause sein? Was für eine Entschuldigung hast du denn diesmal für deine Verspätung?«

»Ich war in einen Kriminalfall verwickelt. Aber ich werde jetzt sofort von der Polizei nach Hause gebracht.«

»Roland, was hast du angestellt?« Nun war Panik in der Stimme des Vaters. »Kriminalfall?«

»Keine Sorge«, sagte Roland kühl, »ich war auf der Seite der Guten. Wir haben die Bösen verhaftet. Das erzähl ich dir zu Hause. Bis gleich!«

In einem Polizeiauto nach Hause gefahren zu werden, das war ein starkes Gefühl! Hauptwachtmeister Löffle nörgelte zwar immer noch ein bisschen: Man hätte die Straftäter ja eigentlich schon Samstagnacht festnehmen können, doch er sah auch ein, dass es dann die Fotos von Wollmann nicht gegeben hätte.

»Würden Sie mal das Blaulicht anmachen?«, fragte Peter.

»Das könnte euch so passen.« Löffle lachte meckernd.

Wie wird der letzte Schultag für die Detektive?

24. Kapitel

Vier Stars und ganz viel Honigkuchen

Als der Wecker rappelte, wusste Roland sofort, dass dies ein ganz besonderer Tag werden würde. Letzter Schultag vor den Weihnachtsferien! Und dann war da noch der wichtige Termin auf dem Polizeirevier, bei dem die Detektive aussagen würden. Aber das war noch nicht alles. Als Roland am Frühstückstisch erschien, fiel sein Blick sofort auf die aufgeblätterte Zeitung. Lokalredakteurin Silke Grenningloh hatte also noch spät am Abend ihren Bericht geschrieben.

FILIALLEITER UNTER VERDACHT
Junge Männer zu Straftaten angestiftet
Kinder gaben der Polizei wichtige Hinweise

Wow! Endlich stand mal etwas Wichtiges in der Zeitung. Roland wuchs sofort um mehrere Zentimeter. Triumphierend schaute er in die Runde. »Der mit den wichtigen Hinweisen, der bin ich!« Doch dann fügte er großmütig hinzu: »Peter und Katrin und Anne haben natürlich auch mitgeholfen.«

»Aber ich hab den Schneemann zuerst gesehen!«, krähte Barbara. »Ohne mich hättet ihr überhaupt nicht . . .«

»Ist ja gut, Babsy«, beschwichtigte Roland seine Schwester, »du hast den ersten Tipp gegeben. Detektive brauchen nun mal Hinweise aus der Bevölkerung. Augenzeugen und so.«

»Du sollst nicht immer Babsy zu mir sagen! Ich heiße Barbara. Kriegst du das nicht in deinen doofen Kopf?«

»Bei Tisch wird nicht gestritten«, sagte die Mutter genervt. »Und beeilt euch mit dem Frühstück. Es ist höchste Zeit.«

Vater Trautwein hob mahnend den Finger. »Falls ihr euch noch einmal auf solche Abenteuer einlasst, dann will ich vorher informiert werden. Hast du mich verstanden, Roland?«

Das klang aber nicht böse, es hörte sich eher so an, als sei Vater Trautwein ein bisschen stolz auf seinen Sohn.

»So etwas kann nämlich sehr gefährlich sein«, fügte die Mutter hinzu.

Schon wollte Roland sein Sprüchlein aufsagen, dass Detektive das Wort *gefährlich* überhaupt nicht kennen, aber das ließ er dann doch lieber. Während er drei Leberwurstbrötchen verschlang, las er mit heißen Ohren den Zeitungsartikel. Von cleveren jungen Detektiven war da die Rede. Das gefiel ihm sehr.

Und dann in der Schule! Dort hatte sich die Nachricht längst herumgesprochen. Von den Mädchen und Jungen der Klasse wurden die vier Detektive mit bewundernden Rufen und Pfiffen begrüßt. Einige Kids klatschten sogar.

»Jetzt seid ihr ja richtige Stars«, meinte Britta. »Vielleicht kommt ihr sogar ins Fernsehen.«

»Wir haben nur unsere Pflicht getan«, sagte Peter und tat ganz bescheiden, obwohl ihm vor Freude ganz warm war im Bauch.

Roland grinste breit. »Wenn man gewisse Fähigkeiten hat, dann muss man sie auch nutzen. Das ist man der Allgemeinheit schuldig.«

Aber dieses überhebliche Gequatsche brachte Anne auf die Palme. Wütend zischte sie: »Nun kommt mal wieder runter von eurer Wolke sieben! Katrin und ich haben's ja schon immer gesagt: ›Ihr seid nix als Angeber.‹«

Peter blies sich gerade zu einer gewaltigen Antwort auf, da betrat Missis Blacky den Klassenraum. Sie hatte auch schon die Zeitung gelesen.

»Da habe ich ja großes Glück, dass ich so tüchtige Detektive unterrichten darf.« Missis Blacky lächelte spöttisch. »Aber mir wäre wohler, wenn die zwei Superspürnasen Roland und Peter in Englisch auch mal Topleistungen brächten. Beim Vokabeltest seid ihr so gerade eben noch an einer Fünf vorbeigeschrappt.«

Na und? An einem Tag wie diesem ließen Peter und Roland den Vorwurf der Englischlehrerin locker an sich abtropfen. Stars hatte Britta sie genannt. Solch ein Wort klingelte noch lange wohlig in den Ohren. Da spielte doch ein vergeigter Vokabeltest keine Rolle. Außerdem begannen morgen die Weihnachtsferien.

Peter flüsterte dem Partner zu: »Weißt du, was mir an dem Zeitungsartikel nicht gefällt?«

»Na? Spuck's aus!«

»Dass die Zeitungskuh geschrieben hat: *Kinder* gaben der Polizei wichtige Hinweise. Das hört sich so nach Kalle Blomquist an. *Jugendliche* hätte sie schreiben müssen. Das war ja kein Kinderspiel, unsere Fahndung nach den Schneemännern, das war echte Kriminalistenarbeit. Siehst du das auch so, Partner?«

»Das sehe ich auch so, Partner.«

Nach der vierten Stunde war Schulschluss. Jubelndes Gekreische in allen Klassen. Schnell hinaus! Es hatte wieder zu schneien begonnen und überall lag wunderbar kalter Glitzerschnee.

Aber Anne, Roland, Peter und Katrin hatten am Nachmittag ja noch einen wichtigen Termin. Haargenau um drei Uhr stiefelten sie ins Polizeirevier. Kommissar Koltschack war schon da. Er stellte Fragen, Hauptwachtmeister Löffle bediente das Tonbandgerät. Am liebsten hätten Roland und Peter die ganze Geschichte mit allem Drum und Dran und unter besonderer Betonung ihres detektivischen Spürsinns erzählt. Aber der Kommissar wollte leider nur präzise Antworten auf präzise Fragen haben.

Als die vier ihre Aussagen gemacht hatten, bedankte sich der Kommissar noch einmal für die gute Zusammenarbeit. Er gab Roland die Kamera zurück. Die Fotos seien entscheidendes Beweismaterial in diesem Fall. Da wuchs Roland noch ein paar Zentimeter.

»Herr Wollmann hat übrigens gestanden«, erklärte Kommissar Koltschack. »Ihm blieb ja auch nichts anderes übrig. Tja, sein Job als Filialleiter vom Supermarkt war nur von kurzer Dauer. Jetzt haben Staatsanwalt und Richter das Wort.« Er grinste. »Für uns ist der Fall Schneemänner beendet.«

Ganz beendet war er allerdings noch nicht. Die Geschädigten wollten nach den schlimmen Tagen nun gemeinsam das gute Ende feiern. Oma Fleckhorst hatte zum Abend ins Gärtnerhaus geladen. Und alle waren gekommen: Patrick, Ulla und Anne Brockmeyer, Familie Bichler, Lucia und ihr Freund Kim, Helma und Christine Grill und natürlich Katrin, Peter, Roland – und Barbara.

In der Diele war der große Tisch gedeckt. Oma Fleckhorst hatte mit Katrins Hilfe Honigkuchen in riesiger Menge gebacken. Da langten alle kräftig zu. Laut und erleichtert redeten sie über die vergangenen Tage. Und jetzt hatten Roland und Peter endlich Gelegenheit, ausführlich die ganze Geschichte zu erzählen. Im Kamin knisterte das Feuer. Der Monsterhund Xerxes lag davor und träumte seine Hundeträume. Dass die zwei Detektive später Bauchschmerzen hatten, weil sie zu viel Honigkuchen gefuttert hatten, spielte eigentlich keine Rolle.

Zum Schluss warteten die Grillen noch mit einer Überraschung auf. Sie hatten Brezeln gebacken, groß wie Geigenkästen. Jeder bekam eine Brezel geschenkt. An Goldfädchen baumelten kleine Schmuckkarten. Darauf war fein mit Tusche geschrieben:

FROHE WEIHNACHT!

Jo Pestum

Die geheimnisvollen Engel

Ein Weihnachtskrimi in 24 Kapiteln

Mit Bildern von Birgit Schössow

1. Kapitel

Eine rätselhafte SMS

Frank freute sich nicht auf Weihnachten. Mit großartigen Geschenken war sowieso nicht zu rechnen. Die Gibson-Gitarre konnte er sich vermutlich abschminken. Dass auch ausgerechnet jetzt der Golf-Diesel in die Brüche gehen musste! Und Vater Paul Bayer war nun einmal als Handelsvertreter auf ein Auto angewiesen. Die Anzahlungen für den neuen Wagen putzten das Familienkonto ruck, zuck auf null. Die Eltern hatten es Frank und seinen kleinen Schwestern schon verkündet: Dieses Mal würde es nur eine bescheidene Bescherung geben. Und als Rebecca und Judith daraufhin zu heulen begannen, flippte der Vater aus und brüllte wütend durch die Wohnung. Da weinte auch die Mutter.

Das war ja noch nicht alles. Frank fand, dass vor Weihnachten die meisten Leute von einer Art Wahnsinn befallen wurden. Wie die Irren rasten sie im Kaufrausch durch die Geschäfte, bastelten nervös an irgendwelchen dämlichen Überraschungen herum und entwickelten kitschige Gefühle. Frank fand das ganze Theater zum Kotzen.

Selbstverständlich wurde er auch in der Schule mit der sogenannten Vorweihnachtsstimmung gequält. Frau Dragulla, die knallharte Englischlehrerin, die natürlich bei allen nur Frau Dracula hieß, zeigte plötzlich milde Gefühle und übte mit der Klasse den Kanon »I wish you a merry Christmas« ein. Im Kunstunterricht wurden aus Silberfolie lächerliche Weihnachtssterne geschnippelt und beim Sport gab's auf einmal keine Basketball-Matches mehr, sondern Squaredances mit Gekicher. Am schlimmsten aber war Herrn Grasshoffs Versuch, in der Deutschstunde Weihnachtsgedichte bekannter Schriftsteller des 19. Jahrhunderts vorlesen zu lassen – und zwar mit der richtigen Betonung. Nein, Frank freute sich nicht auf Weihnachten.

Doch dass nun bald Ferien angesagt waren, das gefiel ihm schon. Skateboard in der neuen Halfpipe mit Simon und Moritz, wenn das Wetter mitspielte. Endlose Stunden mit der E-Gitarre und neuen Melodie-Erfindungen, denn Christian, der Bassist, und der neue Schlagzeuger Josch würden dann ja auch jede Menge Zeit haben. Und außerdem träumte Frank vom Schnee.

Mathe. Endlich mal wieder etwas Normales ohne Weihnachtsgefühlsduselei an diesem Vormittag. Mathematik gehörte zu Franks Lieblingsfächern, doch ausgerechnet jetzt waren seine Gedanken abgeschweift und hatten sich zum Schnee verirrt.

Aber dann!

War Lehrer Hülsbusch Hellseher? »He, Frankieboy, träumst du?« Er tippte Frank mit der Kreide auf den Kopf. »Hättest du vielleicht die Güte, Jana mal an der Tafel abzulösen? Wir suchen immer noch nach dem kleinsten gemeinsamen Nenner in unserer Gleichung.«

»I-i-ich hab grad mal nicht so richtig aufgepasst«, stammelte Frank. Er presste sich die Hände auf den Magen. »Bauchschmerzen oder so.«

»Du bist mit deinen Gedanken schon in den Ferien. Seh ich das richtig?« Herr Hülsbusch zwinkerte freundlich. »Na, für heute lass ich dir deine Träumerei mal durchgehen, weil ja bald Weihnachten ist.« Er warf Maria das Kreidestück zu. »Dann mach du mal weiter!«

Statt froh zu sein, war Frank sauer. Da hatte sich also auch der Mathelehrer von der Weihnachtsspinnerei anstecken lassen! Warum hat er mich nicht angemeckert?, dachte Frank. Diese blöde Rührseligkeit geht mir wirklich auf den Keks.

Frank konnte allerdings noch nicht ahnen, dass für ihn bald Schluss sein würde mit weihnachtslustig. Die Nachricht kam in der kleinen Pause vor der letzten Schulstunde. Frank hatte gerade ein Kaugummi aus der Hosentasche gefummelt, da bimmelte sein Handy. Eine SMS. Natürlich klickte Frank sie gleich auf:

hi, frank! du musst nach der schule unbedingt zu mir kommen. es spukt. bis nachher! david

»Hast du 'nen Frosch verschluckt?«, fragte Sanne und boxte Frank in die Rippen. Neugierig guckte sie auf die Botschaft auf Franks Handy. »Bei welchem Komiker spukt's denn da? Wer ist David?«

»David ist mein fetter Vetter«, antwortete Frank grinsend, »und außerdem geht dich das einen feuchten Kehricht an.«

»Man wird ja wohl mal fragen dürfen«, murmelte Sanne sichtlich beleidigt. »Behalt eben deinen fetten Vetter für dich!«

Es stimmte: Franks Cousin David war wirklich etwas pummelig. Das lag an seiner dauernden Süßigkeitenfutterei. Frank und David wurden zwar nicht am selben Tag geboren, aber immerhin im selben Monat. Leider wohnte David am anderen Ende der Stadt und ging deshalb natürlich in eine andere Schule. Doch sie trafen sich, so oft es ging, zu ausgedehnten Fahrradtouren, zum Pingpong und zu allerlei Blödsinn. David war ein Computer-Freak, Frank hatte vor allem seine Musik im Kopf. Das war der entscheidende Unterschied zwischen den beiden, aber er änderte nichts daran, dass sie prima Freunde waren.

Nach der sechsten Stunde spurtete Frank rasch nach Hause. Es spukt! Meinte David das ernst? Sollte das vielleicht bloß ein Witz sein? In Franks Kopf summte ein Bienenschwarm. Davids Botschaft war wirklich ziemlich ungewöhnlich!

Ob er meine Hilfe braucht?, dachte Frank und legte noch einen Zahn zu.

Franks Mutter Eva wirkte reichlich gestresst, als er nach Hause kam. Sie arbeitete vormittags als Verkäuferin im Modehaus Stumpe und vor Weihnachten war dort der Teufel los. Jetzt hatte sie in aller Eile Pfannkuchen gebacken und eine Pilzsoße angerührt. Rebecca und Judith saßen schon am Tisch und kleckerten mit ihrem Orangensaft herum.

»Hört endlich auf mit der Ferkelei!«, schrie die Mutter völlig entnervt. »Ich habe keine Lust, ständig hinter euch herzuputzen! Jetzt wird anständig gegessen.«

Frank machte sich zwar nicht viel aus Pilzen, aber die Eierpfannkuchen waren lecker, und so futterte er wie ein Weltmeister. Schließlich konnte es gut sein, dass er noch viel Kraft brauchte.

Die Mutter aß nur wenig. »Frank, kümmerst du dich ums Spülen? Ich bin fix und fertig, ich muss mich unbedingt ein Stündchen ausruhen.«

»Wenn's sein muss . . .«, sagte Frank, obwohl er ja eigentlich sofort zu David losdüsen wollte.

»Und pass ein bisschen auf die Mädchen auf, damit sie nicht wieder die ganze Wohnung verwüsten!«

Da allerdings protestierte Frank. »Die sollen auf sich selber aufpassen! Alt genug sind sie doch inzwischen, oder? Ich muss ganz dringend zu David. Hab ich ihm versprochen. Er schreibt morgen 'nen Mathetest und steht völlig auf dem Schlauch. Und weil ich doch ein Ass bin in Mathe . . .«

Mutter Eva winkte ab und lächelte dünn. »Na gut, dann geh du eben zu David! Immer bleibt alles an mir hängen.«

»Er braucht doch meine Hilfe!« Frank bekam rote Ohren.

Was hat die Sache mit dem Spuk zu bedeuten?

2. Kapitel

Engel spuken nicht

Frank hatte noch immer rote Ohren. Doch jetzt lag es nicht daran, dass er die Mutter angeflunkert hatte, sondern am eiskalten Wind und am Nieselregen, der ihm ins Gesicht pustete. Im Eiltempo brauste er auf seinem Mountainbike durch die Stadt, umkurvte Autos und erschreckte Fußgänger.

Rasch hatte Frank nach dem Mittagessen das Geschirr in die Spülmaschine gestopft, rasch hatte er sich den wattierten Anorak angezogen und die Schirmmütze in die Stirn gezogen, rasch hatte er das Bike aus dem Keller geholt. Und dann los! Gewiss wartete David schon. Die Rekordzeit lag bei zehn Minuten und elf Sekunden. Die wollte Frank heute unterbieten.

Die Daldrups bewohnten ein ziemlich großes Haus am Stadtrand, eine schöne, altmodische Villa. Davids Eltern hatten eine Apotheke in der Heinrich-Böll-Straße. Max Daldrup war der ältere Bruder von Franks Mutter und außerdem Franks Patenonkel.

Klar, David hockte schon auf der Stufe vor der Haustür, als Frank mit quietschenden Bremsen stoppte.

»Hallo, alte Gurke!«, rief David. »Wurde auch langsam Zeit. Ich warte schon seit 'ner halben Ewigkeit auf dich.«

»Selber Gurke«, antwortete Frank und stieg vom Rad. »Blas dich mal nicht so auf, okay? Und jetzt bin ich neugierig, was du zu bieten hast. Also, das mit dem Spuk, was ist damit los?«

»Weiß ich ja selber noch nicht.« David grinste halb verlegen und halb verschwörerisch. »Wir müssen es herausfinden. Jedenfalls brauche ich deine Hilfe.«

»Kannst du *ein bisschen* genauer werden?«, knurrte Frank. »Um was geht's denn überhaupt?«

»Um Engel.«

Frank tippte sich an die Stirn. »Engel? Engel spuken nicht.«

»Das behauptest du, aber Oma Trinna sieht die Sache anders. Sie hat zwei Engel gesehen und die haben ihr verdammt viel Angst eingejagt. Ich schätze, da wartet Detektivarbeit auf uns, Partner.« David verdrehte die Augen und schaute zu den düsteren Regenwolken hinauf. Er machte es spannend! »Könnte gut sein, dass wir uns da auf was Gefährliches einlassen. Falls du also Schiss hast . . .«

»Ich und Schiss?« Frank ballte die Fäuste. »Kann ich jetzt endlich mal erfahren, was passiert ist?«

David nickte. »Kannst du. Gestern Abend bin ich mit meinen Eltern draußen bei Opa Theo und Oma Trinna zu Besuch gewesen. Du kennst das Spielchen ja. Mein Alter will seinen Alten überzeugen, dass es für ihn und Oma besser wär, wenn sie wieder in die Stadt zurückkämen. Bei uns ist schließlich jede Menge Platz und eigentlich gehört unser Haus ja auch den Großeltern. Und wo Opa Theo doch nach diesem blöden Oberschenkelhalsbruch am Krückstock humpelt! Aber er hat wie immer auf stur geschaltet. Käme überhaupt nicht infrage. Und dass er ohne seine Tiere unglücklich wär, hat er gesagt.«

»Kann ich gut verstehen.« Frank rieb sich die kalten Hände. »Wenn ich so 'n super Blockhaus hätte, würde ich doch auch nicht in eurer ollen Villa wohnen wollen.«

Und ob Frank seinen Opa verstehen konnte! Als der seine Apotheke an Davids Eltern vererbt hatte und das Wohnhaus dazu, hatte er für sich und Oma Trinna ein wunderschönes Holzhaus draußen in der Bauerschaft gekauft und seine Tierliebe entdeckt. Opa Theo, der Gänse-Spezialist!

»Was soll denn so gefährlich gewesen sein an diesen beiden Engeln?«, fragte Frank jetzt. »Ich meine, wenn Karneval wäre, dann könnten sich ja irgendwelche Clowns als Engel verkleidet haben, um Leute zu erschrecken. Weihnachtsengel sind allerdings schon komisch . . .«

David ließ seinen Cousin nicht weiterreden. »Halt mal 'nen

Moment die Luft an. Nach dem Abendessen gestern hab ich Oma Trinna beim Abräumen geholfen. Und in der Küche, als wir allein waren, da hat sie's mir verraten. Nur mir. Die anderen sollten nix davon erfahren. Trinna hat gesagt, die hielten sie sonst für gaga. – Na ja, mich hat sie eingeweiht in diesen rätselhaften Fall. Dass ich schweige wie ein Grab, hat sie gefordert. Aber dir sage ich's trotzdem weiter, weil wir zwei uns ja einmischen müssen.«

Frank fand, dass seine Frage noch immer nicht beantwortet war. »Also schön, da spuken meinetwegen zwei himmlische Engelein in der Dunkelheit herum. Das ist doch lustig. Was soll denn daran *gefährlich* sein?«

David sah Frank fest in die Augen und senkte die Stimme. »Es war so. Oma Trinna wollte den Hund noch mal zum Pinkeln rauslassen. Das war also vorgestern Abend. Plötzlich spielten die Gänse verrückt und schnatterten wie bekloppt. Und dann hat Trinna die beiden Gestalten gesehen. Die standen am Gartenzaun. Weiße Gestalten! So mit langen Gewändern, verstehst du? Jedenfalls so engelmäßig. Der Lichtschein von der Haustür hat sie voll erfasst. Und Grabowski hat auch sofort gebellt. Da fingen die zwei Typen an mit den Flügeln zu schlagen. Aber jetzt kommt's! Die Oma schwört Stein und Bein, dass es schwarze Flügel waren. Weiße Engel mit pechschwarzen Flügeln.«

»David, vielleicht hat Oma Trinna bloß weiße Mäuse gesehen! So im Dustern – und wenn's dann vielleicht auch noch neblig ist . . . Da bildet man sich schon mal ein, dass man Gespenster sieht.«

Doch jetzt kam David in Fahrt: »Ach, und seit wann können weiße Mäuse Drohungen ausstoßen? Die Engel haben der Oma nämlich auch was zugerufen. Dass sie in der Nacht das Haus gut verschließen soll. Und dass sie vor allem auch die Fensterläden zuklappen und unbedingt die Tiere einsperren soll. Sie haben mit zittrigen Geisterstimmen gekrächzt:

›Sonst droht schreckliche Gefahr!‹ – So in der Art jedenfalls. Trinna ist sich ganz sicher, dass es Männerstimmen waren.«

Frank war längst von Davids Aufregung angesteckt worden. »Und dann? Was ist dann passiert?«

»Oma Trinna hat noch deutlich gesehen, wie die beiden Engel abgeschwirrt sind. Den Hügel hinauf Richtung Waldrand. Aber dem Opa wollte sie von all dem Kram nichts erzählen, damit der sich nicht aufregt. Kapierst du jetzt, dass *wir* uns um das Gespuke kümmern müssen?«

Frank nickte. »Also ab die Post! Worauf warten wir noch?«

David grinste. »Das frage ich mich auch.«

Die beiden Jungen radelten los. Sie hatten es nicht sehr weit zur Bauerschaft Langenhorst, denn die lag kaum mehr als drei Kilometer vom südlichen Stadtrand entfernt. Früher hatte es hier nur ein paar Bauernhöfe gegeben. Inzwischen hatten sich einige Leute aus der Stadt hier draußen schmucke Einfamilienhäuschen und sogar feudale Landhäuser bauen lassen, schön weit voneinander entfernt und mit großen Gärten und alten Baumbeständen dazwischen. Oberhalb des Wiesenhanges dehnte sich ein herrliches Waldgebiet und am Waldrand lag ein Seniorenpflegeheim namens *Aurora*.

Frank brüllte gegen den Fahrtwind an: »Ich hab so ein Kribbeln im Bauch!«

Kribbelt es Frank zu Recht?

3. Kapitel

Oma Trinna macht sich Sorgen

Es nieselte nicht mehr. Ein paar Schneeflocken taumelten aus den Tintenwolken. Auf den leeren Feldern stolzierten Krähen. Frank stellte erstaunt fest, dass im flachen Gebäude der ehemaligen Töpferei die Fenster hell erleuchtet waren. Dann konnte er auch das Schild erkennen, das über dem Eingang angebracht war: DENTALLABOR SECURITAS. Die Töpferei hatte vor Monaten Pleite gemacht und das Haus hatte seitdem vor sich hin gegammelt, worüber Opa Theo ziemlich betrübt gewesen war. Aber jetzt schien sich wieder was darin abzuspielen.

Nur noch knapp hundert Meter bis zum feinen Holzhaus der Großeltern. David und Frank liebten dieses Anwesen gleichermaßen und waren gern hier zu Besuch. Das lag nicht nur am Haus, das lag auch an Opa Theo und Oma Trinna – und an den Tieren. Frank sah schon von Weitem, dass sich die sieben Graugänse, die der Opa mit viel Liebe und Geduld an sich zu gewöhnen versuchte, auf der großen Wiese rund um den Teich tummelten. Einige der weißen Kaninchen mümmelten im Gras. Die beiden Ziegen standen offenbar im Stall. Opa Theo hatte die geniale Idee gehabt, Schwingtüren zu konstruieren, und so konnten sich seine Tiere nach Belieben am Tag und in der Nacht im Stall oder im Freien vergnügen.

David betätigte den Türklopfer mit dem kupfernen Löwenkopf und sofort flog die Haustür auf. Die Gänse hatten die Ankunft der beiden Jungen längst mit lautem Geschnatter gemeldet. Oma Trinna, wie immer in einem weiten Pulli und mit der Brille auf der Nase, breitete die Arme aus.

»Hallo, Trinna!«, riefen David und Frank wie aus einem Mund. »Alles klar?«

»Nichts ist klar!« Das freundliche Eulengesicht verfinsterte sich. Die Oma legte ihre Stirn in Sorgenfalten, lächelte aber gleich darauf wieder. »Nun kommt mal erst rein, ihr zwei«, sagte sie. Dann rief sie ins Haus hinein: »Theo, wir haben Besuch!«

Wie jedes Mal wurden die beiden Jungen von der Atmosphäre der großen Wohnhalle in den Bann geschlagen. Im offenen Kamin glommen die Holzscheite. Bücherregale erstreckten sich bis zur Decke, bunte abstrakte Bilder hingen dazwischen und auf Sockeln standen Figuren aus fernen Ländern, die die Großeltern von ihren Weltreisen mitgebracht hatten.

Grabowski erhob sich würdevoll von seiner Matte, stieß David und Frank mit der Schnauze an, bellte ein kurzes »Wuff, Wuff!« und legte sich wieder hin. Der Münsterländer war an die Besuche der beiden Vettern gewöhnt.

Opa Theo hockte im Ledersessel vor dem Feuer, hatte ein Buch auf den Knien und ein Glas Rotwein auf dem Tischchen neben sich. Sein Krückstock lag auf dem Teppich. Der Opa stützte das verletzte Bein mit einem dicken Kissen.

»Tag, Theo!« David klopfte dem Großvater auf die Schulter. »Da bin ich schon wieder. Ich war mit Frank unterwegs und da dachten wir, wir schauen mal kurz bei euch rein.«

»Genau«, bestätigte Frank.

Opa Theo schmunzelte. »Schön von euch! Ihr wisst doch, dass ihr uns immer willkommen seid. Geht's euch gut, Sportsfreunde?« Und nun hob er wie ein strenger Lehrer den Finger. »Wie läuft es in der Schule?«

Frank lenkte schnell ab. Dieses Thema schmeckte ihm nämlich nicht so sehr. »Ich hab gesehen, dass 'ne neue Firma in das Haus der ehemaligen Töpferei eingezogen ist.«

Der Opa nickte eifrig. »Das ist auch gut so. Nichts schlimmer, als wenn ein schönes altes Haus verfällt! Die scheinen äußerst aktiv zu sein, die jungen Leute, die das Labor betreiben. Klotzen richtig ran. Bis tief in die Nacht ist da was los. Bloß dass das unseren Gänsen nicht gefällt.«

»Was ist denn ein Dentallabor?«, wollte Frank wissen.

»Also«, erklärte Opa Theo, *»dens* ist Lateinisch und heißt *Zahn. Dental,* na ja, damit ist alles gemeint, was mit Zähnen zu tun hat. In einem Dentallabor werden künstliche Gebisse hergestellt. Die Zahnärzte machen vom Unter- und vom Oberkiefer ihrer Patienten, die dritte Zähne nötig haben, mit so einer Kunststoffmasse Abdrucke. Und im Dentallabor werden dann nach diesen Vorlagen die neuen Gebisse angefertigt. *Securitas* heißt übrigens Sicherheit. Soll halt bedeuten, dass in diesem Labor besonders sorgfältig gearbeitet wird.«

Frank musste lachen. »Und weil bald Weihnachten ist, haben die Leute im Dentallabor Hochkonjunktur. Man schenkt sich gegenseitig dritte Zähne. Ist doch ein klasse Weihnachtsgeschenk!«

Opa Theo schien auch zu lachen. Genau konnten die Jungen das nicht erkennen, denn unter dem buschigen weißen Weihnachtsmannbart war Opa Theos Mund nicht zu sehen. »Der Kurierwagen, mit dem die fertigen Gebisse zu den Zahnärzten transportiert werden, ist fast rund um die Uhr unterwegs. Wie gesagt: Meinen Gänsen gefällt das überhaupt nicht.«

»Wieso?«, fragte David.

»Der Motorenlärm weckt sie auf.« Opa Theo nahm einen tiefen Schluck aus dem Glas. »Sie sausen dann nach draußen auf die Wiese und machen Radau. Ich fürchte, bald werden sich die Nachbarn beschweren und die Polizei rufen.«

Oma Trinna zwinkerte den Jungen zu. »David, Frank, kommt mit in die Küche! Wir backen Waffeln. Einverstanden?«

Selbstverständlich waren Frank und David einverstanden, denn Oma Trinnas Waffeln waren Spitze. In der Küche gestand David, dass er trotz seines Schweigeversprechens Frank in die Sache mit dem Engelspuk eingeweiht habe. Jetzt sei erstklassige Detektivarbeit angesagt, erklärte er, die Spinner müssten entlarvt werden.

Die Oma guckte halb ängstlich und halb ärgerlich. »Aber kein Wort zu euren Eltern, habt ihr gehört?« Und dann berichtete sie aufgeregt weiter: »Gestern Abend standen sie schon wieder hinter dem Zaun. Ungefähr eine Stunde, nachdem David und seine Eltern heimgefahren waren. Vielleicht sind es ja bloß zwei alberne Idioten, die sich einen schlechten Spaß machen wollen. Alte Leute erschrecken. Es gibt ja solche Feiglinge.«

Frank sah das anders. »Wenn die schon wieder aufgetaucht sind, müssen sie einen Grund dafür haben! Haben sie wieder ihre Drohungen gerufen?«

Die Oma nickte. »Ich hab sie durch das Küchenfenster gesehen und bin sofort rausgelaufen. Ich hab ihnen gesagt, dass sie verschwinden sollen, doch da haben sie nur gelacht. Der eine hat mir mit tiefer Stimme zugeknurrt, das sei die letzte Warnung. Wir sollten vor der Nacht nur ja die Tiere einschließen. Der andere hat ganz höhnisch gesagt, unsere Gänse würden sonst zu Gänsebraten verarbeitet werden und aus einem Holzhaus könne man ein tolles Adventsfeuer machen. Ist das nicht schrecklich?«

»Diese Armleuchter!« David konnte sich nicht mehr bremsen. »Und Theo? Hat der von all dem nichts gemerkt?«

»Doch«, antwortete Trinna, »hat er. Die Gänse haben ja so laut gezetert. Ich hab einfach behauptet, da hätten sich ein paar Betrunkene rumgetrieben.«

Die Schilderung der Oma gab David und Frank den Rest: Jetzt mussten sie endlich mit ihrer Suchaktion beginnen! Die Spuren auf der anderen Seite vom Zaun fanden sie leicht. Es waren deutliche Abdrücke von Stiefeln.

Wohin führen die Spuren?

4. Kapitel

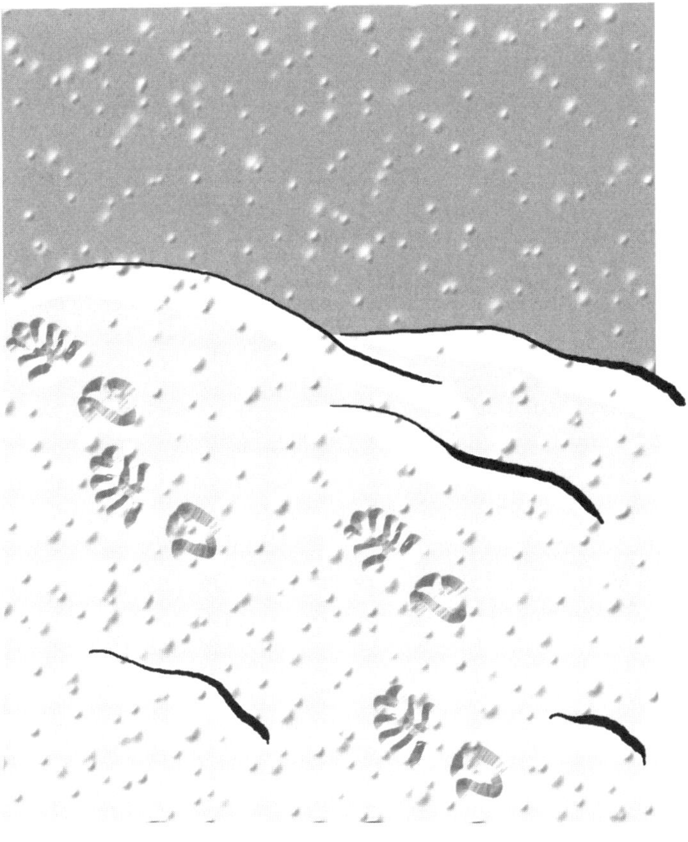

Die Detektive kombinieren

David und Frank waren geschmeidig über den Maschendrahtzaun geturnt. Die Ziege Hildegard und die Ziege Notburga hatten neugierig zugeschaut, die Kaninchen waren nicht interessiert gewesen und die Graugänse hatten flügelschlagend ihr übliches Getöse veranstaltet.

Dicht neben dem Essigbaum fanden die Jungen dann die Schuhspuren in dem lehmigen Boden. Die Oma hatte sich das also nicht eingebildet. Hier waren Leute herumgetappt, und zwar welche mit Schuhgröße Geigenkasten.

»Gummistiefel«, sagte David, »ganz klar Gummistiefel. Schau dir diese groben Profile an!« Dann kicherte er. »Engel mit Gummistiefeln! In den Bilderbüchern schweben die immer barfuß rum. Da haben sie allerdings auch keine schwarzen Flügel. Wir haben es offenbar mit einer bisher unentdeckten Art von Weihnachtsgeflügel zu tun.«

Frank prüfte die Spuren in der matschigen Erde genau. »Wir sollten mal ergründen, aus welcher Himmelsrichtung unsere Himmelsboten gekommen sind und wohin sie dann ihren Abflug gemacht haben.«

David kroch auf allen vieren wie ein Suchhund und folgte den Spuren im Hang. »Ich schätze, sie sind vom Waldrand runtergekommen und auch wieder nach da oben verschwunden. Hier, Frank, sieh mal! Als ob 'ne Elefantenherde durch die Landschaft getrampelt wär! Jedenfalls haben sie sich keine Mühe gemacht, vorsichtig zu laufen. Ob sie mit Absicht ihren Weg markieren wollten? Sieht fast so aus.«

Frank konnte die Bewunderung für seinen Vetter nicht unterdrücken. Was für kriminalistische Fähigkeiten der mal wieder bewies! Doch Frank konnte auch selbst ganz deutlich erkennen, dass die Engel mit den schwarzen Flügeln sich auf derselben Fährte wieder verkrümelt hatten, auf der sie gekommen waren. Die Stiefelspitzen zeigten sowohl nach unten wie auch nach oben. Trotz der Kälte kamen die Detektive ins Schwitzen. Der Hang war ziemlich steil.

»Hopp, weiter!«, kommandierte David.

Wind wimmerte im Unterholz, die Wipfel der Fichten schienen zu stöhnen. Obwohl es erst Nachmittag war, setzte die Dämmerung ein. Die dicken Schneeflocken, die durch die Zweige taumelten, waren wässrig und schmolzen sofort auf der Haut. Die Fußspuren führten schräg nach rechts. Doch oberhalb des Fichtenforstes begann der Buchenwald. Hier war der Boden härter. Da konnten Frank und David ihre Pupillen noch so sehr strapazieren: Es gab keine Chance mehr für die Fährtensucher.

»Wir gehen im gleichen Bogen weiter bis zum Hügelkamm hinauf!«, rief David Frank über die Schulter zu. »Vielleicht entdecken wir was Verdächtiges.«

Frank fühlte wieder das Kribbeln im Bauch. »Mir ist irgendwie so, als ob wir beobachtet würden. Kann ja sein, dass ich mir das bloß einbilde, aber – na ja.«

David drehte sich zweimal, dreimal um die eigene Achse und ließ den Blick umherschweifen. »Zu sehen ist jedenfalls nix«, meinte er, »aber man kann nie wissen. Wir müssen auf der Hut sein. Spitz mal die Ohren! Kannst du was Auffälliges hören?«

Frank spitzte die Ohren. »Nur den Wind. Geh einfach weiter!«

Schwer atmend erreichten die Jungen die Höhe, eine kleine Ebene wie ein Hochmoor. Hier waren sie schon oft gewesen. Im Sommer hatten sie Frösche und Libellen im harten Wollgras beobachtet und Heidelbeeren gepflückt. Unter den Holunderbüschen gab es wilde Erdbeeren. Doch jetzt wirkte die Fläche, über der Nebelschwaden wie Rauchfahnen waberten, seltsam leer und tot.

Plötzlich bemerkten beide Jungen eine Bewegung im Gestrüpp. Etwas Dunkles schoss davon und verlor sich im welken Farnkraut.

»W-w-was war das?«, stammelte David und spürte seinen Herzschlag in den Ohren. Erschrocken krallte er sich an Franks Arm fest.

Frank musste erst einmal schlucken. Auch ihm war das Herz in die Hose gerutscht. »Ei-ei-ein Reh, glaub ich. Bloß ein Reh.« Dann gluckste er erleichtert. »Wir sehen schon Gespenster. Detektive müssen cool bleiben. Denk mal an James Bond!«

»Vor allem müssen Detektive logisch kombinieren«, gab David zurück. Seine Stimme war noch immer ein bisschen zittrig. »Wir wissen jetzt, dass die Komiker von diesem Hügel gekommen sind, um ihren Mummenschanz am Gartenzaun zu veranstalten. Und auf demselben Weg haben sie sich dann wieder verdünnisiert. Warum?«

Frank nickte bedächtig. »Die Frage nach dem *Warum* ist immer die entscheidende Frage. Ich weiß das aus einem Handbuch für Detektive. Das Motiv, verstehst du? Die ersten kriminalistischen Fragen nach einer Tat sind immer: Wer? Was? Wann? Wo? Wie? Aber die wichtigste Frage heißt immer: Warum? Wenn man das rausgekriegt hat, kommt man dem Täter auf die Spur.«

Ein wenig spöttisch sagte David: »Du und deine albernen Detektivbücher! Aber okay, halten wir mal Kriegsrat. Welches Motiv könnten die Engel denn haben? Was wollen sie erreichen? Tiere in der Nacht unbedingt einsperren, Fensterläden zuklappen . . . Wozu soll das gut sein?«

Frank dachte scharf nach. »Die Gänse«, sagte er dann, »es hat irgendwie mit den Gänsen zu tun. Aber warum stoßen die Hirnis dann so gemeine Drohungen aus, wenn sie sich nachts von dem Geschnatter gestört fühlen? Und diese Verkleidung dazu! Haben wir etwa Fasching?«

»Zu Weihnachten verkleiden sich die Clowns eben als Engel«, meinte David sachlich. »Bloß dass das alles nicht lustig ist. Wenn es sich um nette Nachbarn handeln würde, würden sie doch einfach mit Theo sprechen oder ihn anrufen. ›Herr Daldrup, ihr Geflügel geht uns auf den Keks. Können Sie den Lärm nicht abstellen?‹ – So in der Art.«

»Genau«, bestätigte Frank. »Und wenn's unfreundliche Nachbarn wären, würden sie schimpfen: ›Das ist nächtliche Ruhestörung! So 'ne Belästigung lassen wir uns nicht gefallen. Entweder hört der Krach sofort auf oder wir erstatten Anzeige bei der Polizei.‹«

David wedelte mit beiden Händen. »Dabei ist die eigentliche Ursache der nächtliche Autoradau vom Dentallabor. Theos Graugänse werden davon meschugge. Auch Tiere wollen nachts ihre Ruhe haben. Aber wieso mischen sich die Engel ein?«

Frank klatschte in die Hände. »Ich hab's! Irre, das sind Irre! Komm mal mit!« Frank zog seinen Vetter hinter sich her durch Brombeergestrüpp und matschiges Binsenkraut zum Rande der Hochebene.

Unterhalb dieser Seite des Hügels lag das Seniorenpflegeheim *Aurora* im Dämmerlicht wie ein gigantisches Hufeisen. Wie die hundert Augen eines lauernden Tieres glühten die erleuchteten Fenster durch die Schwärze des Parks.

»Denkst du auch, was ich denke, Partner?«, fragte Frank.

»Ja, Partner, das denke ich auch.«

Was denken David und Frank?

5. Kapitel

Eine böse Überraschung

Oma Trinna trug das Tablett mit einem Berg herrlich duftender Waffeln ins Wohnzimmer. »Na, eine große Hilfe wart ihr mir ja nicht«, sagte sie zu David und Frank, die sich aus ihren Jacken pellten und die kalten Hände zum Kaminfeuer streckten.

»Vielleicht doch«, gab Frank zu bedenken, erklärte aber nicht weiter, wie er das meinte. »Was bedeutet eigentlich *Aurora?*«

Der Opa stellte das Rotweinglas ab und entzündete mit einem Streichholz die vier Kerzen des Adventskranzes. »An sich dürfte die vierte Kerze ja erst ab Sonntag brennen«, meinte er, »aber ich sehe das nicht so eng. Vier Flämmchen sehen nun mal schöner aus als drei. – *Aurora,* das ist ein lateinisches Wort. Auf Deutsch bedeutet es *Morgenröte.«*

David schüttelte den Kopf. »Ist doch abartig, der Name! Man kann doch ein Altenheim nicht Morgenröte nennen.«

Opa Theo schwieg für Sekunden, dann erwiderte er fast barsch: »Doch, das kann man. Und der Name ist auch nicht *abartig,* wie du das formulierst. Wahrscheinlich bist du noch zu jung, um das zu verstehen. Lassen wir's!« Er langte sich eine Waffel vom Tablett.

Auch die Jungen griffen zu und futterten, als hätten sie seit Tagen nichts mehr zu essen bekommen. Grabowski forderte bellend seinen Anteil und legte seine Pfoten auf Franks Knie.

»Nur ein kleines Stückchen!«, mahnte Oma Trinna. »So süße Sachen sind nicht gesund für Hunde.«

Frank fragte mit vollem Mund: »Die Leute in dem Pflegeheim, sind das so Geistesgestörte, so Irre? Ist das 'ne Klapsmühle?«

Geradezu wütend fauchte der Opa: »Erst nachdenken, dann reden! Frank, du solltest nicht so lieblos von kranken

Menschen sprechen. Die Wörter *Irre* und *Klapsmühle* will ich nicht gehört haben. In dem Pflegeheim hier draußen leben einerseits gebrechliche alte Leute, die körperlich so hilflos sind, dass sie rund um die Uhr Betreuung brauchen. Andererseits gibt es im *Aurora* auch einige Frauen und Männer, die vor allem geistig krank sind. Altersverwirrtheit. Manche erkennen nicht einmal mehr ihre nächsten Angehörigen. Sie können sich auch nicht mehr äußern, aber wie es tief in ihrem Inneren aussieht, was sie da erleben, das weiß man nicht. Manche von ihnen sitzen einfach nur da und gucken ins Leere, andere tun merkwürdige und überraschende Dinge. – Habt ihr das jetzt verstanden? Das Pflegeheim ist ein Haus für Kranke.«

Opa Theo schnappte nach Luft. Er war ein bisschen erschöpft von seiner langen Rede und nippte erst mal wieder an seinem Glas.

»Theo, bleib doch ruhig!«, schalt die Oma. »Dein Herz! Doktor Winter hat dir oft genug gesagt, dass du dich nicht so aufregen sollst.«

»Katharina, ich *will* mich aber aufregen«, beharrte der Opa stur. Wenn er seine Frau *Katharina* nannte, meinte er es ernst.

Frank schämte sich und bekam rote Ohren. »Das mit den Wörtern, die ich nicht sagen soll, also, das hab ich nicht so . . .« Er biss rasch in eine Waffel.

Doch bei einer Bemerkung von Opa Theo hatte es bei David und Frank geklingelt: »Manche tun merkwürdige und überraschende Dinge.« Frank blinzelte David zu, David blinzelte Frank zu. Ihre Blicke bedeuteten: Was wir da vorhin auf dem Hügel gedacht haben, das war vermutlich gar nicht so falsch. Merkwürdige Dinge! War der Engelspuk nicht merkwürdig?

Jedenfalls führt die Spur in Richtung Pflegeheim, dachte David. Schnell schnappte er seinem Vetter die letzte Waffel vor der Nase weg. »Kompliment, Trinna, deine Waffeln waren mal wieder erste Sahne. Jetzt bin ich aber pickepackesatt. Uff!«

»Na klar. Du hast dich ja auch nicht grad zurückgehalten«, knurrte Frank. Und weil er sich noch immer schämte, wechselte er das Thema. »Falls heute Abend wieder so 'n paar Spaßvögel draußen randalieren, würde ich bei der Polizei anrufen.«

Theo winkte ab. »Solange die Burschen unser Grundstück nicht betreten und nichts kaputt machen, können wir ja wohl kaum die Polizei einschalten. Da würden wir uns bloß lächerlich machen.«

David warf der Oma einen kurzen Blick zu, dann wandte er sich an den Opa. »Zur Vorsicht solltest du aber deine Tiere in den Stall sperren. Falls es Betrunkene sind, weiß man nie, was sie . . .«

Opa Theo hielt von diesem Vorschlag überhaupt nichts. »Ich lasse mir doch von ein paar Spinnern nicht meine Experimente durcheinanderbringen. Die Gänse zum Beispiel, die sollen sich ganz ungezwungen bewegen. Bei Tag und bei Nacht.«

Oma Trinna lächelte amüsiert. »Theo will doch ihre Kommunikation ergründen. Die Signale ihrer Gänsesprache und so.«

»Wenn bloß dieser nächtliche Autokrach nicht wäre!« Der Opa war nun in seinem Element. »Gänse sind ungemein empfindsame Tiere. Geflügel wird allgemein unterschätzt. Kennt ihr die Geschichte aus dem alten Rom? Als sich nachts gefährliche Feinde dem Capitol, dem Sitz des Senates, näherten, da haben die Wachtposten nichts gemerkt. Aber die Gänse, die waren aufmerksam und haben mit ihrem Geschnatter die Senatoren davor gerettet, ermordet zu werden.«

»Ja, das ist beeindruckend«, sagte Frank. »Trotzdem wird's Zeit, dass wir wieder in den Sattel steigen. Ich muss noch Hausaufgaben machen.«

Opa Theo dankte den Jungen für den Besuch, Grabowski stieß sein trauriges Abschieds-Wuff aus, die Oma brachte Frank und David zur Haustür.

Frank flüsterte: »Hör zu, Trinna, falls die Engel mit den schwarzen Flügeln wieder ihre nächtliche Schau abziehen, darfst du dich einfach nicht drum kümmern. Die verziehen sich dann schon. Geh nicht nach draußen! Versprochen?«

Oma Trinna guckte über den Rand der Brille und sagte mit kläglicher Stimme: »Hoffentlich kommen sie nicht.«

»Morgen ist Freitag«, tröstete David. »Langes Wochenende. Frank und ich kommen gleich nach der Schule zu euch raus. Wir pennen dann hier. Und dann schlagen die Detektive zu.«

Oma Trinna umarmte die Enkel. »Vergesst eure Zahnbürsten nicht! Und haltet die Daumen, dass heute Nacht nichts passiert. Ich mache mir Sorgen um Theos Gesundheit. Denkt daran: Kein Wort zu euren Eltern!«

Die Jungen fuhren rasant wie Tour-de-France-Profis zurück zur Stadt. Mit den Hausaufgaben nahmen sie es an diesem Abend beide nicht genau. Auch den Ärger überstanden sie locker, den ihnen die Eltern machten, als sie pudelnass zu Hause ankamen, weil aus dem Schnee satter Regen geworden war. Rebecca und Judith hatten mit der Mutter Spekulatius gebacken, aber Frank erfuhr zu seiner großen Enttäuschung, dass vor Heiligabend niemand davon naschen dürfe. Auch David war sauer. Sein Vater entschied nämlich, dass der Computerschirm an diesem Abend dunkel zu bleiben habe.

Doch wirklich schlimm war erst die Überraschung, die die zwei Jungen am nächsten Mittag bei den Großeltern erlebten.

Eine der Gänse war verschwunden!

Was hat das zu bedeuten?

6. Kapitel

Schwester Pia lacht

Erstaunlich war, dass ausgerechnet Opa Theo die Sache ziemlich gelassen nahm. Die Oma zitterte, doch das konnte auch an der Kälte liegen. Der alte Hund Grabowski schnüffelte anscheinend ziellos auf der großen Wiese herum. Die weißen Kaninchen hockten mümmelnd im Pulk in der Sandkuhle am Teich und schienen die Wintersonne zu genießen. Die beiden Ziegen zupften kleine Büschel aus dem Heuballen neben der Stalltür.

David und Frank hatten ihre Fahrräder an die Hauswand gelehnt und waren zu den Großeltern in den Garten gelaufen. Mit einem Blick erfassten sie die Szene. Nur sechs Graugänse! Die schnatterten allerdings besonders aufgeregt, weil eine von ihnen fehlte.

»Vielleicht ist sie in der Frühe weggeflogen«, sagte Opa Theo. »Was weiß ich! Der Maschendrahtzaun ist dicht, da konnte sie nicht durch. Aber ich habe meinen Gänsen ja ganz bewusst die Flügel nicht gestutzt. Das gehört zu meinem Forschungsprogramm, versteht ihr? Die Tiere sollen machen, was sie wollen. Ich will ihren natürlichen Trieb erhalten, sie sollen sich nicht eingesperrt fühlen. Deshalb auch die Idee mit dem stets offenen Stall.«

Frank hatte da seine Zweifel. »Aber dass nur eine einzige Gans verschwunden ist, ist das denn nicht sonderbar?«

»Doch«, gab der Opa zu. »Es passt eigentlich nicht in das Gruppenverhalten von Gänsen. Ich habe selbstverständlich einkalkuliert, dass meine Gänse sich eines Tages auf und davon machen und wie ihre freien Artgenossen den Sommer im Norden und den Winter im Süden verbringen. Aber Kikas Verhalten passt irgendwie nicht zur Jahreszeit. Ist schon komisch!«

»Kika?«, fragte David. »Heißt die verschwundene Gans Kika?«

Theo nickte. »Eigentlich ist sie die Schüchterne aus der Gruppe. So viel Unternehmungsgeist hatte ich ihr gar nicht zugetraut. Na, ich hoffe, sie dreht nur ein paar Ehrenrunden und kommt zurück.«

Frank sah das anders. Die Engel mit den schwarzen Flügeln hatten ihre Drohung wahr gemacht und hundsgemein zugeschlagen, das war ihm sofort klar. Ein kurzer Blick zum Partner. Ja, David gab mit einem leichten Nicken zu verstehen, dass er Franks Ansicht teilte.

»Haben die Gänse in der Nacht denn wieder Lärm gemacht?«, wollte Frank wissen.

»Und ob!« Opa Theo schwenkte die Krücke durch die Luft. »Ich hoffe, dass nach den Feiertagen beim Dentallabor ein bisschen Ruhe einkehrt.«

Oma Trinna hatte die Pulloverärmel über die Hände gezogen und war sehr blass um die Nase. »Und wenn es sich um Diebstahl handelt?«

»Genau!«, pflichtete David ihr bei. »Wenn die rätselhaften Engel . . .« Er unterbrach sich hastig und hustete. »Wenn die rätselhaften Typen vielleicht wieder betrunken waren und über den Zaun geklettert sind . . . Müsste man da nicht die Kripo einschalten?«

Opa Theo lachte bitter auf. »Diebstahl? Das wär doch nur eine unbewiesene Vermutung. Hier draußen in der Bauerschaft büxen doch täglich Hühner oder Enten oder Gänse aus. Sogar Jungbullen und Schweine. Um solchen Kleinkram kümmert sich die Kriminalpolizei doch nicht. Lächerlich!«

»Aber gewisse Detektive tun das«, flüsterte Frank fast unhörbar. Laut sagte er: »Hoffen wir mal, dass Kika wieder heimkommt!«

Oma Trinna zupfte ihren Mann am Jackenärmel. »Ab ins Haus, Theo! Du hast nur die dünne Joppe an.«

»Ist doch herrliches Wetter«, brummelte der Opa, folgte seiner Frau aber dennoch humpelnd ins Haus.

Die beiden Jungen trugen rasch ihre Sporttaschen ins Dachstübchen hinauf, wo die Matratzen bereits für ihr Nachtlager hergerichtet waren. Dann stürmten sie wieder nach draußen und sprangen auf ihre Räder.

»Wir sausen noch ein bisschen durch die Gegend!«, rief David. »Vielleicht finden wir ja Kika irgendwo.«

Sie waren sich einig: Richtung Pflegeheim!

»Es ist doch eigentlich sonnenklar«, sagte Frank. »Die Engel wollen um jeden Preis erreichen, dass Theo über Nacht seine Tiere einsperrt und den Schuppen dichtmacht. Da schrecken sie eben vor nichts zurück. Ob sie die Gans abgemurkst haben?«

»Ich hoffe, sie haben sie nur irgendwo versteckt«, gab David zurück. »Man muss nicht immer gleich mit 'ner Katastrophe rechnen. Mein kleiner Finger sagt mir, dass die Spur eindeutig zu dem Seniorenheim führt.«

»Und der kleine Mann in meinem linken Ohr«, rief Frank, »der sagt mir, dass wir keine voreiligen Schlüsse ziehen dürfen! Detektivisch gesehen, müssen wir cool bleiben, kapiert? Kann es nicht sein, dass unsere lieben Engelein *wollen,* dass man meint, dass die Spur zum *Aurora* führt? So eine Art Ablenkungstrick?«

»Wie raffiniert«, spottete David. »Aber natürlich kann das sein. Darum stellen wir ja auch Nachforschungen an, Partner.«

Sie hatten den Hügel fast umrundet und nun führte die schmale Straße bergab. Frank und David konnten die Räder bis zum großen Gittertor des Seniorenpflegeheims rollen lassen. Das Tor stand offen, also fuhren die Jungen zögernd in den Park.

Plötzlich ertönte lautes Motorengebrüll. Erschrocken drehten Frank und David sich um: Da kam mit höllischem Tempo ein Jeep herangeschossen! Am Steuer saß eine Nonne in weißem Habit. Sie stoppte den Wagen neben den Jungen.

»Hallo, ihr Meisterbiker, wollt ihr jemanden im Heim besuchen?«, rief sie fröhlich. »Ich bin Schwester Pia. Und Besuch haben wir immer gern.«

»Nee, wir – äh, wir . . . Also, wir wollen . . .« Plötzlich hatte David einen Geistesblitz: »Wir haben gehört, dass hier im Heim ein Weihnachtsspiel aufgeführt werden soll. So gerüchteweise, verstehen Sie? Und da wollten wir einfach mal fragen, wann das stattfindet und ob wir uns das anschauen dürfen.« In Gedanken klopfte er sich für diese Idee sozusagen selbst auf die Schulter.

Schwester Pia staunte. »Ach, hat sich das schon herumgesprochen? Klar könnt ihr kommen. Am Sonntagabend. Um sechs Uhr geht's los. Die Kinder aus der Anne-Frank-Schule in der Stadt haben für unsere alten Leute was eingeübt.«

Interessiert fragte Frank: »Spielen in dem Stück auch Engel mit? Zum Beispiel solche mit schwarzen Flügeln?«

David stieß dem Vetter den Ellenbogen in die Rippen. Wie konnte Frank nur so eine plumpe Frage stellen!

Die Nonne lachte. »Engel mit schwarzen Flügeln? Wie kommst du denn auf die Schnapsidee? Ich glaube zwar, dass Engel überhaupt keine Flügel haben, weil sie Geister sind, aber in einem Weihnachtsstück haben sie sowieso immer nur goldene Flügel. Das wollen die Zuschauer so haben.«

»Können wir uns hier im Park mal ein bisschen umsehen?«, fragte David und fügte gleich eine kleine Notlüge an: »Wir haben das Heim nämlich noch nie gesehen. Das interessiert uns.«

»Aber sicher«, sagte Schwester Pia. »Hier darf jeder rein und raus. Ich hab's doch schon erwähnt: Gäste sind stets willkommen.«

Damit legte sie den Gang ein und brauste weiter.

Werden die Detektive hier etwas entdecken?

7. Kapitel

Häuptling Falkenauge

Ganz schön kess, die Nonne«, bemerkte David anerkennend. «So 'ne richtige Powerfrau. Also, auf geht's, spitzen wir mal die Pupillen!«

Natürlich waren die zwei Vettern schon mehrmals in der Nähe des Pflegeheims gewesen. Im vergangenen Herbst hatten sie sogar über die Hainbuchenhecke hinweg Birnen geklaut. Aber den Park hatten sie bisher noch nie betreten. Beim Parkplatz lehnten sie ihre Fahrräder an eine Blutbuche. Autos mit den Kennzeichen verschiedener Städte und Landkreise der Umgebung waren hier abgestellt. Offenbar hatten etliche der alten Leute Besuch bekommen.

Langsam näherten Frank und David sich dem Gebäudekomplex, der jetzt in der Nachmittagssonne eher wie ein Hotel als wie eine Klinik wirkte. Auf den Balkonen ruhten einige Heimbewohner in Liegestühlen und Sesseln und genossen – eingehüllt in Wolldecken – die kalte, klare Luft. Die große Kiefer vor dem Portal war mit Lichterketten zum Weihnachtsbaum umfunktioniert worden. Auf den Parkwegen waren nur wenige Leute zu sehen. Eine Pflegerin und ein Pfleger in weißem Dress führten behutsam und liebevoll eine winzige Greisin spazieren. Drei, vier alte Menschen saßen bewegungslos in Rollstühlen und wurden von Verwandten über die Kieswege geschoben. Ein Mann mit leerem Gesicht ging wie ein Schlafwandler über die Rasenfläche.

David flüsterte: »Mann, irgendwie geht mir das in die Hacken. Dir auch?«

Frank nickte. »Ja, das macht traurig. So hilflos, die Leute ... Ich schätze, die Idee, dass da so ein paar Verwirrte den Engelspuk veranstalten, können wir uns abschminken. Schwach, wie die sind. Aber wir dürfen uns nicht täuschen lassen, wir recherchieren weiter.«

David und Frank schlenderten am Westflügel vorbei zur Rückseite des Altenheims, die im Schatten lag. Auch hier parkten Autos. Vom Obstgarten her, aus der Talsohle im Norden, kreischte der Lärm von Motorsägen herauf. Anscheinend wurden dort Bäume beschnitten. Eine junge Frau in weißem Overall kippte den Inhalt von zwei Mülleimern in einen Container. In ihrem Irokesenhaarschnitt leuchtete eine lila Strähne.

»Sucht ihr was Bestimmtes?«, fragte die Frau.

David antwortete ausweichend: »Na ja, irgendwie schon. Aber hauptsächlich wollen wir uns bloß ein bisschen umschauen. Die Schwester Pia, also, die hat gesagt, dass man hier rumlaufen darf und so. Zum Weihnachtsspiel übermorgen hat sie uns auch eingeladen. – Gibt's da auch was zu essen?«

Die Frau ließ die Klappe vom Container zuschnappen. »Dass manche Leute immer nur ans Essen denken!« Sie grinste. »Plätzchen wird es wohl geben und Lebkuchen.«

»Keinen Gänsebraten?«

»Gänsebraten! Aber sonst geht's dir gut? Unsere Heimbewohner brauchen ganz leichte Kost. Wie kommst du ausgerechnet auf Gänsebraten?«

Frank kam seinem Partner zur Hilfe. »Uns ist nämlich eine Gans entflogen. Die haben Sie nicht zufällig gesehen? Eine Graugans.«

Die junge Frau lachte. »Unter unseren Schwesternschülerinnen sind ein paar Gänse, aber eine Graugans ist nicht dabei. Noch was?«

Frank zeigte auf die Autos. »Ich wette, diese Schlitten hier gehören den Leuten vom Personal. Stimmt's?«

»Die Wette hast du gewonnen. Warum willst das wissen?«

»Weil wir Autoknacker sind.« Frank senkte den Kopf, ballte die Fäuste und grollte mit tiefer Stimme: »Wir wollen den Porsche vom Chefarzt klauen.«

Die Frau tippte sich an die Stirn. »Dann klaut mal schön. Der Chefarzt fährt übrigens den gammeligen Audi dahinten. Ist nix mit Porsche.«

David fragte: »Gibt es hier auf dem Gelände auch Tiere?«

»Wow, seid ihr neugierig!« Die Frau zeigte in die Richtung, aus der das Sägen-Gekreische kam. »Hinterm Wäldchen ist ein kleines Wildgehege. Da stehen ein paar Damhirsche.«

»Geflügel haben Sie nicht?«, wollte Frank wissen. »Hühner und Enten und so. Vielleicht auch Gänse. Könnte doch sein, dass unsere Graugans zu ihren Artgenossen geflattert ist.«

Die lila Strähne wippte, als die Frau den Kopf schüttelte. »Sorry, mit Flattervieh können wir nicht dienen. Tschau, ihr zwei, ich hab zu tun.« Sie griff nach den Mülleimern und verschwand in der Kellertür des Heims.

Für einen Augenblick verharrten die beiden Jungen reglos. Geräusche aus dem Haus drangen herüber: lautes Schluchzen, unterbrochen von spitzen Schreien; ein Durcheinandergedudel von Weihnachtsliedern; aufgeregtes Geplapper und schrilles Lachen. Da summten auch irgendwelche Apparate.

»Ich finde es ganz schön merkwürdig hier«, sagte David.

Frank schlenderte weiter und guckte sich die Autos an. Es war kein aufregender Schlitten dabei. Doch auf einmal stutzte er. Da stand ein Volvo-Kombi, über und über dreckbespritzt. Seine Grundfarbe schien dunkelgrün zu sein. Frank beschattete die Augen mit den Händen und spähte durch das Rückfenster.

»He, Partner, was ist denn da so Spannendes in dem Töff-Töff?« Jetzt kam auch David angetrabt.

»Riskier doch selber mal 'nen Blick!«, forderte Frank.

David starrte auf die Ladefläche. »Gärtnerzeug«, stellte er fest, »Spaten, Rechen, paar Kisten . . . Aber da! Gummistiefel!«

»Hab ich sofort entdeckt«, sagte Frank ziemlich überheblich. »Für so was hab ich den Röntgenblick. Ich bin nämlich Häuptling Falkenauge. Wusstest du das nicht?«

David kicherte. »Und ich dachte immer, du wärst Häuptling Stinkende Socke. Wie man sich irren kann! Guck dir mal die Profile der Stiefel an, die könnten glatt zu den Abdrücken passen, die wir gefunden haben.«

»Könnten«, gab Frank zu bedenken, »müssen aber nicht. Gummistiefel gibt's viele. Aber interessant ist meine Entdeckung trotzdem.«

»Jetzt gib doch nicht so an! Ich sehe nämlich auch was Interessantes. Da, das Netz mit dem Stiel dran. Siehst du's? Neben den Holzkisten.«

»Das ist ein Käscher«, stellte Frank fachmännisch fest. »Zum Fischefangen. Ob es hier irgendwo einen Karpfenteich gibt?«

»Woher soll ich das denn wissen?« David zeigte zu einem flachen Schuppen hinüber, der ein schräges Glasdach hatte und von entlaubten Ranken überzogen war. »Scheint so 'ne Art Gartenhaus zu sein. Lass uns mal reinschauen!«

Sie spurteten los. Fenster gab es in den Fassadenwänden nicht. Also kletterten David und Frank an den Ranken hoch, um durch das Glasdach zu schauen. Aber plötzlich erschraken sie fürchterlich: Jemand hatte ihre Füße gepackt!

Wer hat die beiden Detektive erwischt?

8. Kapitel

Simone hat den Durchblick

Da stand ein Mädchen in weinroter Wolljacke und freute sich diebisch, dass sie die zwei Kletterer so toll erschreckt hatte. Sie ließ die Beine der Jungen los.

»Si-Si-Simone! Du?«, stotterte David.

»Blöde Frage. Siehst du doch, David.«

»Du kennst die?« Frank war verblüfft.

David war noch immer ein bisschen durcheinander. »Meine Parallelklasse . . . Ich meine, Simone ist in meiner Parallelklasse. Kommt jeden Tag mit dem Schulbus in die Stadt. – Was machst du denn hier, Simone?«

»Ich will erst einmal wissen, was *ihr* hier macht.«

»Wir? Och, nur so.« Frank musste erst einmal seine Gedanken ordnen. »Wir stellen gewisse Ermittlungen an – sozusagen. Wir haben nämlich eine Gans verloren.«

Simone lachte nicht. »Kommt erst mal runter! In diesem Häuschen ist bestimmt nichts zu ermitteln. Da sind über den Winter nur die Agaven und die Oleanderstauden abgestellt. Eine Gans ist da garantiert nicht drin.«

David und Frank sprangen in den Kies hinunter. Frank murmelte etwas verlegen, dass er Frank heiße und Davids Cousin sei, doch zu seinem Erstaunen wusste Simone das schon.

»Ihr besucht manchmal die Daldrups in ihrem Holzhaus, oder? Ich hab euch da hin und wieder gesehen. Die verschwundene Gans, ist das eine von den Graugänsen von eurem Opa?«

»Exakt«, sagte David, »aber du hast meine Frage noch nicht beantwortet. Was machst *du* hier?«

Simone zog ein dickes Buch aus der Jackentasche und zeigte es den Jungen. »Ich bin hier die Vorleserin. An jedem Freitagnachmittag lese ich einigen von den alten Leuten was vor. Heute war *Die Gänsemagd* aus Grimms Märchen an der Reihe.

Kennt ihr wahrscheinlich. Falada, die Sache mit dem sprechenden Pferdekopf. Da kommen immer so rund zwanzig Männer und Frauen in die Cafeteria und hören mir zu. Ein paar werden sogar im Bett reingerollt. Manche können die Geschichten natürlich nicht mehr richtig verstehen, aber sie haben wohl Freude am Klang meiner Stimme. Denke ich jedenfalls. Sie sehen dann so glücklich aus.«

Beeindruckt fragte David: »Und wie bist du an diesen Job gekommen?«

»Durch meinen Bruder. Der arbeitet halbtags im *Aurora.* Er hat mich mal mitgenommen und da hab ich Schwester Pia kennengelernt. Von der stammt der Vorschlag.«

Frank wedelte mit beiden Armen. »Ha, die kennen wir auch, die Nonne Pia. Astrein, die Frau, will ich mal sagen.«

Das konnte Simone nur bestätigen. »Ich hab euch zwei schon 'ne ganze Weile durchs Fenster beobachtet. Ihr seid mit Fahrrädern gekommen. Das passt gut.«

David verstand die Bemerkung nicht. »Wieso?«

»Weil ihr mich dann prima in die Bauerschaft mitnehmen könnt. Hergekommen bin ich im Auto mit meinem Bruder und nun müsste ich den langen Rückweg zu Fuß machen. Also, was ist?«

»Kein Thema!« David winkte lässig. »Du kannst mit mir auf meinem Bike reiten. Wo wohnst du denn in Langenhorst?«

»Ganz in der Nähe von euren Großeltern«, erklärte Simone. »Der kleine Bauernhof an der Straßenkurve, wo die hohen Pappeln stehen. Schulze-Wieling. Beim Forellenteich.«

»Alles klar.« Frank wusste Bescheid. »Da sind oft zwei Haflingerpferde auf der Weide. Sind das eure?«

Simone nickte eifrig. »Wilma und Wanda. Wir haben auch einen Kutschwagen und kutschieren sonntags durch die Gegend. Mein Vater hat übrigens auch einen Halbtagsjob. Er assistiert bei 'ner Landvermessungsfirma. Von so einem kleinen Bauernhof kann eine Familie nicht mehr existieren. –

Was ist? Können wir uns auf die Socken machen? Oder habt ihr hier noch was vor? Ich meine, was die verschwundene Gans betrifft.«

»Lasst uns fahren!«, brummte Frank. »Ich schätze mal, hier sind wir sowieso auf der falschen Spur.«

»Falsche Spur?« Simone stopfte sich ihre lange schwarze Haarmähne unter die Mütze. »Was meinst du damit?«

»Och, nur so«, antwortete Frank ausweichend. »Wegen der Kika. So heißt die Graugans nämlich.«

David, Frank und Simone liefen zur Vorderseite des Pflegeheims. Ein anscheinend uralter Mann mit eingefallenem Vogelgesicht trippelte mit unsicheren Schrittchen über den Hauptweg. Er hielt sich an einem Rollwägelchen fest, das ihm als Gehhilfe diente. Der wuschelköpfige junge Pfleger neben ihm trug eine lederne Motorradfahrerjacke über dem weißen Anzug.

»Du bist lieb!«, rief der alte Mann mit Fistelstimme Simone zu. »Kommst du wieder?«

»Aber klar doch«, antwortete Simone und winkte.

Dann radelten sie los. Simone hatte sich hinter David auf das Rad geschwungen und klammerte sich an ihm fest. Trotz seiner Supergangschaltung musste David sich mächtig anstrengen, denn es ging ja auf dem Rückweg bergauf.

Simone trällerte: »Fuchs, du hast die Gans gestohlen, gib sie wieder her, gib sie wieder her . . .«

Frank bremste ein wenig ab. »Was meinst du damit?«

»Seid ihr noch nicht auf den Gedanken gekommen, dass vielleicht ein Fuchs die Gans von eurem Opa abgeschleppt hat?«, rief Simone Frank zu. »Habt ihr im Gras Blut entdeckt?«

Auf die Idee waren die beiden Detektive gar nicht gekommen! Frank lachte verlegen. »Hier gibt's doch überhaupt keine Füchse mehr.«

Das wusste Simone besser. »Die Jäger ballern zwar alle Füchse ab, die sie vor die Flinte kriegen, weil die Füchse angeblich Tollwut verbreiten, und sie legen auch Giftköder aus. Aber bei uns in der Bauerschaft taucht immer mal wieder ein Fuchs auf. Fragt mal die Hühnerbesitzer!«

Sie hatten das kleine Gehöft der Familie Schulze-Wieling erreicht. Die beiden Haflinger tummelten sich auf der Hausweide und begrüßten Simone wiehernd. David war trotz der Kälte gehörig ins Schwitzen geraten.

»Danke, Herr Taxifahrer«, sagte Simone und klopfte David auf die Schulter. »Und noch was: Ich bin nicht so doof, wie ich aussehe. Ihr sucht doch nicht bloß nach der verschwundenen Gans! Frank hat sich vorhin ja fast verplappert. Meint ihr etwa, ich hätte nicht längst gemerkt, dass sich hier seit einigen Tagen merkwürdige Dinge abspielen? Dieser nächtliche Lärm! Warum spielen die Gänse verrückt? Mein Vater wollte schon die Polizei anrufen, aber Harry hat ihn dran gehindert. Man dürfe Nachbarn nicht verpfeifen.«

David atmete tief durch. »Wer ist Harry?«

»Mein Bruder. Jetzt sperrt mal die Ohren auf! Ich bin auf eurer Seite. Mir geht auch so allerlei durch den Kopf, damit ihr's wisst. Ihr macht auf Spürnase, seh ich das richtig? Was wollt ihr rauskriegen?«

David zögerte einen Moment, dann gab er sich einen Ruck.

»Okay, Simone, es scheint, als hättest du so ziemlich den Durchblick. Ich will es dir verraten: Es spukt!« Und dann berichtete David von den Engeln mit den schwarzen Flügeln.

Wird Simone den Jungen helfen?

9. Kapitel

Der knallgelbe Lieferwagen

Die beiden Haflingerstuten kamen neugierig ans Gatter und beäugten die fremden Jungen. Auffordernd schüttelten sie die weißen Mähnen: Nun kommt schon und krault uns! Da ließen Frank und David sich nicht lange bitten.

»Ob wir mal 'ne Runde reiten dürfen?«, fragte Frank. »Ich hab noch nie auf einem Pferd gesessen.«

»Ich eigentlich auch nicht«, gab David ein wenig verlegen zu. »Aber probieren würde ich's ganz gern.«

»Von mir aus.« Simone war einverstanden. »Aber verlangt jetzt bloß nicht, dass ich Wilma und Wanda großartig sattele. Ihr müsst schon auf dem nackten Rücken reiten wie die Indianer. Versucht es mal!«

Mit leichtem Herzklopfen stiegen David und Frank auf den Zaunbalken. Simone war durch das Gatter geschlüpft, nahm die Stuten beim Halfter und rückte sie so zurecht, dass die Jungen sich auf die Pferderücken gleiten lassen konnten. Sie taten das so zögerlich und ungeschickt, dass Simone laut lachen musste. Den Haflingern schien die Aktion zu gefallen. Auf Simones Kommando setzten sie sich in Bewegung und trotteten am Zaun entlang. Simone führte sie an den Halftern.

»Starkes Gefühl«, erklärte Frank. Er hatte Mühe, die Balance zu halten, doch er schaffte es und genoss den langsamen Ritt.

David hatte sich an Wilmas Mähne festgekrallt, denn nun verschärfte Simone das Tempo ein wenig. Natürlich wollte sie erreichen, dass die stolzen Reiter auf die Weide plumpsten. Doch dann hielt sie plötzlich die Pferde an.

»Schaut mal! Das Auto bei den Zähnebauern!« Simone zeigte nach vorn zu dem lang gestreckten Haus, in dem sich das Dentallabor befand. »Fällt euch was auf?«

Ein knallgelber Lieferwagen rollte vor den Firmeneingang. Mit zusammengekniffenen Augen konnten die Jungen im Sonnengeflimmer die Reklameschrift auf dem Auto entziffern: DENTALLABOR SECURITAS.

Frank zuckte mit den Schultern. »Was soll daran auffällig sein? Das ist der Kurierwagen, der bringt die fertigen Gebisse zu den Zahnärzten, damit die Leutchen wieder kauen können.«

»Und wie oft habt ihr den Wagen schon gesehen?«, wollte Simone wissen.

»Bisher noch nie«, sagte David. »Das ist das erste Mal.«

»Und das ist auch nicht verwunderlich.« Simone drehte sich zu den Reitern um. »Ich hab's beobachtet. Das Kurierauto kommt nachmittags höchstens zweimal vorgefahren. Ist es nicht merkwürdig, dass ausgerechnet am späten Abend ein Verkehr herrscht wie auf der Autobahn? Strengt mal eure grauen Zellen an, falls ihr welche habt!«

David ließ Wilmas Mähne los und stemmte die Fäuste in die Hüften. »Ich hab's ja gleich gesagt, Simone: Du hast verdammt den Durchblick. Jetzt lasst uns mal kombinieren, ob . . .«

Weiter kam David nicht. Das Kombinieren musste verschoben werden, denn eine Frau in Jeans und mit weißer Schürze kam aus dem Bauernhaus und wedelte mit beiden Armen.

»Simone! Schaff die Pferde in den Stall, wenn ihr eure Ehrenrunde beendet habt, okay?« Die Frau klatschte in die Hände. »Bisschen dalli! Der Teig ist fertig, wir müssen Plätzchen ausstechen.«

»Ja, Mam, ich komme!«, rief Simone.

»Du kannst die Jungen mit ins Haus bringen. Es ist noch Pizza vom Mittagessen übrig.«

Simone schob das Stalltor auf. Die beiden Reiter sprangen ab und führten die Pferde feierlich am Halfter zu den Boxen. Die Milchkühe lagen wiederkäuend im Stroh und träumten offenbar ihre Kuhträume. Die drei Kälbchen im abgetrennten Areal begrüßten die fremden Jungen mit Geblöke.

In der Diele sagte Frau Schulze-Wieling: »Ihr seid die Enkel der Daldrups, nicht wahr? Da lerne ich euch ja endlich einmal aus der Nähe kennen. Von Weitem hab ich euch schon manchmal gesehen. Wie geht es euren Großeltern?«

David und Frank erklärten, bis auf Opa Theos Bein sei alles okay. Sie nannten ihre Namen und gaben zu verstehen, dass sie durchaus Hunger hätten.

»Schinken, Salami, Mozzarella«, sagte Frau Schulze-Wieling. »Soll ich das Blech noch mal kurz in den Backofen schieben?«

»Nicht nötig«, meinte David. »Kalt schmeckt sie auch.«

Simone verteilte die Reste der Pizza. Frank und David hockten sich auf die Bank am Fenster und mampften, als wären sie kurz vor dem Verhungern. Simones Mutter hatte auf dem riesengroßen Küchentisch den Teig ausgerollt.

»Blöde, diese Weihnachtsbäckerei«, flüsterte Simone den Jungen zu. »Vor Weihnachten spinnen alle Leute. Und diese Schenkerei! Ich hab noch gar nichts für meine Eltern und für meinen Bruder.«

Frank dachte kurz wehmütig an die Gibson-Gitarre, die er sich so sehnsüchtig wünschte. Mit vollem Mund bestätigte er: »Du hast recht. Vor Weihnachten spinnen wirklich alle Leute. Aber was die grauen Zellen betrifft . . .«

Simone legte den Finger vor die Lippen. »Leise! – Könnt ihr euch vorstellen, Zahnärzte zu sein?«

»Ich kann mir alles vorstellen«, behauptete David. »Ich kann mir sogar vorstellen, der Papst zu sein. Oder ein Astronaut oder ein Polarforscher. Aber gut, ich bin Zahnarzt. Ich wollte ja schon immer anderen Leuten in die Mäuler gucken. Und jetzt?«

»Und jetzt frage ich dich«, wisperte Simone, »ob du am späten Abend in deiner Praxis sitzt und darauf wartest, dass dir der Kurierfahrer vom Dentallabor die künstlichen Gebisse für deine Patienten bringt. Am späten Abend!«

Frank kicherte. »David als Zahnarzt! Den kann ich mir höchstens als Zirkusclown vorstellen. Aber was du da über die Nachtfahrten vom Kurier sagst, Simone, das kommt mir auch ziemlich spanisch vor. Da stimmt was nicht.«

»Simone!«, rief Frau Schulze-Wieling. »Die Förmchen sind im Schrank in der Diele. Oberste Schublade links. Komm, es geht los.«

David und Frank wischten sich mit den Anorakärmeln den Mund ab, bedankten sich und sprangen von der Bank auf. Simone brachte die Jungen bis zur Haustür.

»Wir sehen uns morgen Vormittag«, sagte sie und hob die Hand zum Abschied. »Ich komme zu euch rüber. Was habt ihr jetzt vor?«

Frank pfiff reichlich falsch: Fuchs, du hast die Gans gestohlen . . . »Ortstermin. Wir überprüfen das Gelände.«

Doch da konnten die Jungen noch so sehr mit detektivischer Genauigkeit die Wiese absuchen: Sie fanden keine Blutspuren im Gras. Grabowski lief ihnen dauernd zwischen die Beine. Gewiss hätte der Hund es erschnüffelt, wenn es hier Fuchsgeruch gäbe. Opa Theo schaute vom Fenster aus zu.

»Wir haben Kika nicht gefunden!«, rief Frank.

Da runzelte David auf einmal die Stirn. »Als was mag der Bruder von Simone wohl im *Aurora* arbeiten? Als Pfleger?«

Was werden Frank und David als Nächstes unternehmen?

10. Kapitel

Jede Menge Zähne

Oma Trinna kam mit einem Besen aus dem Haus und verscheuchte erst einmal ein paar Kaninchen aus dem Beet bei den Johannisbeerbüschen, weil die fleißigen Tiere Blumenzwiebeln ausbuddelten.

»Ich glaube nicht, dass Kika weggeflogen ist«, sagte sie. »Man hat sie gestohlen. So als letzte Warnung. Wir müssen Theo überreden, dass er heute Nacht den Stall dichtmacht. Dann hat der Spuk vielleicht ein Ende.«

Da protestierten David und Frank selbstverständlich. Waren sie denn nicht extra gekommen, um den Fall kriminalistisch aufzurollen? Bloß jetzt nicht aufgeben!

»Nein, Trinna«, sagte Frank beschwörend, »heute Nacht liegen David und ich doch auf der Lauer. Wir wollen versuchen, diese Witzbolde zu entlarven. Da darf uns keiner in die Quere kommen.«

Die Oma war besorgt. »Macht nur nichts Gefährliches! Wahrscheinlich hätte ich David überhaupt nichts von diesen Engeln mit den schwarzen Flügeln erzählen sollen. Aber ich war so aufgeregt – und das bin ich immer noch. Dass Theo nichts erfährt! Versprochen?«

»Versprochen«, murmelte David, doch es hörte sich so an, als wollte er sagen: Wir können für nichts garantieren. »Du brauchst dir um uns keine Sorgen zu machen, Trinna. Wir passen schon auf uns auf.« David legte Frank die Hand auf die Schulter. »Weil wir doch Profis sind.«

Die Oma war noch nicht überzeugt. »Falls die Kerle auftauchen und ihr Theater veranstalten, dürft ihr auf gar keinen Fall aus dem Haus laufen. Bei solchen Typen muss man mit dem Schlimmsten rechnen. Ich hab da so ein komisches Gefühl.«

Fast hätte Frank geantwortet: Ich auch. Er spürte nämlich

wieder das Kribbeln im Bauch. Aber es war kein unangenehmes Gefühl. Jagdfieber, dachte er, ganz klar Jagdfieber. Wir knacken die Nuss!

»Kommt erst mal ins Haus«, forderte Oma Trinna. »Ich koche Kakao. Honigkuchen ist auch da. Aber guckt unter euren Schuhen nach, damit ihr mir keinen Gänsemist auf den Teppichboden tragt. Das Zeug ist eklig.«

Die Jungen hatten gar keine Lust auf Kakao und Hunger hatten sie nach dem Pizzafuttern auch noch nicht. Jetzt waren sie erst einmal neugierig auf das Dentallabor. Das gelbe Kurierauto stand inzwischen nicht mehr vor dem Eingang.

»Wir werfen erst mal kurz 'nen Blick bei den neuen Nachbarn drüben rein«, erklärte David. »Das interessiert uns, wie es in so 'ner Zahnklempnerei zugeht. Was für Leute sind das eigentlich, die das Töpferhaus übernommen haben?«

Trinna breitete die Arme aus. »Was weiß ich! Vorgestellt haben sie sich nicht bei uns, obwohl man das ja eigentlich erwarten könnte. Junge Leute noch. Wir sehen sie nur aus der Ferne. Aber auf Theo und mich machen sie eigentlich einen guten Eindruck. Und wie fleißig sie sind!«

Frank meinte, mit dem Honigkuchen würden sie sich später beschäftigen und Kakao sei sowieso etwas für Schnullerbabys. Er und David hätten sich von zu Hause reichlich Cola mitgebracht. Die Oma pfiff Grabowski zu sich und verschwand mit dem Hund im Haus. Aus dem Schornstein stieg ein bläulicher Rauchfaden zu den dünnen Wolkenschlieren hinauf. Es war kälter geworden. Die Wintersonne stand schon tief.

»Also dann, Partner«, sagte Frank, »schauen wir uns die Zähnewerkstatt mal an! Vielleicht finden wir was Passendes für dich.«

»Ha, ha, sehr witzig! Ich lache später. Frank, du solltest dich beim Fernsehen bewerben. Da suchen sie nämlich noch ein paar Komiker.«

Kaum mehr als zweihundert Meter vom Holzhaus der Daldrups entfernt lag das umgebaute Fachwerkhaus, das ursprünglich einmal eine Bauernkneipe gewesen war, dann die Töpferwerkstatt beherbergt hatte und nun von den Leuten vom Dentallabor zu neuem Leben erweckt worden war. Mächtige Ulmen und Holunderbüsche rahmten das schmucke Haus ein. David und Frank näherten sich mit schnellen Schritten und bestaunten erst einmal den riesengroßen Reklame-Schädel im Fenster neben dem Eingang, der rhythmisch das überdimensionale Gebiss auf- und zuklappte. *Ihre dritten Zähne sind bei uns in guten Händen!* So verkündete es das Werbeschild daneben.

»Los, du zuerst!« David gab dem Vetter einen Schubs. »Du hast es doch gelesen. Deine Beißerchen sind hier in guten Händen.«

Entschlossen stieß Frank die Tür auf. Helles Neonlicht leuchtete den Raum aus. Alles schien weiß zu sein: die Wände, die Decke, die Maschinen und Apparate, die Regale mit den Gipsformen, die Kittel der beiden Leute, die emsig bei der Arbeit waren. Es waren eine junge Frau und ein junger Mann. Penetranter Chemie-Geruch lag in der Luft. Eine Schleifmaschine summte schrill.

Und Zähne, jede Menge Zähne! Ganze Gebisse, halbe Gebisse, Zahnbrücken, Einzelzähne, dazu noch Gaumenplatten, die fast echt aussahen.

Der junge Mann legte seine Pinzette aus der Hand und schob die Zahnprothese von sich, an der er gerade herumgewerkelt hatte. Mit Schwung schwenkte er sich auf seinem Drehstuhl zu den Jungen herum.

»Hallo! Wollt ihr uns bei der Arbeit helfen? Wir haben eine Masse Aufträge.« Der Mann lachte glucksend. »Ich habe euch gestern schon durchs Fenster gesehen. Ihr seid drüben bei dem älteren Ehepaar zu Besuch, stimmt's? Wo die Tiere auf der Wiese sind. Gänse und so. Also, ich bin Bob Zetschke und das ist meine Geschäftspartnerin Rosa Oberhauser. – Kann ich etwas für euch tun?«

Die junge Frau hob nur kurz die Hand und winkte den Jungen zu. Sie hatte ein seltsames Gerät auf der Stirn, an dem offenbar eine Vergrößerungsbrille befestigt war.

»Och«, sagte David, »wir wollten eigentlich nur mal kurz Guten Tag sagen und 'nen Blick in Ihren Laden werfen. Dentallabor, so ein Wort macht ja neugierig. Früher, als hier drin noch die Töpferei war, haben wir auch manchmal zugeschaut. Ich heiße übrigens David.«

»Und ich heiße Frank. Wir sind Cousins und die Enkel von den Daldrups. – Arbeiten Sie und Frau Oberhauser ganz allein? Ich meine, wenn Sie so viele Aufträge haben . . .«

Bob Zetschke verzog ein wenig den Mund. »Einen Fahrer haben wir noch. Der bringt die fertige Ware zu den Zahnärzten. Angestellte können wir uns noch nicht leisten. Unsere Firma ist noch ganz jung, wir haben uns erst vor kurzer Zeit selbstständig gemacht. Was glaubt ihr, was so eine Laboreinrichtung kostet! Zurzeit ochsen wir bis tief in die Nacht. Aber es ist natürlich auch toll, wenn die Auftragslage so gut ist. Wollt ihr 'nen Kaffee?«

»Nee, danke«, wehrte Frank ab. Er zeigte auf die Treppe, die in den Keller führte. »Wird da unten auch gearbeitet?«

»Nein, nein, da lagert nur unser Material.«

Wie auf ein Stichwort stand Rosa Oberhauser auf und eilte die Kellertreppe hinunter. Hastig machte sie die Tür wieder hinter sich zu.

Was ist im Keller los?

11. Kapitel

Eine faustdicke Lüge

Klar, auch David hatte die Ohren gespitzt. Die leisen Geräusche aus dem Untergeschoss waren ihm nicht entgangen. Schritte? Stimmen? Bewegungen? David zwinkerte seinem Partner zu. Das sollte bedeuten: Ich habe es auch gehört.

Hatte Bob Zetschke gemerkt, dass die Jungen für eine Weile aufmerksam auf die Kellertür gestarrt hatten? Er stopfte die Hände in die Kitteltaschen und redete überlaut auf seine Besucher ein. Da sie ja etwas über die Arbeit im Dentallabor erfahren wollten, müsse er ihnen mal ein paar grundsätzliche Dinge vorweg erklären, meinte er. Dann brabbelte er los wie ein Wasserfall, nannte Fachausdrücke, erwähnte die Silikonabdrücke, die die Zahnärzte von den Gebissen ihrer Patienten anfertigten und die hier im Labor mit Gips und Wachs für eine Negativform ausgegossen würden, aus der dann Kunststoffprothesen angefertigt würden: Gebissteile, Brücken für gezogene Zähne, Ganzprothesen für Unterkiefer und Oberkiefer . . . Ohne Zweifel war er von seiner Tätigkeit begeistert.

»Scheint ein total spannender Job zu sein«, sagte Frank und gab sich Mühe, damit es sich auch bewundernd anhörte. »Da kommt's wohl auf Präzisionsarbeit an, wie?«

»Na, das kannst du laut sagen.« Bob Zetschke nickte bedeutungsvoll. »Ersatzzähne müssen hundertprozentig sitzen. Wir können uns da keinen Fehler erlauben. Sozusagen Vertrauenssache. Und unsere Kunden, also die Zahnärzte, die setzen uns ganz gehörig unter Druck. Das ist ja auch verständlich.« Er grinste. »Die Patienten wollen schließlich nicht lange mit 'nem Zaun im Gesicht rumlaufen, in dem ein paar Latten fehlen.«

David ließ den Blick durch das Labor schweifen. »Hier

sieht's wirklich sehr nach prima Facharbeit aus, alle Achtung! Wie Frank schon meinte: Sie haben einen verdammt wichtigen Beruf.«

Der junge Mann verdrehte ein wenig verlegen die Augen. »Ihr könnt ja vielleicht später mal als Azubis bei uns anfangen. Wir wollen unseren Betrieb selbstverständlich vergrößern, wenn er mal richtig in Schwung gekommen ist.« Fast verschwörerisch fügte Bob Zetschke hinzu: »Unten im Tresor haben wir auch ein paar wertvolle Materialien gelagert.« Er zeigte zur Kellertür. »Gold zum Beispiel. Manche Leute wünschen sich ja goldenen Zahnersatz.«

Frank nickte. »Weiß man ja.«

»Ausgerechnet jetzt vor Weihnachten müssen wir so ranklotzen und Spätschichten einlegen!« Bob Zetschke nahm die Hände aus den Kitteltaschen und knetete sie. »Und dann muss ja auch alles noch ausgeliefert werden. Peinlich, dass unser Kurierwagen hier in der stillen Bauerschaft die Nachtruhe stört, aber das lässt sich leider nicht vermeiden. Blöde ist bloß, dass dann auch die Gänse schreien und die ganze Nachbarschaft aus dem Schlaf reißen.«

»Ja, Gänse sind sehr lärmempfindlich«, bestätigte David. »Wenn da auf einmal ein Auto angebrummt kommt . . . Wissen Sie eigentlich, dass im alten Rom eine Gänseschar sogar so 'ne Art Nachtwächterrolle übernommen hatte?«

Lächelnd winkte Bob Zetschke ab. »Ich kenne die Geschichte. Ob es wirklich so gewesen ist, weiß man natürlich nicht. Sagt mal, könnt ihr nicht ein bisschen auf euren Großvater einwirken? Redet ihm doch gut zu, dass er seine Tiere nachts in den Stall sperrt, damit sie nicht auf der Wiese randalieren. Damit hätten wir ein Problem weniger. Könnt ihr uns nicht den Gefallen tun?«

Frank schüttelte bedauernd den Kopf. «Keine Chance. Opa Theo ist stur. Er will die Graugänse um keinen Preis einsperren, weil das seine Experimente durcheinanderbringen würde. Er will doch ein Buch schreiben, über die Beziehung der Graugänse zu den Menschen.«

David warf sich in die Brust. »Und ich soll die Fotos zu dem Buch schießen.«

»Gratuliere«, sagte Bob Zetschke. »Ist ja auch alles schön und gut. Nach Weihnachten wird es in unserer Firma bestimmt nicht mehr so hektisch zugehen. Blöd ist bloß, dass sich die Nachbarn wegen des nächtlichen Lärms schon beschwert haben. Die Schulze-Wielings zum Beispiel, die haben sogar schon bei der Polizei angerufen. Und denkt mal an das Seniorenpflegeheim! Wenn so empfindliche Patienten nachts in ihrem Schlaf gestört werden, also ... Das muss euer Großvater doch einsehen.«

Frank widersprach. »Das *Aurora* ist viel zu weit entfernt. Außerdem liegt der Hügel dazwischen mit dem Wald. Nee, die hören nix von dem Geschnatter.«

»Wenn du dich da nur nicht irrst!« Der junge Mann schaute Frank ernst an. »Bei kaltem Wetter trägt der Schall außergewöhnlich weit.«

»Versuchen können wir's ja«, sagte David. »Wir werden mit unserem Opa reden. Ist versprochen.«

»Gut!« Bob Zetschke nickte zufrieden. »Erklärt ihm auch, dass sich neuerdings einiges Gesindel im Dunkeln herumtreibt. Hier in der Bauerschaft. Jedenfalls habe ich das gerüchteweise gehört. – Himmel, liebe Leutchen, wir reden und reden und ich hab so viel zu tun!«

Frau Oberhauser kam die Kellertreppe hoch und trug einen Aktenordner unter dem Arm. Doch Frank und David hatten genau gesehen, dass sie das Licht im Keller nicht ausgeknipst hatte. Zufall?

Die beiden Jungen verabschiedeten sich und dankten für die interessanten Auskünfte. Nein, sie hatten nicht verraten, dass sie das Wochenende bei den Großeltern verbringen würden. Sie hatten auch nicht erwähnt, dass dem Opa eine

Gans abhandengekommen war. Detektive müssen immer ein paar Asse im Ärmel haben. In stillem Einvernehmen trabten sie davon und drehten sich nicht um.

»Ich wette, dass sie uns beobachten«, sagte Frank im Laufen. »Ich spüre mein berühmtes Kribbeln im Bauch.«

David wedelte mit der Hand. »Warum lügt der Bob Zetschke wohl? Woher kennt er die Schulze-Wielings? Warum behauptet er, die hätten die Polizei gerufen? Wieso weiß er, dass dunkle Typen herumspuken?«

Frank boxte dem Partner in die Rippen. »Exakt, das sind die wichtigen Fragen, die müssen wir beantworten. Warum hat der Kerl uns so zugelabert? Und warum macht er sich so große Sorgen um die Nachtruhe in der Bauerschaft? Das bisschen Motorengeräusch macht doch nichts aus. Das ist doch normal, dass hier nachts mal ein Auto durch Langenhorst rollt.«

David sah das auch so. »Wenn die Leute was zu meckern haben, dann müssen sie sich über das Gänsegeschnatter beschweren. Und damit hat doch das Dentallabor nix am Hut. Warum zerbricht sich Bob Zetschke Opa Theos Kopf?«

Die Jungen hatten den Gartenzaun erreicht. Die Graugänse zupften friedlich Grashalme aus dem Boden, die weißen Kaninchen mümmelten in den Beeten, die Ziegen dösten.

»Die Frage nach dem Motiv«, brummte David, »die ist noch immer offen.«

Frank hielt den Vetter am Ärmel fest. »David, ich wette meinen Blinddarm gegen zehn Meter Bratwurst: Das Motiv ist im Keller zu finden.«

Was wird in der Nacht passieren?

12. Kapitel

Jetzt ist Logik angesagt

Es musste so kommen. Nun machte der Opa sich doch große Sorgen um die verschwundene Graugans Kika. Man merkte es daran, dass er am Abendbrottisch unentwegt von seinen Erfahrungen mit den Gänsen erzählte. An die Theorie, dass Kika eine große Ehrenrunde drehte oder einfach davongeflogen war, schien er selbst nicht mehr zu glauben. Und misstraute er vielleicht inzwischen auch dem Märchen von den Betrunkenen am Gartenzaun, das Oma Trinna ihm vorgeflunkert hatte?

Es gab leckere Speckpfannkuchen mit Spinat. Frank und David aßen um die Wette. Trinna sorgte unentwegt für Nachschub. Grabowski bettelte jämmerlich winselnd und hatte bei den beiden Jungen selbstverständlich auch Erfolg. Opa Theo schob schon bald den Teller von sich und hielt sich an seinen Rotwein.

»Es passt irgendwie nicht zum Gruppenverhalten der Gänse, dass sich ein einzelnes Tier einfach davonmacht«, murmelte er. »Ob Kika vielleicht doch gestohlen worden ist? Andererseits ist es gar nicht so einfach, sich eine ausgewachsene Gans zu schnappen. Diese Vögel sind wehrhaft, das kann ich euch sagen.«

Frank versuchte, den Opa zu beruhigen. »Kann doch sein, dass wir Kika finden. Wir klappern morgen alle Höfe in der Umgebung ab.«

Opa Theo wackelte zweifelnd mit dem Kopf und klopfte mit der Krücke auf die Fußbodenkacheln. Dann starrte er zur Küchendecke und redete weiter, als müsse er einen Vortrag halten. »Ich will sie so an mich gewöhnen, dass sie mich sozusagen als ihresgleichen akzeptieren. Gänse sind übrigens begabt . . .«

David und Frank waren an diesem Abend nicht sonderlich interessiert an der Begabung von Gänsen und hörten kaum zu.

Ihre Gedanken gingen andere Wege: Würden die Engel wieder spuken? Würden sie wieder Drohungen ausstoßen? Würden sie vielleicht versuchen, eine weitere Gans zu klauen? Solche Fragen mussten beantwortet werden. Und vor allem waren die Detektive gespannt darauf, die merkwürdigen Erscheinungen mit eigenen Augen zu sehen. Aber würden sie überhaupt noch einmal kommen?

Schließlich schauten Frank und David sich zusammen mit den Großeltern die Abendnachrichten im Fernsehen an. Dann gaben sie zu verstehen, dass sie die folgende Sendung mit Heimatmelodien und Jodlergruppen aus den Bergen garantiert nicht über sich ergehen lassen würden.

»Geschnulze und Gesülze!«, spottete Frank. »Ich steh auf Rockmusik. Am besten, David und ich machen mit Grabowski noch einen kleinen Abendbummel durch Langenhorst. Der Hund muss doch bestimmt noch sein Geschäft erledigen.«

Der Opa schmunzelte. »Huch, Junge, seit wann drückst du dich denn so gewählt aus? – Aber bleibt nicht zu lange fort, verstanden?«

Hinter dem Rücken ihres Mannes hob die Oma warnend den Finger. Ihr Blick sagte: Macht nur keinen Blödsinn!

Grabowski hatte längst begriffen, dass von ihm die Rede war. Flugs schnappte er sich die Hundeleine aus seinem Schlafkorb und hielt sie schwanzwedelnd den Jungen hin.

Vor dem Haus zogen die Jungen erst einmal die Reißverschlüsse ihrer Anoraks hoch bis zum Kinn. Es war bitterkalt geworden. Wie Riesenköpfe mit glühenden Augen wirkten die dunklen Häuser in der Umgebung mit ihren erleuchteten Fenstern. In den Bäumen am Hügel summte ein leiser Wind.

»Okay, Partner«, sagte David, »jetzt ist Logik angesagt.«

»Genau.« Frank ließ sich von Grabowski zu einer Birke ziehen, wo der Münsterländer ausgiebig pinkelte. »Fassen wir mal unsere Thesen zusammen! Theos Gänse kriegen nachts den Rappel, wenn drüben beim Dentallabor Autos rumtuckern. Richtig?«

»Richtig.«

»Und das Gekreische der Gänse könnte die Anwohner in der Bauerschaft stören. Vor allem auf den Höfen reagiert man sauer, weil die Tiere aus dem Schlaf gerissen werden. Schweine quieken, Kühe werden nervös und geben weniger Milch. Richtig?«

»Richtig.«

»Jetzt könnten die Leute natürlich den Opa bitten, seine Vögel nachts in den Stall zu sperren. ›Guter Mann, diesen Krach können Sie uns nicht zumuten.‹ So in der Art. Sie könnten aber auch sagen: Das ist mir unangenehm, mich bei 'nem Nachbarn zu beschweren. Mein Name muss ja nicht unbedingt genannt werden. Wofür haben wir die Polizei? Also? Anonymer Anruf. Richtig?«

»Richtig.«

»Das scheint bis jetzt noch nicht passiert zu sein, doch es *könnte* jederzeit passieren. Was macht man dann bei der Polizei? Man schickt einen Streifenwagen nach Langenhorst und die lieben Beamten klingeln bei Theo und erklären: ›Es gibt Hinweise aus der Nachbarschaft, dass Ihr Federvieh die Nachtruhe stört. Sorgen Sie dafür, dass die Gänse ruhig gestellt werden, sonst gibt's 'ne Anzeige. Wieso drehen Ihre Viecher nachts überhaupt durch?‹ Theo antwortet dann: ›Weil bei den Gebissherstellern reger Autoverkehr herrscht.‹ Richtig?«

»Richtig.«

»Und jetzt kommt's! Die Polizeibeamten werden stutzig. Wieso rollen da in der Nacht Autos rum? Stimmt da was nicht? Sie schöpfen Verdacht und statten dem Dentallabor mal einen kleinen Besuch ab. Und genau das wollen gewisse Leute unbedingt vermeiden und üben darum als spukende

Engel Druck aus. Sie wollen Angst erzeugen und die Gänse auf diese Weise ruhig stellen. Richtig?«

»Richtig! Mann, Frank, das hast du profimäßig ausgedrückt. Du bist gar nicht so doof, wie ich immer dachte. Und jetzt kommt wieder die entscheidende Frage: *Warum?* Das Motiv. Es liegt im Keller. Pirschen wir uns mal ein bisschen ran, Partner!«

Behutsam näherten sich die Detektive in weitem Bogen dem Fachwerkhaus. DENTALLABOR SECURITAS: Die Reklameschrift über dem Eingang leuchtete matt. Grabowski schnüffelte aufgeregt und zerrte an der Leine. Wahrscheinlich witterte er Mäuse oder Wildkaninchen oder Wiesel. Schon von Weitem erkannten Frank und David, dass an den Fenstern der Vorderfront die Jalousien heruntergelassen waren. Ob Bob Zetschke und Rosa Oberhauser tatsächlich noch arbeiteten?

»Frank, bleib du mit Grabowski mal ein bisschen zurück!«, schlug David vor. »Ich schleiche zur Rückseite des Zähneladens. Vielleicht kann ich da durch die Fenster spähen.«

»Aber pass auf, dass sie dich nicht erwischen!«

David schnaubte verächtlich. »Als ob du mir sagen müsstest, wie man sich anschleicht! Was James Bond kann, kann ich schon lange. Also, bis gleich.«

Geschickt wie ein Apache arbeitete David sich durch das Gewirr der Beerensträucher zur Rückseite des Hauses. Das Labor war hell erleuchtet, doch niemand war zu sehen. Aber Licht kam auch aus dem Kellerfenster! Und da waren drei Autos und ein Motorrad geparkt. – David machte Stielaugen: Der Volvo-Kombi!

Warum steht das grüne Auto hier?

13. Kapitel

Der wilde Jäger

Es gab keinen Zweifel. Dies war der dreckbespritzte Wagen, den Frank und David auf dem Parkplatz der Angestellten vom Seniorenpflegeheim gesehen hatten: der dunkelgrüne Volvo mit den Gärtnergeräten auf der Ladefläche.

David huschte näher. Es fiel genug Licht aus den Laborfenstern, dass er die Gegenstände im Auto erkennen konnte. Wieso lagen da zwischen den Spaten, Harken und Laubrechen auch vier Schneeschaufeln mit dunklen Plastikblättern an langen Stielen? Es hatte doch gar nicht richtig geschneit. David ging in die Knie, dann robbte er vorsichtig auf das Kellerfenster zu. Der Schacht war mit Gitterrosten verschlossen. Nur schemenhaft waren die Köpfe von Personen zu sehen, die offenbar an irgendwelchen Kartons werkelten. Frau Oberhauser und Herr Zetschke waren dabei. Von einem Mann konnte David nur den Hinterkopf erkennen. Daneben bewegte sich die Silhouette eines sehr dünnen Schlakses mit Brille.

Da war noch jemand. Den hatte David schon einmal gesehen. Es war der Pfleger, der den alten Mann mit der fahrbaren Gehhilfe auf dem Vorplatz des *Aurora* begleitet hatte. David dachte angestrengt nach. Was machen die da unten? Verpacken die irgendwelche Gegenstände? Aber da konnte er sich die Augen aus dem Kopf gucken: Zu erkennen war das nicht. David kroch zu den Büschen zurück. Nur ja kein Geräusch verursachen!

Frank trippelte derweilen ungeduldig am Straßenrand auf und ab. »Hast du was rausgefunden?«, fragte er, als der Vetter zurückgehastet kam. »Los, spuck's schon aus!«

David berichtete hastig. Drei Autos habe er gesehen und ein Motorrad. »Die Honda gehört vermutlich dem Pfleger mit der Lederjacke. Erinnerst du dich? Den habe ich nämlich durch das Kellerfenster erkannt. Die machen da im Keller mit Kartons rum, verpacken irgendwas: der Zetschke, die Oberhauser und noch zwei Typen, ja, und der Pfleger mit der Motorradjacke.«

»Konntest du die zwei anderen Typen identifizieren?«

»Keine Chance.« David rubbelte dem Hund das Fell, weil Grabowski sich offenbar vernachlässigt fühlte. »Und jetzt halt dich mal fest, Partner! Der eingesaute Volvo-Kombi, der war eins von den drei Autos. Stell dir vor: Er hatte Schneeschaufeln auf der Ladefläche.«

Frank meinte, solche Schaufeln würden auch beim Laubwegschaffen gebraucht und nicht nur beim Schneeschippen. »Konntest du etwas verstehen? Ich meine, die werden doch miteinander geredet haben.«

David schüttelte bedauernd den Kopf. »Fehlanzeige. – Komm, Rückmarsch, bevor mir die Beine abfrieren!«

Frank löste den Hund von der Leine. Der sauste wie der Blitz voraus, obwohl er doch schon sehr alt war. Die Jungen rannten hinterher.

Wie herrlich warm es im Haus war! Opa Theo hatte sich durch die Programme gezappt und war auf einen alten Schwarz-Weiß-Western gestoßen.

»Die Sache mit den Heimatmelodien war wirklich nichts! Ich hatte gedacht, da würden schöne Berglandschaften gezeigt, aber sie übertragen ihr Tralala aus einer Halle mit tausend Weihnachtsbäumchen. Da schau ich mir doch lieber *High Noon* an.«

Die Oma lächelte. »Zwölf Uhr mittags. Ein ganz berühmter Western mit Gary Cooper. Aus den 50er-Jahren. Theos Lieblingsfilm aus seiner Jugendzeit. Einer gegen alle. Echt spannend. Wollt ihr zuschauen?«

Frank und David hockten sich auf den Teppich.

Oma Trinna wirkte nervös. Fürchtete sie sich vor einem erneuten Auftritt der Engel mit den schwarzen Flügeln? Aber nun waren doch zwei erstklassige Detektive im Haus! Die Oma schloss die Haustür ab und schob den schweren Riegel vor. Sie gähnte. Und da stellten sich auch Frank und David müde, wünschten den Großeltern eine gute Nacht, streichelten noch einmal den Hund und stiegen ins Dachzimmer hinauf.

Die Jungen liebten diesen wunderbaren Raum mit den extrem schrägen Wänden, in dem sie sich immer wie in einem Zelt fühlten. Das niedrige Fenster lag genau zur richtigen Seite. Von hier aus konnten sie die Wiese, den Rand des Gartens und die Vorderseite des Dentallabors gut beobachten. Waschen, Zähne putzen, unter die Steppdecken schlüpfen? Das kam jetzt nicht infrage. Die Stunde der Detektive war gekommen.

David kramte aus seiner Sporttasche die Digitalkamera hervor. »Mit Restlichtaufheller«, erklärte er dem Cousin. »Falls sie auf der Bildfläche erscheinen, knipse ich sie messerscharf. Hoffentlich hast du deinen Feldstecher nicht vergessen.«

»Hältst du mich für bekloppt?« Frank hielt das Fernglas hoch. Es war ein besonders scharfes Nachtfernglas, wie es die Jäger benutzen. »Und die Strickleiter hab ich auch in meiner Tasche. Von mir aus kann der Tanz beginnen. Mach das Licht aus!«

Frank knipste die Deckenlampe aus. Vom Wohnzimmer drangen nur gedämpfte Geräusche herauf. Irgendwo im Gebälk oder unter den Dachziegeln liefen Mäuse umher. Wind zischelte um das Haus. Im Heizkörper knackte es leise.

David und Frank legten sich bäuchlings vor das dreieckige Fenster und spähten zum Dentallabor hinüber. Die Leuchtschrift war abgeschaltet worden, doch milchiger Schein an den Rändern der Fenster zeugte davon, dass drüben noch Leute zugange waren. David und Frank hatten es auch nicht anders erwartet.

David zeigte zum flimmernden Sternenhimmel hinauf. Der dünne Mond sah aus wie ein abgelutschtes Pfefferminzbonbon. »Ist ja wahnsinnig, dieses Gefunkel. Das riesige Sternbild da, das hab ich schon oft bestaunt. Weißt du, was das . . .«

Frank unterbrach den Vetter. »Klar weiß ich, was für ein Sternbild das ist. Der Orion. Sozusagen die markanteste Figur am Wintersternenhimmel. Nach der griechischen Sage war Orion ein wilder Jäger. Die drei Sterne in der Mitte, die so eng zusammenstehen, die bilden den Gürtel. Und oben links, der Schulterstern, das ist der *Beteigeuze*. Der größte bekannte Stern übrigens. Da kannst du unser gesamtes Sonnensystem reinpacken.«

David staunte. »Was für ein schlaues Bürschchen du bist!«

»Ich lese ja auch viel«, gab Frank zurück. »Im Gegensatz zu dir. Du glotzt doch immer bloß auf den Käse von deinem PC-Bildschirm. Gibt's da keine Informationen über Sternbilder?«

David nahm Anlauf zu einer Antwort, doch dann schluckte er die Beleidigung, die er gerade ausstoßen wollte, ganz schnell runter. Vor dem Dentallabor tat sich etwas!

Zwei Autos hatten sich rasch genähert und hielten nun vor dem Eingang an. Das zweite Auto war der gelbe Kurierwagen. Frank hatte längst das Fernglas justiert.

»Da, jetzt geht die Tür auf! Die schleppen Kartons raus. Teufel, haben die's eilig! Kannst du es erkennen, Frank?«

»So ungefähr. Die beladen die Autos. Irgendwie hat das was mit Weihnachten zu tun, schätze ich. Das letzte verkaufsoffene Wochenende. Vierter Adventssonntag und so. Und dann ist auch Schluss mit dem Weihnachtsmarkt. Ob die irgendwelche Klamotten verhökern wollen? Die Sache stinkt!«

Werden die Gänse wieder schreien?

14. Kapitel

13 Minuten nach Mitternacht

Im Gänsemarsch kamen die hellhörigen Gänse durch die leicht zu bewegende Schwingtür aus dem Stall gewackelt. Wieder protestierten sie lautstark gegen die Störung ihrer Nachtruhe. Frank und David hörten auch Geräusche unten im Haus. Oma Trinna und Opa Theo schliefen offenbar noch nicht.

»Der Volvo«, flüsterte Frank, »der Volvo rollt um die Hausecke. Offenbar benutzen sie den auch zum Transportieren.« Frank presste das Fernglas an die Augen. »Was mag bloß drin sein in den Kartons?«

David hängte sich die Kamera um den Hals. »Falsche Zähne vermutlich nicht. So viele Gebisse können die doch an einem Tag nicht fabrizieren. Rauschgift vielleicht. Marihuana oder Ecstasy oder Koks . . . Ob wir 'ner Dealer-Bande auf die Spur gekommen sind?«

Frank bezweifelte das. »Für Rauschgift braucht man doch nur winzige Päckchen. Weiß der Teufel, was da ausgeliefert wird! Action, Partner. Wir müssen näher ran.«

Die Detektive hatten selbstverständlich eingeplant, dass sie nicht durch die Haustür nach draußen verschwinden konnten. Trinna würde sie abfangen. Die Oma hatte abgeschlossen und den Riegel vorgeschoben. Ohne laute Geräusche war die Tür nicht zu öffnen. Und Grabowski, so alt er auch war, hatte noch gute Ohren.

Die Strickleiter! David entriegelte behutsam das Fenster. Der Knauf knirschte nur leise. Eiskalte Luft fuhr ins Zimmer. Hastig knotete David das Leiterende am Fensterkreuz fest.

Frank wisperte: »Hoffentlich kracht nicht alles zusammen, wenn du dich abseilst. Du bist ziemlich fett geworden in letzter Zeit. Hopp, Abstieg!«

»Quatsch doch keinen Müll!«, maulte David und ließ das Ende der Strickleiter nach unten fallen. Vorsichtig kroch er über die niedrige Fensterbank und fasste mit den Füßen nach der Sprosse. Es waren nur wenige Meter bis zur Wiese hinunter, doch der Fotoapparat behinderte ihn. Das letzte Stück rutschte er einfach am harten Seil hinab. Wie das an den Händen brannte! »Jetzt du!«, zischte David.

Frank war schon unterwegs. Und es wurde auch höchste Zeit. In einigen Häusern flammte trotz der späten Stunde Lampenlicht auf. Das Gekreische der Graugänse war vermutlich in der halben Bauerschaft zu hören. Irgendwo brüllten auch aufgeschreckte Kühe. Frank hoffte inständig, dass Trinna und Theo im Haus bleiben würden! Das fehlte noch, dass sie die Detektive entdeckten.

Als Frank neben David kauerte, schaute er auf die Leuchtziffern seiner Uhr. 13 Minuten nach Mitternacht.

Aber dann! Der Auftritt der Engel.

Dieses Mal kamen sie nicht vom Hügel herunter, denn für inszeniertes Theater war keine Zeit. Beim Dentallabor schien nun Panik zu herrschen. Die letzten Handgriffe. Das erste Auto fuhr los. – Und die Engel erschienen.

David und Frank huschten in die Stachelbeerstauden. Kratzer oder nicht, darauf konnten sie jetzt keine Rücksicht nehmen. Frank starrte durch den Feldstecher, David hielt die Kamera bereit.

Die Gestalten kamen herbeigeeilt. Weiße Gewänder, schlagende schwarze Flügel. Glaubten sie wirklich, dass sie so die Gänse in den Stall scheuchen könnten? Hofften sie, dass Opa Theo dem Lärm ein Ende bereiten würde? Oder sollte das nur eine Art Ablenkung sein?

Als ob Opa Theos Gänse sich verscheuchen ließen! Mit gestreckten Hälsen flatterten sie zur Attacke an den Zaun und krakeelten und fauchten. Wehrhafter konnten die Gänse damals auf dem Capitol auch nicht gewesen sein.

Während David die Digitalkamera klicken ließ, beobachtete Frank die Gestalten durch den Feldstecher. Und da erkannte er:

Die weißen Gewänder waren nichts weiter als Kittel, genau solche, wie sie Bob Zetschke und Rosa Oberhauser bei der Arbeit trugen.

Und die schwarzen Flügel?

»Wow, David, die schwarzen Flügel!« Frank kicherte. »Trinna und ihre Fantasie. Die *Schneeschaufeln* sind es. Sie schwenken mit den Schneeschaufeln rum. Klar, aus der Entfernung kann man's für Flügelschlagen halten. Kriegst du sie richtig ins Bild?«

»Na logisch.« David war nun voll in Fahrt. »Das wird erstklassiges Beweismaterial.«

Chaos zur Geisterstunde. Die Spukgestalten jenseits des Maschendrahtzaunes, die durchdrehenden Gänse, Hektik beim Dentallabor, Kuhgebrüll, Rufe aus der Nachbarschaft . . . Und dann passierte das, was eigentlich nicht hätte passieren sollen: Opa Theo erschien auf der Bildfläche.

Wütend schlug er mit dem Krückstock durch die Luft und brüllte: »Haut bloß ab, ihr Strolche! Ich lasse die Polizei kommen. Was fällt euch ein, uns zu belästigen?« Mit dem flatternden Bademantel und der Pudelmütze wirkte er fast schon wie ein Clown.

Oma Trinna gab sich Mühe, ihren Mann zu beruhigen und ihn ins Haus zu ziehen. Zu allem Überfluss bewies Grabowski nun, dass seine Stimme noch schön kräftig war. Der Opa funzelte mit der Taschenlampe herum. Und plötzlich fiel der Lichtstrahl auf die beiden Jungen im Beerengebüsch.

»David! Frank! Was macht ihr denn da?«

»W-w-wir ermitteln«, stotterte Frank.

»W-w-wir sind doch Detektive«, ergänzte David. Und er zischte dem Vetter zu: »Mal gut, dass Theo die Strickleiter nicht gesehen hat.«

Der Opa polterte aber auch sogleich los: »Ruck, zuck ins

Haus, ihr zwei Rumtreiber! Wisst ihr nicht, wie spät es ist? Wenn das eure Eltern wüssten . . .«

Er redete nicht weiter, sondern schaute den Engeldarstellern nach, die die Flucht ergriffen.

Den Kerlen mit den Schneeschaufeln war es offensichtlich mulmig geworden. In großen Sprüngen liefen sie davon, den Waldhügel hinauf. Eine Weile waren die weißen Kittel im Sternenlicht noch zu sehen, dann verschwand der Spuk im Unterholz. Beim Dentallabor war es inzwischen ruhig geworden. Keine Autos mehr, kein Licht, kein Geräusch.

Opa Theo führte nun vor, wie sehr ihm seine Graugänse vertrauten. Er spielte den Obergänserich, humpelte voraus in Richtung Stall und die sechs Gänse folgten ihm brav – natürlich im Gänsemarsch. Der Opa verschloss die Tür. Endlich!

Im Wohnzimmer fand dann das Donnerwetter statt. Opa Theo bebte vor Zorn. Die Oma guckte kleinlaut auf den Teppich, als sie mit ihrer Erklärung begann. David und Frank kuschelten sich verlegen an Grabowski.

»Ich wollte nicht, dass du dich aufregst«, sagte die Oma.

»Ich *will* mich aber aufregen!«, knurrte der Opa. »Katharina, warum werde ich hier wie ein Trottel behandelt? Bin ich schon so gaga? Hier finden gewissermaßen Angriffe auf unser Haus statt, aber du flunkerst mir etwas von ein paar Betrunkenen vor. Ich will die ganze Geschichte hören. Diese Leute haben sich ja wohl auch an meiner Kika vergriffen.«

Werden Frank und David ihre Detektivarbeit fortsetzen?

15. Kapitel

Das Versteck der Schwarzbrenner

Es ging nicht anders. Oma Trinna und die Jungen mussten nun beichten, dass sie dem Opa den Engelspuk verheimlicht hatten. Aber hatten sie es denn nicht gut gemeint? Das sah Theo Daldrup natürlich ganz anders. Besonders empörte ihn außerdem, dass die Nachtgespenster anscheinend versucht hatten, den Verdacht auf die verwirrten Bewohner des Seniorenpflegeheims zu lenken. Niederträchtig! Das war sein Urteil.

»Sollten diese jungen Leute vom Dentallabor ihre Finger im Spiel haben«, schnaubte er, »also, dann wäre ich doch gewaltig enttäuscht. Ich habe sie für tüchtig und unternehmungsfreudig gehalten. Aber jetzt frage ich mich, was für ein Spielchen hier überhaupt gespielt wird. Gleich morgen früh werde ich sie mir zur Brust nehmen.«

»Es *ist* schon morgen früh«, gab Frank zu bedenken. David meinte, am Wochenende werde in der Firma drüben doch wohl gar nicht gearbeitet. Eigentlich wollte er aber sagen: »Halt dich da raus, Theo, überlass die Aufklärung des Falles den Detektiven. – »Noch haben wir ja keine Beweise für was wirklich Kriminelles«, sagte er, um den Opa zu beschwichtigen.

Hastig riss sich nun Opa Theo endlich die Pudelmütze vom Kopf, schleuderte sie in die Ecke und kommandierte: »Schluss jetzt! Alle ab in die Betten!«

Frank heuchelte unendliche Müdigkeit und vollführte eine theatralische Gähnshow. »Ich kann kaum noch die Augen offen halten. Huaaahhh! Komm, David, nehmen wir 'ne Mütze Schlaf!«

Oma Trinna knipste das Licht aus. Grabowski verzog sich auf seinen Schlafplatz. David und Frank stiefelten die Treppe hinauf. Doch im Dachzimmer warteten sie nur, bis von unten kein Geräusch mehr zu vernehmen war. Sie fieberten wie nervöse Spürhunde. Die Recherchen mussten doch fortgesetzt werden! Der Keller. War dort wirklich das Motiv zu finden?

Wieder stahlen sie sich über die Strickleiter davon. Frank hatte sich die vierzellige Stabtaschenlampe eingesteckt, David trug wieder die Kamera um den Hals. Die beiden Detektive waren wild entschlossen, noch in dieser Nacht das Geheimnis des Kellers zu lüften.

In der Bauerschaft war wieder Ruhe eingekehrt. Finster lag das Fachwerkhaus des Dentallabors da. Frank schaute zum Sternbild des wilden Jägers Orion hinauf, das inzwischen niedriger stand. David war vorausgehuscht und wartete am Straßenrand.

»Der Schuppen wird garantiert fest verriegelt und verrammelt sein«, flüsterte Frank. Warum er so leise sprach, wusste er selbst nicht. Sie waren doch allein hier. »Die Kellerfenster auf der Rückseite – vielleicht haben wir da eine Chance. Dass wir irgendwie reinmüssen, steht ja wohl fest.«

»Klar wie Kloßbrühe«, antwortete David. »Ich hoffe, du machst dir nicht vor Angst in die Hose.«

»Auf den Arm nehmen kann ich mich selber«, fauchte sein Vetter. »Kümmre du dich mal um deine eigene Hose.« Frank schaltete die Taschenlampe ein und schirmte den starken Strahl mit einem Zipfel seines Anoraks ab. »Los, Partner, um die Ecke!«

Die Jungen huschten los. Auf der Rückseite des Hauses konnten sie von niemandem gesehen werden, denn dichte Eibenbüsche grenzten das Grundstück ein. Außerdem lagen die nächsten Häuser weit entfernt. Die Jungen bemerkten, dass die Fenster vom Arbeitsraum mit dicken Läden verschlossen waren. Aber die schmalen Kellerfenster waren nicht gesichert. Und sie waren ja auch wirklich so schmal, dass eigentlich niemand durch diese Spalte ins Haus eindringen konnte. Eigentlich!

»Ich komm da locker durch, wenn ich mich ganz dünn mache«, sagte Frank, »aber ob du das schaffst?«

»Gib doch nicht so an!« David schlug sich mit der rechten Faust in die linke Handfläche. »Das Problem ist nur, wie wir das Fenster aufkriegen. Wir können doch nicht die Scheibe zerdeppern.«

Frank hatte sich auf den Bauch gelegt und beugte sich in den Fensterschacht. »Der Profidetektiv hat immer sein Schweizer Allzweckmesser dabei. Das wäre doch gelacht, wenn wir nicht . . .« Schon begann er zu bröckeln und zu stemmen.

Jetzt sind wir Einbrecher, dachte David. Was wir hier tun, ist eindeutig eine Straftat. Doch er sagte es nicht laut, denn sein Cousin dachte vermutlich das Gleiche. David spürte, wie der Herzschlag in seinen Ohren hämmerte. Er sah, wie Frank sich anstrengte.

Da! Mit einem kleinen Knall sprang das Kellerfenster auf. Frank leuchtete in den dunklen Raum, dann ließ er sich einfach nach unten gleiten. Es tat nicht besonders weh, als er auf die Fliesen prallte. David folgte auf dieselbe Weise.

»Ich werde verrückt!« Im Licht der Taschenlampe ließ David den Blick über die Einrichtung gleiten. Ein schwerer Safe, eine Computer-Anlage – und heiße Ware in den Regalen. »Jetzt verstehe ich. Schwarzbrenner!«

Frank guckte den Vetter irritiert an. »Du meinst, dass hier heimlich Schnaps gebrannt wird?«

David lachte auf. »Idiot! Siehst du das nicht? Raubkopien! Schwarz gebrannte Raubkopien. Mensch, Junge, wir sind 'nem ganz dicken Ding auf die Spur gekommen. Schau nur! Massenhaft CDs, Videos, Musikclips und Videospiele, Computersoftware . . . Die dealen offenbar mit allem.«

Zuerst wollte Frank seinen Augen nicht trauen. Dieses Lager war ja ausgestattet wie ein richtiges Fachgeschäft. Und die Hüllen waren sogar echt gedruckt. Frank las ein paar von den Aufschriften: *U2, Starwars, Superman, Windows XP, Monster AG, Der Herr der Ringe ...* »Die haben einfach alles«, flüsterte Frank mit heiserer Stimme. »Mann, das können doch nicht so zwei, drei Internetsurfer alles gebrannt und runtergeladen und überspielt haben. Da steckt 'ne ganze Organisation dahinter!«

»Du sagst es, Frankieboy. Aber cool bleiben.« David spitzte die Lippen. »Ich sehe die Sache so: Hier ist die Zentrale. Unsere Zahnklempner und ihre Helfer managen von hier aus den Vertrieb. Ich schätze, die haben 'ne Masse Zulieferer. Ist ja auch eine prima Tarnung. Man meint, da werden falsche Zähne ausgefahren, aber in Wirklichkeit kutschieren die Kuriere vor allem heiße Ware durch die Gegend. Ha, Weihnachtsgeschäft!«

»Ich kapiere.« Frank nickte heftig. »Sie haben feste Kunden unter gewissen Händlern. Die horten das Zeug heimlich unter der Ladentheke und verhökern die Raubkopien an irgendwelche Stammkunden. Klar, sie kaufen billig ein und verkaufen dann auch billiger. Ist bestimmt der beste Knaller auf den Weihnachtsmärkten. Und versteuern müssen sie ihren Reibach natürlich auch nicht. Bei solchen Methoden werden die Bosse von der Unterhaltungsindustrie sicher schwer sauer.«

»Aber wenn denen die Bullen auf die Schliche kommen, dann sehen sie ganz schön alt aus.« David fummelte in einem Stapel CDs der Band *Fettes Brot* herum. »Verdammt riskant . . .«

Weiter kam er nicht. Plötzlich waren oben Geräusche zu hören. Gemurmel, Schritte, die Metalltür schepperte.

»Hier, schnell!«, zischte Frank. »In den Schrank rein!«

Werden die Detektive jetzt erwischt?

16. Kapitel

In der Falle

Geistesgegenwärtig hatte Frank die Schiebetür des brusthohen Blechschranks aufgezogen. Da war in Plastiksäckchen weißes Pulver gelagert. Gips für die Gebissabdrücke?

David hatte kaum Zeit gehabt, ein paar Fotos vom Inneren des Kellerraums zu schießen. Rasch schlüpfte er zu Frank in den Schrank und gab sich Mühe, nur ganz flach zu atmen. Wie eng es hier war! Ein feucht-süßlicher Geruch kitzelte in der Nase. David fasste nach Franks Arm. Das sollte bedeuten: Mut, Partner, nur Mut!

Stufe für Stufe wurden die Schritte lauter, die sich vom Labor aus dem Erdgeschoss näherten. Zwei Personen oder noch mehr? Frank und David lauschten bang. Dann knirschte der Schlüssel in der schweren Eisentür.

Es waren zwei Personen. Die Detektive erkannten die Stimmen sofort. Rosa Oberhauser und Bob Zetschke. Offenbar hatten sie ihr Auto weiter entfernt abgestellt und waren zu Fuß gekommen, um nicht noch einmal Unruhe in Langenhorst zu verursachen.

»Glaub mir, Rosa, es ist besser so.« Das war Zetschkes Stimme. »Wir hätten es vorhin schon machen müssen. Der schnelle Abgang – also, wir waren nicht vorsichtig genug. Ich hab so ein merkwürdiges Gefühl. Mir kommt das auf einmal alles verdammt verdächtig vor. Verstehst du mich? Es hat alles zu reibungslos geklappt. Aber jetzt können wir uns keinen Fehler mehr leisten. Zuerst müssen wir alle Computerdaten löschen und dann die restlichen Sachen hier verschwinden lassen.«

Rosa Oberhausers Stimme, müde, genervt, ärgerlich: »Bob, du hörst die Flöhe husten. Auf unseren Laden fällt doch kein Verdacht. Warum schlagen wir uns denn jetzt auch noch die Nacht um die Ohren! Das hätte doch auch

Zeit bis Montag. Der Endspurt hat mich völlig geschafft. Ich bin fix und fertig.«

»Rosa, dreh jetzt nicht durch! Besser ist besser. Bloß kein Risiko in der letzten Phase!« Dann wurde Bob Zetschkes Stimme schrill. »Da, als ob ich's geahnt hätte! Welcher Armleuchter hat denn das Kellerfenster offen gelassen? Wenn man sich nicht um alles selber kümmert . . .«

In diesem Moment passierte die Katastrophe. Schuld war das weiße Pulver, das so heftig in der Nase kitzelte. Frank konnte es nicht verhindern. Der Niesreiz war zu stark geworden. Was dann geschah, hörte sich wie eine Explosion an.

Rosa Oberhauser schrie schrill. Wahrscheinlich war sie zu Tode erschrocken von diesem Geräusch. »Hilfe! Bob, da im Schrank! Was war das?«

Bob Zetschke riss die Schiebetür auf. Seine Augen waren vor Entsetzen geweitet. Mit zittriger Hand hielt er einen Unterkiefer aus Gips hoch und war bereit zum Zuschlagen.

Frank und David blinzelten in das helle Neonlicht und hatten zuerst einmal die Sprache verloren. Jetzt saßen sie in der Falle. Sie zitterten, sie grinsten blöde wie zwei Verhaltensgestörte, sie ließen sich aus dem engen Schrank auf den Fußboden rollen.

»Iiiihr?«, hauchte Bob Zetschke und starrte die Jungen ungläubig an. »Was habt ihr denn hier zu suchen?« Dann hatte er sich einigermaßen gefasst und lachte gellend. »Ich glaube, ich bin vom wilden Affen gebissen worden! Diese zwei Jungs, das halte ich doch im Kopf nicht aus.«

Frau Oberhauser keifte: »Bob, die-die-die haben uns nachspioniert! Was machen wir jetzt mit denen?«

Frank gab sich einen Ruck. Die Schrecksekunden waren vorüber, er konnte wieder richtig ticken. »Gar nichts werden Sie mit uns machen. Dass das mal klar ist. Wir wissen nämlich alles. Ich meine, was hier heimlich abläuft und so . . .«

»Genau!«, rief David mutig. »Wir haben Sie voll in der Hand!«

Die junge Frau wirkte auf einmal sehr hilflos. Sie ließ die Arme hängen und sagte leise: »Bob, tu doch was!«

»Was denn, zum Teufel?« Bob Zetschke trommelte mit den Fäusten auf dem Metallschrank herum. »Was soll ich denn mit denen machen? Soll ich ihnen die Zunge rausreißen?« Er beugte sich zu beiden Jungen, die noch immer am Boden hockten. »Hört mir mal zu, ihr zwei, macht jetzt mal ganz lange Lauscher! Also, wenn ihr uns an die Bullen verpfeifen wollt, dann . . . Also, dann . . .« Ganz offensichtlich wusste er selber nicht, was dann passieren sollte. Er brauchte es auch nicht mehr zu wissen.

Die Antwort erschien nämlich sozusagen persönlich in der Gestalt eines etwas dicklichen Mannes mit Stirnglatze und Seehundschnurrbart. Denn plötzlich flog die Tür auf. Der fremde Mann verschränkte die Arme vor der Brust und ließ kurz den Blick durch den Kellerraum schweifen. Dann nickte er, als wollte er sagen: So hatte ich mir das vorgestellt. Hinter dem Mann standen zwei uniformierte Polizeibeamte.

»Nein!«, wimmerte Rosa Oberhauser und hielt sich die Hände vor das Gesicht. »Das darf doch nicht wahr sein. Was wollen Sie denn hier? Wir haben doch nichts . . . Sie können doch nicht einfach in unser Haus eindringen!«

»Doch, können wir«, antwortete der Mann im dunklen Lodenmantel, »müssen wir sogar. Machen Sie uns bitte keine Schwierigkeiten!«

»Das ist Hausfriedensbruch!«, kreischte Bob Zetschke. »Sie haben überhaupt kein Recht, uns zu belästigen.«

»Ich bin Hauptkommissar Meerkamp.« Mit der linken Hand hielt er seinen Dienstausweis hoch, mit der rechten wedelte er mit einem Schriftstück. »Das ist ein richterlicher Durchsuchungsbeschluss. Die beiden Herren hinter mir sind übrigens die Kollegen Mayer und Zerres. Wir interessieren uns für alles, was Sie hier unten gelagert haben – na ja, und was so in Ihren Dateien gespeichert ist.«

Bob Zetschkes Mund zitterte, er schien die Situation noch nicht ganz begriffen zu haben. »W-w-was werfen Sie uns vor?«

»Wirtschaftskriminalität«, sagte der Kommissar sachlich.

»Lächerlich!« Nun geriet Zetschke in Panik. »Das ist reines Hobby, was wir hier betreiben, Freizeitbeschäftigung.« Er zeigte mit beiden Händen auf Frank und David. »Hier, diese beiden jugendlichen Elemente, diese Einbrecher, die sollten Sie verhaften. Sehen Sie das offene Kellerfenster? Da sind die beiden Früchtchen eingebrochen. Wollten uns beklauen, jawohl! Sie hatten sich hier im Schrank versteckt. Aber ich hab sie erwischt. Aus dem Schrank kamen sie gekullert . . .«

Kommissar Meerkamp unterbrach energisch. »Das überlassen Sie mal alles der Polizei, Herr Zetschke!« Dann schaute er David und Frank streng an. »Ihr spielt wohl hier die Superspürnasen, wie? Mamas kleine Detektive oder so. Guckt ihr euch die falschen Filme an? Habt ihr euch den Unsinn aus Kinderbüchern abgeschaut? Liebe Leute, solche Spielchen sind verflucht gefährlich! – Mit euch beschäftigen wir uns später.« Er wandte sich wieder an Rosa Oberhauser und Bob Zetschke. »Versuchen Sie gar nicht erst, sich rauszureden. Wir observieren Sie schon eine Weile, Sie und Ihre Helfershelfer. Dass Sie uns heute Nacht persönlich ins Zentrum Ihrer Raubkopiererwerkstatt geführt haben – unfreiwillig natürlich –, das macht es uns möglich, endlich voll zuzuschlagen. Hiermit sind Sie vorläufig festgenommen.«

Aber was geschieht nun mit David und Frank?

17. Kapitel

Schreck am Morgen

Rosa Oberhauser schluchzte hemmungslos. Sie schien zu begreifen, dass ihr und den anderen Beteiligten der Schwarzbrennerbande die Sache über den Kopf gewachsen war. »Wir haben uns doch nichts dabei gedacht. Wem schaden wir denn schon? Die großen Firmen machen doch genug Kohle. Unsere Firmengründung, verstehen Sie denn nicht, Herr Kommissar? Endlich eine eigene Existenz. Aber die Einrichtung unseres Dentallabors hat uns finanziell überfordert. Die teuren Maschinen. Da wollten wir einfach ein paar Euro nebenher verdienen.«

»Aber doch nicht auf diese krumme Tour!«, schnaubte der Kriminalkommissar. »Sie sollten sich schämen. Als ob solche Raubkopiererei ein Kavaliersdelikt wäre! Ich weiß, manche Zeitgenossen sehen das wohl so. Eine Art Sport, wie? Aber es ist schlichtweg Diebstahl. Was für den Privatgebrauch gestattet ist, mal 'ne CD brennen und so etwas, das ist verdammt strafbar, wenn man damit im großen Stil Reibach macht und regelrecht einen Händlerring beliefert.«

Bob Zetschke murmelte: »Sie können uns gar nichts beweisen.«

Der Kommissar lachte bitter. »Doch, mein lieber Mann. Ihren Kurierfahrer haben wir bereits gefasst und den Hilfsauslieferer auch. Außerdem haben zwei der Händler, die von Ihnen Raubkopien bezogen haben, Geständnisse abgelegt. Gleich zur Ladenöffnungszeit werden wir überall zuschlagen und Ihren gesamten Hehlerring auffliegen lassen. Ich hab's bis hierher satt!« Kommissar Meerkamp hielt sich die Hand an die Unterlippe. »Und darum nehmen wir Sie jetzt mit ins Präsidium zur Vernehmung.«

»Aber es ist mitten in der Nacht!«, protestierte Zetschke.

»Das müssen Sie mir nicht sagen«, knurrte der Kommissar

und gab dem Polizisten Mayer hinter sich ein Handzeichen. »Geben Sie's über Sprechfunk durch! Die Spezialisten sollen anrücken. Die Restbestände hier müssen beschlagnahmt werden. Der ganze Computerkram geht auch mit zu unserer Dienststelle.« Dann forderte er den anderen Beamten auf, Frau Oberhauser und Herrn Zetschke hinauszuführen.

Mayer sprach eilige Anweisungen in sein Funkgerät. Geräusche von Autos, die sich näherten, wurden lauter. Rosa Oberhauser weinte noch immer, folgte dem Polizisten aber zur Treppe. Die Jungen erhoben sich endlich vom Fußboden.

Bob Zetschke warf den beiden Vettern böse Blicke zu und spuckte vor ihnen aus. »Bullenspitzel!«, zischte er.

»Lügenmaul!«, gab Frank zurück.

»Und nun zu euch, ihr zwei Nachtschwärmer.« Der Kommissar fasste die Jungen bei den Jackenkragen. »Wie heißt ihr? Wo wohnt ihr?«

»Ich heiße Frank Bayer und mein Vetter heißt David Daldrup. Wir wohnen da drüben bei unseren Großeltern.« Er zeigte mit dem Daumen ungefähr in die Richtung, in der das Nachbarhaus lag. »Jedenfalls über das Wochenende. Wollen Sie unsere Adressen aufschreiben?«

Der Kommissar wehrte ab. »Jetzt nicht. Das kommt alles noch. Meine Leute werden eure Aussagen noch zu Protokoll nehmen. Ich will im Augenblick nur eins wissen – und wehe euch, wenn ihr mich belügt! Seid ihr hier in diesen Keller geklettert, um zu stehlen, oder habt ihr tatsächlich Detektiv gespielt? Los, raus mit der Sprache!«

David wurde rot vor Zorn. Detektiv gespielt? Was bildete sich dieser Kripomann bloß ein? »Wollen Sie uns beleidigen?«, fragte David heiser. »Wir waren dieser Bande genauso auf der Spur wie die Polizei. Unsere Ermittlungen waren fast abgeschlossen. Dass das mal klar ist!«

Eindeutig musste sich der Kommissar ein amüsiertes Grinsen verkneifen. Er zündete sich erst einmal eine enorm lange

Zigarre an. »Und wie seid ihr zwei Helden auf die heimlichen Geschäfte hier im Haus aufmerksam geworden?«

Nun wurde auch Frank giftig. »Ihre Ironie können Sie sich sparen. Wir sind ganz systematisch vorgegangen. Alles fing mit den Graugänsen an, weil nämlich . . .«

»Stopp, stopp!« Kommissar Meerkamp hob die Hand. »Gänse haben mir nach diesem langen Tag noch gefehlt. Erklärt das alles genau, wenn ihr am Vormittag befragt werdet, ja? Ich schicke jemanden vorbei. Ihr wartet im Haus eurer Großeltern.«

Die nächsten Minuten erlebten Frank und David wie im Zeitraffer. Fahnder polterten die Kellertreppe hinunter, um das Beweismaterial zu sichern. Die Jungen schoben sich an ihnen vorbei und liefen über die Wiese. Puh, wie kalt es war! Die Strickleiter hoch, hinein ins ausgekühlte Dachzimmer, rasch das Fenster zu. Sie schlüpften aus den Anoraks und zogen sich nur eben noch die Schuhe von den Füßen, dann ließen sie sich auf die Matratzen plumpsen. Frank fing sofort an zu schnarchen. David lag noch eine Weile wach, dann fiel auch er in bleiernen Schlaf.

Wie lange hatten sie geschlafen? Eine Stimme von unten weckte sie auf. Das Sonnenlicht schmerzte in den Augen. Schlaftrunken starrten David und Frank sich an.

»Hallo, ihr Langschläfer!« Das war Oma Trinnas Stimme. »Ihr habt Besuch. Ein bisschen Beeilung, wenn ich bitten darf.«

Nein, es war niemand von der Kripo, der die Aussagen der zwei Detektive protokollieren wollte. Der Besuch war Simone. Sie hatte frische Brötchen mitgebracht, die waren noch richtig schön warm. Oma Trinna goss Kaffee ein. Der Opa war draußen bei seinen geliebten Tieren. Ziegengemecker war zu hören. Simone wusste brandheiße Neuigkeiten zu berichten. Wie ein Lauffeuer habe sich die Nachricht von der nächtlichen Polizeiaktion in der Bauerschaft herumgesprochen. Einige Leute behaupteten, sie hätten schon immer geahnt, dass sich in diesem Dentallabor ungeheuerliche Dinge abspielten.

Da konnte Frank nur lächeln. »Das kennt man doch. Hinterher sind immer alle furchtbar schlau. Aber David und ich, wir waren drin in dem Geheimversteck. Wir hatten den Fall eigentlich schon geklärt, bevor die Kripo auftauchte.«

»Ihr wart da drin?« Die Oma presste die Hände zusammen. »Himmel, was muss ich da hören! Kein Wort zu Theo, versteht ihr?« Dann sagte sie leise: »Mal gut, dass der Spuk nun beendet ist. Die Engel mit den schwarzen Flügeln. Schrecklich!«

David zog ein Päckchen Fotos aus der Brusttasche seines Pullis und warf die Bilder auf den Küchentisch. »Aber wir haben diese Engel entlarvt. Hier, Simone, guck dir das an! Die Fotos hab ich mit meiner Sofortbildkamera geschossen. – Da, auf diesem Bild ist nur zu erkennen, dass die Typen hinter dem Zaun weiße Kittel tragen und mit Schneeschaufeln winken, aber auf dem nächsten Foto sind Gesichter zu sehen. Der kleinere von den Engeln . . .«

Frank redete weiter. »Das ist der Pfleger, den wir im *Aurora* gesehen haben. Der mit der Motorradfahrerjacke. Den konnten wir auch durch das Kellerfenster im Dentallabor identifizieren. Und neben ihm steht ein langer Dünner. Da!«

Simone erschrak schrecklich. Sie wurde ganz blass. »Das ist Harry!«, stieß sie hervor. »Das ist mein Bruder Harry!«

Werden die Detektive Harry an die Polizei verraten?

18. Kapitel

Frau Plewa ist kein Stachelschwein

Oma Trinna fiel sozusagen aus allen Wolken. »Das darf doch nicht wahr sein! Der nette junge Mann? Ich kenne den Harry doch. Dass der mit diesen Schwarzhändlern unter einer Decke steckt, das will ich nicht glauben. Das ist unmöglich.«

David summte eine bekannte Melodie aus der Werbung. »Nichts ist unmöglich . . .«

Simone schüttelte verständnislos den Kopf und starrte auf das Foto. »Ich kann das auch nicht glauben, ich kann es einfach nicht. Harry tut doch nichts Verbotenes. Das muss ein Irrtum sein – irgendwie. Mein Bruder hat doch mit den Leuten von der Zahnklempnerei nix am Hut!«

»Aber wie kommt es dann«, fragte Frank gedehnt, »dass wir ihn gestern Abend bei den Fritzen von drüben im Keller gesehen haben? Dünner Schlaks mit Brille. Irrtum ausgeschlossen.«

Simone zog die Schultern hoch. »Ich begreif das nicht.«

David biss in sein Leberwurstbrötchen und fragte wie ein Kommissar bei den Ermittlern: »Als was arbeitet dein Bruder eigentlich im Seniorenpflegeheim?«

»Er hilft halbtags in der Gärtnerei«, sagte Simone und kniff die Augen zusammen. »Wieso willst du das wissen?«

»Nicht aufregen, Simone!«, versuchte Frank, das Mädchen zu beruhigen. »Gestern hast du behauptet, dass du auf unserer Seite bist. Richtig? Okay, du kannst dich darauf verlassen, dass wir auch auf deiner Seite sind. Lass David und mich einfach mal die Fragen stellen, ja? Ist Harry mit diesem Pfleger, dem anderen Kerl auf dem Foto, irgendwie befreundet?«

»Mit dem Uwe?« Simone zögerte. »Ja, ich glaube schon.«

»Aha!«, riefen David und Frank wie aus einem Munde.

David fragte: »Was für ein Auto fährt dein Bruder?«

Simone lächelte dünn. «So ’nen uralten Volvo-Kombi. Der Kübel ist fast schon eine echte Rostlaube.«

»Aha!«, riefen David und Frank.

Trinna schaltete sich ein. »Wollt ihr Jungs den Harry verdächtigen, dass er mit diesen Kriminellen gemeinsame Sache macht? Dass er mit denen unter einer Decke steckt? Unerhört! Die Engel mit den schwarzen Flügeln – ein Jux, nichts mehr.«

»Ein Jux?« David schlürfte einen Schluck Kaffee und verbrannte sich die Zunge. »Trinna, von Kriminalistik und so hast du nun mal keine blasse Ahnung. Halt dich lieber raus aus unseren Ermittlungen! Fest steht, dass Harry und Uwe in den Fall verwickelt sind.«

»Exakt«, bestätigte Frank. »Sie haben sich vor den Karren spannen lassen, wie man so sagt. Und diese hundsgemeine Spukerei, das war kein Jux. Es ging darum, dass sie Theo unter Druck setzen wollten, damit er die Gänse über die Nacht einsperrte, weil sie für ihre Heimlichtuereien kein allgemeines Aufsehen erregen wollten, und außerdem . . .«

David redete weiter. »Und außerdem ist es kein Jux, dass sie Theos wissenschaftliche Tierforschung gestört haben. Und was ist mit Kika? Dass sie dich in Angst versetzt haben, Trinna, das war ja auch nicht besonders lustig. Oder wie seh ich das?«

Simone schniefte, aber sie weinte nicht. »Harry hat das bestimmt nicht böse gemeint. Überhaupt, diese ganze Angelegenheit! Die Raubkopiererei und so. Vielleicht haben die alle gedacht: Wem schaden wir denn schon groß?«

Da konnte Frank nur grinsen. »Der Kommissar Meerkamp sieht das allerdings ganz anders. Aber mal ehrlich, ich hab auch so ’n bisschen Mitleid mit dem Zetschke und der Oberhauser und den anderen. Die wollten vielleicht bloß ein bisschen die Reichen berauben. So wie Robin Hood. Die Bosse der Unterhaltungsindustrie verdienen sich ja goldene Nasen.«

Oma Trinna widersprach. »Robin Hood hat den geklauten

Zaster aber nicht in die eigene Tasche gesteckt, sondern an die Armen verschenkt – wenn man der Geschichte glauben kann.«

In diesem Augenblick schrillte die Haustürklingel. Grabowski stieß pflichtgemäß sein Wuff aus, verkroch sich dann aber faul zur Ofenbank. Die Oma eilte in die Diele.

»Die Polizei«, sagte Frank. »Jetzt werden wir verhört.«

Simone flüsterte fast flehentlich: »Ihr verratet den Harry nicht, ja? Ehrenwort?«

»Wahrscheinlich hat die Polizei deinen Bruder doch schon längst hopsgenommen«, meinte David.

Das glaubte Simone aber nicht. »Vorhin hab ich den Harry doch noch gesehen. Da hat er die Haflinger auf die Weide gelassen und ist dann zu unserem Fischteich runter verschwunden.«

David stopfte rasch das Foto, auf dem die Gesichter der zwei Engeldarsteller zu erkennen waren, zurück in die Tasche. »Ganz locker bleiben!«, zischte er.

Sollte das etwa die Polizei sein? Die Oma führte eine zierliche Frau in die Küche, die einen hellen Wildledermantel trug und einen ulkigen, rot gefärbten Igelhaarschnitt hatte. Ob sie so kurz vor Weihnachten noch für irgendeine wohltätige Organisation Spenden sammelte? Frank dachte: Mit der Bürste auf dem Kopf sieht sie aus wie ein Stachelschwein. Aber dann war es doch die Polizei.

»Ich bin Kriminalmeisterin Plewa«, stellte die Frau sich kurz vor, zog sich unaufgefordert einen Stuhl an den Tisch, setzte sich hin und klappte den Deckel eines winzigen Tonbandgerätes auf. »Fangen wir mit Ihnen an, Frau Daldrup. Eigentlich habe ich heute meinen freien Samstag. Darum sollten wir zügig zur Sache kommen. Ist Ihnen im Zusammenhang mit den jungen Leuten vom Dentallabor etwas Besonderes aufgefallen?« Die Beamtin redete ziemlich schroff. Doch als Oma Trinna ihr erst einmal eine Tasse Kaffee und ein Stück

Christstollen servierte, wurde ihr Ton milder. »Es sind nur Routinefragen.«

Oma Trinna erklärte, sie habe eigentlich in dieser Angelegenheit so gut wie nichts zu berichten. Sie erwähnte die zwei eigenartigen Personen, die sich scheinbar als Engel verkleidet hatten und die gespukt und gedroht hatten. »Selbstverständlich habe ich sie nicht mit dieser neuen Firma da drüben in Verbindung gebracht. Und dass da irgendwas Besonderes stattgefunden haben soll, ist mir unbekannt.«

Da hatten Frank und David aber spannendere Informationen zu bieten! Wortreich schilderten sie ihre systematische Detektivarbeit. Aber klar, die Spukerei sollte ein Ablenkungsmanöver sein, das hätten sie sofort durchschaut. Die Gänse sollten nachts keinen Krach machen, damit niemand wegen Ruhestörung die Polizei verständigen könnte. Denn dann wäre ja auch aufgefallen, dass im Dentallabor nachts noch richtig Highlife veranstaltet wurde und Pakete verladen wurden und Autos rumpreschten. Wer verfrachtet schon ganz spät am Abend künstliche Zähne!

»Uns kam das alles verdammt verdächtig vor«, sagte David und gab sich Mühe, ein Pokerface zu machen. »Da haben wir logisch kombiniert und natürlich auch eiskalt recherchiert.« Er schob der Kriminalbeamtin seine Fotos zu. »Hier! Ich überlasse Ihnen unser Beweismaterial.«

Frau Plewa prustete los. »Hat man schon mal solche Angeber erlebt?« Dann wurde sie wieder ernst. »Ihr habt euch strafbar gemacht, ist euch das klar?«

Wird es jetzt brenzlig für David und Frank?

19. Kapitel

Die Suche nach Harry

Frank und David ließen erst einmal ein bisschen die Köpfe hängen, warfen sich aber heimlich Blicke zu. Als ob sie sich von dieser Kriminalmeisterin einschüchtern ließen!

»Es ist verboten, der Polizei ins Handwerk zu pfuschen«, erklärte Frau Plewa scharf. »Ich werde mit euren Eltern mal ein paar passende Worte reden. Die sollen euch die Hammelbeine lang ziehen.«

»Bloß nicht!«, brüllten die Vettern und sprangen gleichzeitig von den Stühlen auf. Das fehlte gerade noch, dass die Eltern von den nächtlichen Ausflügen erführen.

Die Oma griff hilfreich ein. »Man sollte das vielleicht auch nicht zu eng sehen«, meinte sie. »So Jungs sind doch auf Abenteuer aus, das ist doch ganz natürlich. Sie konnten ja nicht ahnen, dass sie sich auf etwas Gefährliches einlassen würden. Ich werde mir Frank und David nachher ordentlich vornehmen, damit so etwas Leichtsinniges nicht wieder passiert. Damit sollte die Sache doch aus der Welt sein, nicht wahr? – Möchten Sie noch ein Stückchen vom Christstollen?«

Die Kriminalbeamtin nickte. »Der Stollen ist Ihnen ganz vorzüglich gelungen, Frau Daldrup. Kompliment!«

Noch einmal zog sie die Augenbrauen zusammen und drohte den Jungen: »Ihr müsst mir aber versprechen, dass ihr in Zukunft nicht wieder solche Detektivspielchen veranstaltet.«

Selbstverständlich versprachen Frank und David das nicht. Sie gaben zu bedenken, dass sie ja nur neugierig gewesen seien und beim Einstieg in den Keller nichts beschädigt hätten. Frank zückte sein Allzweckmesser. Er habe doch ganz fachmännisch das Fenster geöffnet, stellte er fest, und jetzt sei der Fall ja sowieso von der Kripo übernommen worden.

Simone hatte die ganze Zeit geschwiegen. Sie machte sich

Sorgen um ihren Bruder, ganz klar. »Was geschieht denn nun mit den jungen Leuten?«, fragte sie leise. Ihre Stimme zitterte ein wenig. »Müssen die ins Gefängnis?«

Frau Plewa kaute erst einmal den Mund leer. »So schlimm wird's nicht kommen«, beschwichtigte sie. »Man wird ihnen wohl nicht gleich die Köpfe abreißen. Aber zu einer Gerichtsverhandlung wird es bestimmt kommen, denke ich. Doch das ist Sache der Staatsanwaltschaft. Wir müssen uns erst einmal einen genauen Überblick über das Netzwerk dieser Raubkopierer verschaffen. Noch weiß die Polizei ja nicht, wie viele Leutchen ihre Finger im Spiel haben. Also, da warten ein paar saftige Geldstrafen, das dürfte mal sicher sein. Und das Finanzamt wird die Steuerfahndung einschalten. Ich denke ...«

Die Kriminalbeamtin wurde unterbrochen, denn Opa Theo kam herein. Er rieb sich die kalten Hände und stützte sich auf die Krücke. Nein, hinsetzen wollte er sich nicht. Das Wenige, das er zu sagen habe, könne er auch im Stehen von sich geben, brummte er. Seine Laune war eindeutig auf dem Nullpunkt.

»Von meiner eigenen Frau und von meinen hinterhältigen Enkelsöhnen bin ich ja wie ein altersschwacher Trottel behandelt worden«, grantelte er. »Da sind empörende Dinge geschehen, aber mir hat man nichts gesagt. Um es kurz zu machen, Frau Polizeibeamtin: Nehmen Sie von mir zu Protokoll, dass ich von unbekannten Personen belästigt wurde, dass meine tierwissenschaftlichen Studien unterbrochen wurden und dass mir eine wertvolle Graugans offenbar entwendet wurde. So, Ende der Pressekonferenz!«

Frau Plewa machte z-z-z und schaltete das Tonbandgerät aus.

Wenn der Opa so muffelig war, ging man ihm besser aus dem Weg, bis er nicht mehr sauer war. Das wussten David und Frank aus Erfahrung. Außerdem war das Frühstück beendet. Frau Plewa futterte noch rasch ein drittes Stück vom

Christstollen, bevor sie mit ihrem Astra-Coupé davondüste. Simone, Frank und David griffen sich ihre Anoraks und huschten aus dem Haus.

»Jetzt nehmen wir uns den Harry zur Brust«, sagte David. »Mit dem haben wir noch ein Hühnchen zu rupfen. Der wird schön glotzen, wenn er sich auf meinem Foto als Weihnachtsengel mit Schneeschaufel verewigt sieht.«

»Und der andere Witzbold, der Uwe, der ist auch dran«, ergänzte Frank. »Bestimmt haben die jetzt Schiss vor der Polizei, falls sie noch nicht hopsgenommen worden sind. Aber vor unserer Rache sollten sie sich erst recht fürchten.«

Simone tippte sich an die Stirn. »Große Sprüche! Lasst uns doch erst mal hören, was Harry zu dem Ganzen zu sagen hat! – Das war übrigens ziemlich fair von euch, dass ihr der Kripo-Frau das Foto nicht gegeben habt, auf dem man die Gesichter erkennen kann.«

»Ehrensache, Simone.« David zog sich die Kapuze auf den Kopf. »Wo wir doch jetzt ein Team sind. Die Sache mit Harry und Uwe klären wir selber, da brauchen wir nicht die Hilfe der Staatsgewalt.«

Der Himmel hatte sich verdüstert. Tief hängende Wolken trieben über die Landschaft. Leichtes Schneetreiben hatte eingesetzt. Die beiden Pferde kamen zum Gatter getrabt, als Simone und die Jungen sich dem Hof von Schulze-Wieling näherten.

»Warum sind die Haflinger eigentlich draußen?«, wollte Frank wissen. »Auf dieser abgerupften Wiese gibt's doch nichts zu fressen.«

»Sie müssen Bewegung haben«, erklärte Simone. »Außerdem ist die kalte Luft gut für ihre Lungen. Das härtet sie ab.«

Vater Schulze-Wieling turnte am Scheunentor auf einer Stehleiter und werkelte an einem Schaltkasten herum. »Hallo, ihr drei! Habt ihr irgendwo den Harry gesehen? Er wollte mir doch helfen. Wir müssen Leitungen verlegen.«

»Wir suchen ihn auch!«, rief Simone. »Ist sein Wagen denn nicht da?«

»Der Volvo steht neben dem Schweinestall. Schickt Harry sofort zu mir, wenn ihr ihn findet, okay?«

Simone winkte dem Vater zu. »Wird gemacht, Paps!«

Der Kombi parkte dicht an der Bretterwand des flachen Stallgebäudes. Frank stellte fest, dass die Motorhaube kalt war. Der Wagen war also seit geraumer Zeit nicht bewegt worden.

David schirmte die Augen ab und schaute auf die Ladefläche. Die Gärtnerwerkzeuge, die Schneeschaufeln, der Käscher . . . David presste die Stirn dicht an die Seitenscheibe – und dann machte er eine Entdeckung. »Eine Feder! Frank, Simone, guckt euch das an! Seht ihr die kleine Feder? Da, im Netz von dem Fischkäscher. Eine kleine graue Feder.«

»Bingo!« Frank klatschte mit den Handflächen auf das Autodach. »Jetzt kombiniere ich mal. Fische haben keine Federn. Richtig? Aber Gänse haben Federn. Und wenn es sich um 'ne graue Feder handelt – na?«

»Dann könnte sie von einer Graugans stammen.« David tippte dem Cousin anerkennend auf die Schulter. »Gut kombiniert, Partner. Harry hat also mit diesem Käscher Kika gefangen. Ob er sie geschlachtet hat?«

Da protestierte Simone aber mächtig. »Das würde Harry nie tun! Los, wir müssen ihn suchen. Wo mag er sich versteckt haben?«

Kommen die drei Simones Bruder auf die Spur?

20. Kapitel

Die Hütte im Hochmoor

Harry war nicht in seinem Zimmer, nicht auf dem Heuboden, nicht im Geräteschuppen, nicht beim Fischteich. Die Eltern hatten keine Ahnung, wo ihr Sohn sein könnte. Abgemeldet hatte er sich jedenfalls nicht. Simone versuchte es mit Franks Handy, aber Harry hatte sein Gerät offenbar abgeschaltet.

Simone überlegte einen Moment. »Ich hab da so eine Ahnung. Die Hütte oben im Hochmoor. Vielleicht hat er sich da verkrochen. Gehen wir einfach mal hin. Einen Versuch ist es wert.«

»Ist das weit?«, wollte David wissen.

»Halbes Stündchen, mehr nicht.«

»Was für eine Hütte ist das denn?«, fragte Frank.

»Eine Schmusehütte.« Simone lachte. »Früher war es mal 'ne Schutzhütte für die Torfstecher. Da verwahrten die auch ihre Geräte. Aber die Torfstecherei ist lange vorbei. Jetzt ist das Hochmoor eine Art Naturschutzgebiet. Bloß die windschiefe Hütte erinnert noch an die alten Zeiten.«

»Aber was hat das mit Schmusen zu tun?« Frank guckte Simone verständnislos an.

»Harry und seine Kumpel veranstalten da manchmal ihre Wochenendfeten. Jedenfalls im Sommer. Würstchen grillen. Ihre Freundinnen sind natürlich auch dabei und dann findet das große Geschmuse statt. Also, gehen wir?«

Sie stapften los. Feiner Schnee wehte ihnen mit den Windböen ins Gesicht. Hinter den Windkrafträdern bogen sie von der Straße ab und folgten dem Feldweg zum Fichtenwäldchen hinauf. Das hatten sie schnell durchquert. Die Heidelandschaft dahinter wirkte wunderbar still. Kleine Baumgruppen, einzelne Birken, welkes Riedgras, Dorngestrüpp. Der Feldweg war zu einem Trampelpfad geworden.

Hasen flitzten davon, eine Fasanenschar flatterte keckernd auf, irgendwo in den Baumwipfeln schrien Krähen laut und klagend.

Simone sang: »Leise rieselt der Schnee . . .« Sie schöpfte sich ein kleines Schneepolster von einer Distel und leckte daran. »Mir ist richtig weihnachtlich zumute.«

»Hör bloß auf mit Weihnachten!«, protestierte Frank. »Das einzig Gute an Weihnachten ist, dass Mittwoch die Ferien beginnen. Ich hab mir 'ne E-Gitarre gewünscht, eine Gibson, aber das wird wohl nichts. Zu teuer.«

David erklärte, seine Wunschliste an Software für seinen Computer sei vermutlich auch zu lang. »Aber den CD-Brenner, den müssen mir meine Eltern unbedingt schenken, sonst stecke ich unseren Christbaum in Brand.«

»Ach, willst du dann auch bei den Schwarzbrennern einsteigen?«, spottete Frank. »Auf dich haben die gerade noch gewartet. Das scheint ansteckend zu sein.«

»Ha, ha!« David schubste den Vetter ins Farnkrautgewirr. »Du Nachwuchs-Komiker!« Dann fragte er Simone: »Und du? Was hast du dir zu Weihnachten gewünscht?«

»Bücher«, antwortete Simone. »Ich wünsche mir immer Bücher zu Weihnachten. Lesen ist für mich das Allergrößte.«

Krumme Erlen nickten wie Kobolde in den Windwellen. Links und rechts des Pfades waren kleine Tümpel zu erkennen.

»Komische Teiche«, sagte Frank. »Irgendwie künstlich.«

»Das sind die Löcher vom ehemaligen Torfabstich«, erklärte Simone. »Tolle Biotope inzwischen. So um Pfingsten rum müsstet ihr mal die Froschkonzerte hier hören. Da fallen euch fast die Ohren ab. – Aber jetzt seid mal still! Wir sind gleich da.«

Sie stand da wie ein Hexenhaus. Die Hütte war kaum größer als ein Omnibus.

Ungefähr hundert Schritte waren David, Simone und Frank

von der morschen Holzhütte entfernt. Nichts deutete darauf hin, dass sich hier jemand versteckt hielt. Die vier, fünf hohen Zitterpappeln ließen das Häuschen noch winziger erscheinen, als es war.

»Keine Nase zu sehen«, sagte Frank, »tote Hose. Den Weg hätten wir uns sparen können.«

»Abwarten«, entgegnete Simone. »Ich schleiche mich mal auf die Rückseite und peile durch das Fenster. Versucht ihr es an der Tür!« Schon huschte sie davon.

Als sich die Detektive Schritt für Schritt den zwei Stufen vor der Brettertür näherten, setzte bei ihnen doch etwas Herzbullern ein. Der Wind wisperte in den Bäumen.

Plötzlich blieb Frank wie angewurzelt stehen und sog tief die Luft ein. »Meine kriminalistische Nase schlägt Alarm. Schnupper mal! Riechst du auch, was ich rieche?«

»Rauchgeruch!«, flüsterte David. »Eindeutig Rauchgeruch. In der Hütte scheint ein Feuerchen zu funzeln. Ich schätze, Simones Idee war gar nicht so schlecht. Jetzt gilt es!«

Aber kaum hatte Frank sich vorsichtig vorwärtsbewegt, als er erneut stehen blieb und warnend die Hände hob. »Da! Spuren. Abdrücke von Schuhen im Schnee. Ich glaube . . .«

Was er glaubte, konnte Frank dann nicht mehr sagen. Aus den Augenwinkeln nahm er eine blitzschnelle Bewegung hinter den Pappelstämmen wahr, doch bevor er sich richtig umdrehen konnte, hatte eine Hand ihn hart im Nacken gepackt. Ein Faustschlag, der ihn dicht am linken Ohr traf, ließ ihn tausend Sterne sehen. Frank hörte einen Schrei und begriff, dass er es war, der da schrie.

David hatte nur eine Sekunde Zeit, um entsetzt zu sehen, wie sein Cousin stürzte, denn dann wurde auch er gepackt, spürte eine starke Hand, die ihm von hinten ins Gesicht griff und ihm die Nase quetschte. Der Schmerz schoss ihm wie ein Stich ins Gehirn, dann landete David bäuchlings dicht vor der Hüttentür. Stiefelbeine drückten seine Oberarme in den

Schnee und machten ihn bewegungsunfähig. Da schrie auch David. Verzweifelt dachte er: Wir haben uns überrumpeln lassen wie die Anfänger.

Eine zornige Stimme ertönte über Frank: »Ihr kleinen Spitzel! Warum spioniert ihr uns nach?«

»Ihr neugierigen Scheißerchen«, knurrte eine zweite Stimme in Davids Nacken. »Das ist doch kein Zufall, dass ihr ausgerechnet jetzt hier angeschlichen kommt! Raus mit der Sprache! Was wollt ihr von uns? Wer hat euch den Tipp gegeben, dass wir uns im Moor versteckt haben?«

»Harry! Uwe! Habt ihr noch alle Tassen im Schrank?« Das war Simones Stimme. »Lasst sofort die Jungs los! Habt ihr nicht schon genug Blödsinn angerichtet? Wir wollen euch doch helfen, ihr Vollidioten!«

Die Griffe lockerten sich. David und Frank hoben sich schwer atmend auf die Knie. David fühlte erst einmal nach, ob seine Nase noch im Gesicht war. Frank betastete vorsichtig sein linkes Ohr. Etwa gleichzeitig sahen die Jungen Simone, die um die Hausecke guckte und wie eine wütende Rachegöttin mit den Armen fuchtelte.

»Simone! Hast du die zwei Bubis hierhergeführt?« Der dünne Harry rückte sich die Brille zurecht. »Die wollen uns doch an die Polizei verpfeifen.«

Uwe rieb sich das Stoppelkinn. »Dass du uns so in den Rücken fällst! Simone, das hätte ich nicht von dir gedacht.«

»Blödmänner!« Simone kam näher. »Ihr könnt euch doch nicht ewig hier verstecken. Wir müssen reden. Lasst uns in die Hütte gehen!«

Werden Harry und Uwe jetzt durchdrehen?

21. Kapitel

Die Stunde der Wahrheit

Harry und Uwe schauten sich ratlos an. Sie waren verwirrt. Nicht nur davon, dass sie plötzlich in ihrer einsamen Hütte Besuch bekommen hatten, sondern überhaupt von den Ereignissen der vergangenen Nacht. Sie waren ins Hochmoor geflüchtet, um sich erst einmal dem Zugriff der Kriminalpolizei zu entziehen, klar, aber sie mussten ja auch versuchen, ihre Situation zu überdenken. Was sollte geschehen, wie könnten sie sich vor einer Festnahme retten, hatten sie überhaupt eine Chance? Die Unsicherheit machte sie aggressiv.

»Wir können die beiden Kleinen doch nicht einfach laufen lassen«, zischte Harry durch zusammengekniffene Lippen.

Frank hatte sich inzwischen halbwegs von seinem Schreck erholt. Schlimm genug, dass er und David sich wie die Tölpel benommen hatten. Jetzt musste er sich auch noch Beleidigungen anhören. Er schrie Harry an: »Wir sind keine Kleinen, du Brutalinski! Aber dass du ein Feigling bist, der alte Leute erschreckt, das weißt du ja wohl selber. Engel mit schwarzen Flügeln – eine tolle Nummer!«

Uwe verlor die Nerven. Er holte zum Schlag aus. »Dich machen wir fertig, du Rotznase!«

Da ging Simone wie ein Feuer spuckender Drache auf Uwe los. »Gar nichts machst du, du Blödmann! Und damit ihr's kapiert: Frank und David wollen bloß ihre Großeltern gegen gemeine Halunken verteidigen. Habt ihr das gecheckt? Und sie und ich, wir sind ein Team und ihr seid durchgedrehte Hirnis. – Lasst uns endlich in die Hütte gehen. Mir ist verdammt kalt.«

Simone stieß die Tür auf. Zögernd folgten ihr Uwe und Harry. Die beiden Vettern hatten sich aufgerappelt und trotteten hinterher.

»Aber wir müssen doch was mit den beiden machen, damit

sie uns nicht verraten«, knurrte Harry ziemlich kleinlaut. Es hörte sich nicht mehr bedrohlich an. Bei ihm war die Luft raus.

Simone fragte höhnisch: »Wollt ihr ihnen vielleicht den Hals umdrehen, wie ihr's mit Opa Daldrups Graugans gemacht habt?«

Harry wischte sich Schneeflocken aus dem Gesicht. »Haben wir doch überhaupt nicht«, sagte er leise.

In der finsteren Hütte war es feucht und kalt, Schimmel klebte an den Wandbrettern. Im gusseisernen Öfchen kokelten ein paar Holzscheite, doch die Flamme erzeugte nur wenig Wärme. Auf dem Wackeltischchen lagen ein paar Brotscheiben und eine angeschnittene Salami, auf der Eckbank stand ein Sechserpack Bierdosen. Wenig Verpflegung für zwei Flüchtlinge. Durch das verstaubte Fensterchen drang kaum Licht.

»Okay«, sagte Harry, »setzen wir uns! Wo ihr jetzt schon mal hier seid, könnt ihr auch die ganze Story erfahren. Die Frage ist nur, wie Uwe und ich aus dem Scheißspiel wieder rauskommen.«

Sie hockten sich auf die dreckige Holzbank. Zunächst stockend, dann aber immer flüssiger, berichtete Harry, wie er und sein Freund Uwe sich von Bob Zetschke hatten anwerben lassen. Abends spät am Tresen von Pöttingsiepens Kneipe war das gewesen, vor einer Woche ungefähr. Den Mann vom Dentallabor kannten sie vom Sehen, der gab ihnen erst einmal ein Bier aus und fragte dann nebenbei, ob sie nicht Lust hätten, sich ein paar Euro als Aushilfsfahrer zu verdienen, so nach Feierabend.

Harry fasste Simone bei den Schultern und schüttelte sie. »Schwesterchen, kein Wort zu den Eltern! Ist das klar? Paps würde völlig ausflippen, wenn er was von meiner Nebentätigkeit erführe.«

Simone antwortete fast beleidigt: »Du weißt doch, dass du

dich auf mich verlassen kannst. – Warum habt ihr euch denn auf den Deal eingelassen?«

»Na, warum schon!« Uwe lachte auf. »Wegen der Knete. Ich hab Schulden bei der Bank und komme mit der Ratenzahlung für mein Keyboard nicht nach. Da kann ich jeden Cent gebrauchen. Als Altenpfleger kriegst du 'nen Hungerlohn.«

Da wurde Frank hellwach. »Machst du Musik?«

Uwe nickte. »Ich hab mit ein paar Freunden eine Band gegründet. Warum willst du das wissen?«

»Nur so«, sagte Frank. »Weil ich auch Musik mache. Gitarre. Ich spiele schon ganz schön gut.« Insgeheim dachte er: In einer Band mitspielen, das wäre was!

Harry stöhnte tief. »Ich brauche unbedingt ein neues Auto. Ich traue mich gar nicht, meinen ollen Volvo zu waschen, der fällt dann nämlich auseinander. Ich schätze, der Dreck hält die Karosserie noch ein bisschen zusammen. Zetschkes Angebot kam genau richtig.«

Er berichtete weiter. Zuerst hätten Uwe und er gedacht, sie müssten Kartons mit Gebissen zu den Zahnärzten transportieren, doch dann sei ihnen schnell klar geworden, dass an der Sache etwas faul war. »Der Zetschke und die Rosa Oberhauser haben uns dann natürlich in die ganze Aktion eingeweiht – und wir steckten ja auch schon drin. Raubdrucke für die Schwarzhändler haben wir abends ausgefahren. Musste alles heimlich geschehen. Wir haben gesagt: ›Zetschke, die Sache stinkt.‹ Er hat uns beschwichtigt. So schlimm wär's nicht. Nur noch bis zum vierten Adventssonntag, dann wär die Show zu Ende. – Scheiße, jetzt ist alles aufgeflogen!«

»Mensch, Harry, warum erzählen wir den Kids das alles? Das geht die doch einen feuchten Schmutz an!« Uwe trommelte mit den Fäusten auf der Banklehne herum. Staub wirbelte auf.

Harry redete aber weiter. Vielleicht war er froh, die Sorgen der letzten Stunden irgendwie abladen zu können. Bei der letzten Fuhre in der Nacht hatten er und Uwe eine SMS von dem Medienhändler erhalten, zu dem sie unterwegs waren. Sie sollten nur ja nicht anhalten, sondern einfach am Laden vorbeifahren, denn da parke ein Auto auf der anderen Straßenseite mit zwei Leuten drin, die verdächtig nach Polizei aussähen.

Uwe gluckste. »Logo, wir haben uns dünnegemacht. Nix wie ab! Die Ware haben wir dann schnell versteckt.«

»Und wo?«, fragte David sachlich wie ein Profidetektiv.

»Beim *Aurora«*, gab Uwe zögernd zu. »In dem Gartenhaus, wo die Pflanzen überwintern. Oleander und so. Harry hat doch einen Schlüssel.«

Frank winkte ab. »Wir kennen das Häuschen.«

Simone schaltete sich ein. »Aber wieso hast du dein Handy abgeschaltet, Harry?«

Harry lächelte dünn. »Weil ich nicht erreichbar sein wollte. Warum denn sonst? Heute früh hatte es sich ja in der ganzen Bauerschaft Langenhorst rumgesprochen, dass der Laden aufgeflogen war. Der Zetschke, die Oberhauser, der Kurierfahrer und der Kevin, die waren schon gekascht worden. Ein paar Händler wohl auch. Kevin hat übrigens im Keller vom Dentallabor die Organisation gemanagt. Da haben Uwe und ich erst mal die Kurve gekratzt und uns hier verkrochen.«

Haben Harry und Uwe noch eine Chance?

22. Kapitel

Die Detektive bleiben hart

Der Qualm brannte in den Augen. Anscheinend war das Ofenrohr verstopft. Frank schnitt sich, ohne zu fragen, eine dicke Scheibe von der Salami ab. So etwas Verrücktes!, dachte er. Da schaltet Harry einfach sein Handy ab und bildet sich ein, dass ihn nun niemand mehr erwischen kann. Das ist ja fast wie die kleinen Kinder, die sich die Augen zuhalten und meinen, dass sie dann keiner mehr sehen kann.

Simone sprang von der Bank auf und hielt eine wütende Predigt. »Verkriechen ist doch keine Lösung! Harry, Uwe, schaltet doch mal eure Gehirne ein! Die Kripo schnappt euch so und so. Es gibt nur einen Weg: Ihr müsst euch stellen.«

»Blas dich bloß nicht so auf!«, maulte Uwe.

Simone ließ sich aber nicht beirren, schließlich wollte sie ihrem Bruder und seinem Freund doch nur helfen. »Was soll euch denn groß passieren, wenn ihr euch freiwillig bei der Polizei meldet und die letzten Päckchen mit den Raubkopien abliefert? Sagt einfach, dass ihr in die Sache reingeschlittert seid und dass ihr mit der Schwarzbrennerei nichts zu tun habt und . . .«

»Ach, das glaubt uns doch kein Mensch!«, unterbrach Harry schroff. »Die lachen sich kaputt bei der Polizei.«

Frank redete für Simone weiter. »Meint ihr, die lochen euch ein? Quatsch mit Soße! Dass ihr keine falschen Zähne ausgeliefert habt, sondern heiße Ware, das habt ihr doch selber erst später gemerkt. Geringfügigkeit! Schon mal gehört? David und ich, wir kennen uns mit solchen kriminalistischen Angelegenheiten aus, das könnt ihr mir glauben. Wenn ihr alles zugebt, wird die Staatsanwaltschaft wegen Geringfügigkei Nachsicht üben. Da gibt's 'ne Abmahnung und ein paar warme Worte. ›Im Wiederholungsfall müssen Sie mit einer empfindlichen Strafe rechnen.‹ So in dem Dreh!«

»Klugscheißer!«, knurrte Uwe. »Wenn's mal nur so abliefe.«

Jetzt lachte David ziemlich gemein. »Oder sie verdonnern euch zu sozialem Dienst. Kennt man doch. An drei Wochenenden im Krankenhaus helfen und Bettpfannen leeren. – Oder vielleicht drückt man euch auch ein paar Tage Sozialdienst im Seniorenpflegeheim *Aurora* aufs Auge!«

Das fanden Harry und Uwe gar nicht witzig.

»Aber da bleiben trotzdem noch zwei Probleme«, sagte Frank mit ernster Stimme. »Ihr habt unsere Großeltern schwer beleidigt, das ist das eine. Und ihr habt eine Gans geklaut, das ist das andere. Sehe ich das richtig?«

Simone nickte. »Eine Schweinerei, die Frau Daldrup so in Angst zu versetzen mit eurem bescheuerten Mummenschanz! Schämt ihr euch nicht?«

Harry verteidigte sich trotzig. Herr Daldrup sei doch selbst schuld gewesen, meinte er. »Muss der Dickschädel denn seine Flatterviecher unbedingt auch in der Nacht rumwatscheln lassen? Die haben mit ihrem Geschrei doch die gesamte Bauerschaft genervt! Wenn mich jemand gesehen hätte! Ich bin doch bei allen Leuten bekannt. Und dann sind Uwe und ich und der Zetschke auf die Idee gekommen, dem alten Mann auf andere Weise mal ordentlich Feuer unterm Hintern zu machen. Hat bloß nicht so richtig geklappt, na ja.«

»Es dürfte wohl klar sein, dass ihr euch für eure tolle Idee bei unseren Großeltern entschuldigt«, sagte David.

»Und wenn wir's nicht tun?« Uwe verschränkte die Arme.

»Dann zeigen wir ein gewisses Foto in der Öffentlichkeit herum«, erwiderte Frank. »Es kommt vielleicht sogar in die Zeitung.«

Simone blaffte Uwe und Harry an: »Ihr Trottel, geht das immer noch nicht in eure Schrumpfhirne rein? David hat euch doch bei eurem nächtlichen Hokuspokus fotografiert. Ihr seid gestochen scharf zu erkennen.«

Obwohl es in der Hütte düster war, konnte Frank sehen,

dass Harry mächtig erschrak und blass wurde bis zu den Ohren. Wahrscheinlich dachte er an seine Eltern und an die Nachbarschaft, vielleicht auch an Theo und Trinna Daldrup.

»Soll das etwa eine Erpressung sein?«, fragte Harry zögernd.

»Ja«, entgegnete David ungerührt.

Fordernd streckte Uwe die Arme aus. »Her mit dem Foto! Oder soll ich dir noch mal was auf die Nase hauen?«

David tippte sich an die Stirn. »Spiel doch nicht den Halbaffen«, sagte er. »Hältst du mich für so naiv, dass ich wichtiges Beweismaterial mit mir rumtrage? Das Foto ist selbstverständlich in einem sicheren Versteck.« David wurde kein bisschen verlegen beim Flunkern. In Wirklichkeit steckte das Foto nämlich noch immer in seiner Pullitasche. Die Situation war nicht ungefährlich, doch Uwe und Harry gingen ihm auf den Leim.

Frank hakte nach. »Was ist? Werdet ihr unsere Großeltern für eure feigen Spukereien um Verzeihung bitten? Ihr könntet zum Beispiel heute Abend . . .«

Uwe wackelte mit dem Kopf. »Geht absolut nicht. Ich habe Spätdienst im *Aurora.* Sorry, bei so 'ner kitschigen Arme-Sünder-Nummer bin ich nicht dabei. Sollen die Bullen mich doch verhaften!«

Simone fand das albern. »Kleines Trotzköpfchen, wie?«

Harry schien angestrengt nachzudenken, dann gab er sich einen Ruck. »Also okay. Ich geh heute Abend zu den Daldrups. Aber dafür will ich das Foto haben. Jeder macht mal 'nen Fehler. Dieser ganze Käse muss aus der Welt geschafft werden.«

»So einfach funktioniert das nicht«, gab Frank zu bedenken. »Vergesst unser zweites Problem nicht! Die Sache mit der geklauten Gans. Diebstahl.«

Da fuchtelte Harry wild mit den Armen herum. »Das war doch kein richtiger Diebstahl, du Wichtigtuer! Kleiner Warnschuss, mehr sollte das doch nicht sein. Wir hätten das Vieh doch sowieso zurückgebracht. – Woher wollt ihr überhaupt wissen, dass wir die Gans stibitzt haben, hä?«

David erklärte es: »Eine Feder in deinem Fischkäscher. Absolut verräterisch. Unseren scharfen Detektivaugen entgeht nichts. Also, falls Kika nicht längst tot ist – wo habt ihr sie versteckt?«

Harry druckste herum. Natürlich war ihm die Situation peinlich. Dass er und Uwe sich hier von drei Kindern verhören lassen mussten! »Sie ist in dem kleinen Laichgewässer hinter unserem Fischteich. Da ziehen wir die jungen Forellen groß. Na ja, da kann sie jedenfalls nicht verduften, weil da nämlich Drähte über der Wasserfläche gespannt sind. Als Schutz vor den verfressenen Fischreihern.«

Frank stand auf. »Das überprüfen wir.«

»Zischt jetzt endlich ab!«, forderte Uwe. »Harry und ich, wir müssen die Angelegenheit erst mal ausdiskutieren.«

»Aber verliert keine Zeit!«, mahnte Simone. »Fahrt zum Polizeirevier in die Stadt, verstanden? Ihr müsst freiwillig die Initiative ergreifen. Das ist eure einzige Chance.«

Werden Simone, David und Frank die Gans retten?

23. Kapitel

David geht baden

Als Frank, Simone und David sich auf den Rückweg machten, fiel noch immer Schnee. Eine Weile schwiegen sie. Besonders Simone war besorgt. Ob Uwe und ihr Bruder wirklich zur Vernunft kamen? Oder drehten sie am Ende doch noch durch und spielten die wilden Cowboys?

David betastete seine Nase. »Au, tut mein Zinken weh! Ist er überhaupt noch dran?«

Frank schaute dem Cousin prüfend ins Gesicht. »Also, wenn du mich fragst: So einigermaßen ist die Nase noch dran. Mich hat's viel schlimmer erwischt. Kann gut sein, dass ich 'ne Gehirnerschütterung abgekriegt habe. Was man als Detektiv nicht alles aushalten muss!«

Simone konnte da nur müde kichern. »Soll ich den Rettungshubschrauber anfordern oder schafft ihr es noch aus eigener Kraft bis nach Langenhorst?«

»Mach dich nur lustig!«, brummte David. »Hoffentlich ist Kika noch am Leben. Für Theo wär's hart, wenn die doofen Spukengel sie gekillt hätten.«

»Quatsch doch keinen Müll!« Simone verteidigte ihren Bruder. »Wenn Harry sagt, sie ist beim kleinen Forellenteich, dann *ist* sie auch da. Ihr werdet es sehen.«

Simone trabte voraus und Frank und David gaben sich Mühe, ihr nachzukommen, denn Simone kannte sich mit diesem buckligen Stolperpfad aus. Schnell erreichten sie den Hof von Schulze-Wielings. Simones Vater stand nicht mehr auf der Leiter. Die Haflinger hatte er von der Weide geholt, wahrscheinlich wegen des Schneetreibens.

»Wir sind jetzt 'ne polizeiliche Sonderkommission«, erklärte David. »Unser Spezialauftrag: Rettet Kika!«

Simone lachte laut. »Hört euch unseren James Bond an! Er riskiert mal wieder sein Leben im Auftrag der britischen Königin. Passt ein bisschen auf, ja? Beim Teich ist es ziemlich rutschig.«

Sie stapften dicht am Ufer um den großen Fischteich herum. Das Wasser wirkte grau wie Blei. Dahinter gab es einen Hügel, der den Damm zum Laichgewässer bildete. Dieser kleine Teich für den Forellennachwuchs war nicht einmal so groß wie ein Klassenzimmer. Kein einziges Fischchen ließ sich sehen.

Aber da: die Gans!

Seelenruhig zog Kika ihre Kreise auf dem Wasser und drehte nur wie gelangweilt ein wenig den Kopf, als Simone und die beiden Jungen am Rand des Teiches niederkauerten. Das kleine Areal war mit einem hüfthohen Drahtgatter gegen Hunde und Katzen, Marder und Wasserratten gesichert. Zinkleinen waren wie ein dichtes Schutznetz gespannt, damit die räuberischen Reiher tatsächlich nicht das Gewässer erreichen konnten. Und so war es natürlich auch für Kika unmöglich, aus diesem Gefängnis zu fliehen.

»Pah, da ist ja Theos kleiner Liebling!«, rief Frank und zeigte auf die Maiskörner und Brotbrocken am Ufer. »Harry hat immerhin für Verpflegung gesorgt. Wie holen wir Kika denn jetzt da raus?«

»Mit dem Käscher natürlich«, sagte David. »Blöde Frage!«

Simone verzog grinsend das Gesicht. »Mal wieder eine von Davids Schnapsideen. Der Käscher liegt doch in Harrys Volvo. Willst du den Wagen etwa aufknacken?«

David spuckte ins Wasser. »Dann müssen wir eben selber Hand anlegen. Frank, such mal nach 'nem langen Stock oder so. Wir scheuchen sie raus aus dem Tümpel.«

Frank brauchte nicht lange zu suchen. Unter der Trauerweide lagen genug Äste, die der letzte Sturm vom Baum gerissen hatte. David war inzwischen über das Drahtgatter gestiegen und balancierte auf dem abschüssigen Teichrand.

»Schwimmen kannst du aber, ja?«, wollte Simone wissen.

»Wer will denn schwimmen?«, feixte David. »Hopp, Frank, her mit dem Ast. Jetzt könnt ihr mal sehen, wie ein alter Trapper eine Graugans einfängt.«

David beugte sich weit vor, wedelte mit dem langen Ast, klatschte auf die Wasseroberfläche, stieß schrille Schreie aus . . . Aber Kika entfernte sich nur gelassen aus der Reichweite der Schläge.

»Warte, du Luder!«, schimpfte David. »Dir werd ich's schon zeigen. Raus aus dem Wasser, wird's bald?«

»David, sei vorsichtig!«, warnte Simone.

Zu spät. Es musste ja so kommen. David verlor das Gleichgewicht. Er ließ den Ast fallen und ruderte hilflos mit den Armen herum. Aber der Uferschlamm war zu glitschig. »Huaaah!«, kreischte David noch, dann platschte er in den Teich.

»So hab ich mir das mit dem alten Trapper auch vorgestellt«, sagte Frank ungerührt. »Unser Fachmann geht baden.«

Prustend, blubbernd, brüllend schlug David um sich. Zwar war das Wasser nicht tief, aber es hatte gereicht: David war von Kopf bis Fuß völlig durchtränkt. Kika hingegen schien das Spektakel zu gefallen. Sie schnatterte leise.

»So sehen im Film immer die Wasserleichen aus«, meinte Frank. »Kamera ab! Großaufnahme!«

»Frank, du Schwätzer, hilf ihm raus!«, schrie Simone. »Los, laber nicht! Bei der Kälte kann David sich den Tod holen.«

David ergriff Franks Hand und ließ sich aus dem Teich ziehen. »W-w-w-w. . .« Er bibberte und bekam keinen Ton mehr heraus. Schwarze Brühe troff ihm aus Hose und Jacke.

»Schnell, David, renn zu uns ins Haus!«, rief Simone.

David lief los, so gut es mit der nässeschweren Kleidung ging. Es sah ein bisschen so aus, als hätte er die Hose voll.

Frank fragte: »Was machen wir denn jetzt mit der Gans?«

»Harry hat sie in den Teich gesetzt, da soll er sie auch rausholen«, entschied Simone. »Er hat ja den Käscher.«

Frau Schulze-Wieling erfasste sofort, was mit David geschehen war. »Sofort runter mit den Klamotten!«, befahl sie, als er noch kaum in ihre Küche gehastet war. »Und dann ab ins Badezimmer! Heiß duschen und anschließend gut abrubbeln, damit du dir nicht vor Weihnachten noch den großen Schnupfen einfängst. Ich leg dir was zum Anziehen raus. Sachen von Harry.«

Frank hatte Lachtränen in den Augen, als er später mit dem Vetter zum Haus der Großeltern lief. Von den Schulze-Wielings zu den Daldrups ist es ja nicht weit. Gut so. Denn David wusste, dass er in der Hose und in der Jacke vom langen Lulatsch Harry wie eine Vogelscheuche aussah. Natürlich sparte Frank nicht mit den entsprechenden Bemerkungen.

Grabowski jaulte, als die Jungen in die Diele traten. Offenbar brachte der fremde Geruch an David seine Hundewelt durcheinander.

Oma Trinna erschrak. »Was ist passiert? Wie du aussiehst!«

»Ich bin der Weihnachtsmann«, brummte David.

»Komisch, den hab ich mir immer ganz anders vorgestellt«, sagte die Oma. »Das ist eine Überraschung.«

Frank kicherte. »Die richtige Überraschung kommt noch.«

Ob Frank recht hat mit der Voraussage?

24. Kapitel

Eine Weihnachtsgans für Opa Theo

Die Überraschung gelang. Und wie! Opa Theo freute sich wie ein Schneekönig. Aber der Reihe nach!

Frank und David warteten ungeduldig, ob Harry wirklich kommen würde. Ja, er kam. Simone musste ihn allerdings ein bisschen schubsen. Harry trug eine große Kiste auf der Schulter. Bevor Simone klingeln konnte, rissen die Jungen schon die Tür auf. Aus der Kiste schnatterte und kreischte es wütend.

»Kika!« Opa Theo kam humpelnd aus dem Wohnzimmer geeilt und schwenkte die Krücke wie eine Fahne. »Kika ist wieder da! Was für eine Überraschung!«

»Na, habe ich zu viel versprochen?«, kicherte Frank. »Eine Weihnachtsgans für Opa Theo.«

Harry druckste herum. Klar, die Szene war ihm höchst peinlich und sein Auftritt gelang ihm zunächst nur jämmerlich. Erst einmal putzte er die Gläser seiner Brille. Simone zupfte ihn auffordernd am Jackenärmel. Da holte Harry tief Luft, als müsse er Anlauf nehmen, und erklärte mit gesenktem Kopf, er sei gekommen, um die Daldrups um Verzeihung zu bitten für den Schaden, den er und sein Kumpel Uwe angerichtet hätten.

»Darüber reden wir nachher«, sagte Opa Theo und wehrte mit der Krücke den Hund ab, der die Kiste aufgeregt beschnüffelte. »Kommen Sie, Harry, tragen Sie die Kiste rasch nach draußen! Meine Gänse wollen bestimmt gern ihre Kollegin begrüßen. Ach, ist das schön, dass Kika wieder zu Hause ist!«

Harry nahm sein wackelndes und zeterndes Paket hoch. Es erleichterte ihn eindeutig, dass er erst einmal etwas zu tun bekam, bevor er seine Entschuldigungsrede halten musste. Er schleppte die schwere Kiste zur Wiese und hob den Deckel. Kika schnellte mit wüstem Geschrei ins Freie und flatterte eine Ehrenrunde.

Trinna hatte die Außenleuchte angeknipst. Die Gänseschar feierte mit ohrenbetäubendem Lärm die Wiedervereinigung. Die Ziegen kamen aus dem Stall gehopst, sogar ein paar von den weißen Kaninchen hoppelten neugierig heran. David und Frank waren sich sicher, dass nun in sämtlichen Häusern der Nachbarschaft die Leute schimpften, weil schon wieder Daldrups Gänse krakeelten, doch das war jetzt egal.

»Rasch wieder ins Haus!«, forderte Oma Trinna. »Es ist ja kalt wie am Nordpol.«

Dann saßen sie um den flachen Wohnzimmertisch: Frau und Herr Daldrup, Frank und David, Harry und Simone. Grabowski hatte sich dicht vor dem Herdfeuer ausgestreckt und genoss die Wärme.

Erst zögernd und verschämt, dann aber lebhaft berichtete Harry von den heimlichen Aktivitäten im Keller des Dentallabors und von den Gründen, warum er und Uwe sich hatten anwerben lassen. »Wir haben uns regelrecht ködern lassen, weil wir scharf auf das Geld waren. Dass es um Raubkopien ging, das haben wir ja erst gemerkt, als wir mit drinsteckten. Da war's zu spät. Und dann nachts das Geschnatter von den Gänsen . . . Da hatten wir Schiss. Darum haben wir uns die Spukerei ausgedacht, weil wir hofften . . .«

Oma Trinna sagte scharf: »Eine Heldentat war das nicht.«

Harry starrte auf seine Schuhe. »Eine Dummheit war's.«

»Und eine Unverschämtheit«, gab Opa Theo zu bedenken. »Und das unter Nachbarn!«

Frank sprang vom Sessel auf und stellte sich in Positur. »Aber David und ich, wir haben die komischen Engel mit den schwarzen Flügeln entlarvt. Wir haben dem Spuk ein Ende bereitet. Mit detektivischer Logik!« Als er Simone kichern hörte, fügte Frank großmütig hinzu: »Simone war uns übrigens eine große Hilfe.«

»Irre ich mich?«, fragte Simone scheinheilig. »War es nicht die Polizei, die die Raubkopiererbande überführt hat?«

Da wechselte David rasch das Thema. »Sag mal, Harry, habt ihr euch freiwillig der Kripo gestellt? Wie war's denn?«

»Ging so.« Harry lächelte säuerlich. »Ganz schlimm war es nicht. Ich schätze, Uwe und ich sind noch mit 'nem blauen Auge davongekommen. Da war so eine kleine Kriminalbeamtin mit einem scharfen Haarschnitt. Bei der haben wir unsere Aussage gemacht.«

»Ach, bei der Frau Plewa.« Frank hob lässig die Hand. »Das ist eine alte Bekannte von mir und David.« Es hörte sich so an, als wollte er sagen: Mit der Kriminalpolizei arbeiten wir doch schon seit Jahren zusammen.

»Du Aufschneider!«, zischte ihm Oma Trinna zu.

Harry guckte ins Feuer. Offenbar suchte er nach den richtigen Worten. »Ich weiß ja, dass wir dämlichen Mist gebaut haben. Aber ich möchte Sie, na ja . . . Also, ich möchte Sie trotzdem fragen, ob Sie uns den Blödsinn verzeihen.«

Opa Theo dachte ein paar Sekunden über die Frage nach, dann antwortete er laut und deutlich: »Wir verzeihen Ihnen.«

Und Oma Trinna fügte leise hinzu: »Wo doch nächste Woche Weihnachten ist. Da sollte man doch Frieden schließen, oder?«

Bloß jetzt kein rührendes Weihnachtsgetue!, dachte Frank. Er knurrte: »Ich mache mir nix aus Weihnachten. Wo ich doch meine Gibson-Gitarre sowieso nicht kriege . . .«

Die Oma lächelte fein. »Bist du dir da so sicher? Könnte es nicht sein, dass Theo und ich uns an deinem Weihnachtsgeschenk beteiligt haben – so finanziell?«

Frank stand auf einmal unter Starkstrom. »Mensch, Trinna, ich glaub, mich tritt ein Pferd! Ist das wahr?«

Die Oma drohte: »Frank, wenn du auch nur ein Sterbenswörtchen zu deinen Eltern sagst, dass ich dir das verraten habe, dann haue ich dir deine Gitarre eigenhändig um die Ohren. – So, jetzt wird gegessen. Es gibt Bockwürstchen und Kartoffelsalat. Harry und Simone sind selbstverständlich unsere Gäste.«

Oma Trinnas Kartoffelsalat war Extraklasse, das wussten David und Frank schon lange. Also langten sie mächtig zu – und es gab reichlich. Auch Harry und Simone ließen sich das Abendessen schmecken und Grabowski bettelte wie üblich.

»Kommen Sie morgen auch zum Weihnachtsspiel ins Pflegeheim?«, fragte Simone.

»Ist doch Ehrensache«, erklärte Opa Theo.

»Wir kommen mit«, sagte David. »Schwester Pia hat mich und Frank nämlich ganz besonders eingeladen.«

»Genau«, bestätigte Frank. Er stocherte sich mit der Gabel sein siebtes Würstchen aus der Schüssel. »Da spielen auch Engel mit. Aber die haben keine schwarzen Flügel.«

David rief aus vollem Mund: »Die haben goldene Flügel!«

Später lagen die beiden Detektive im Dachzimmer auf ihren Matratzen und konnten nicht einschlafen. Ein spannendes Abenteuer lag hinter ihnen, das musste erst einmal verarbeitet werden!

»Eigentlich ist Weihnachten doch gar nicht so doof«, sagte Frank.

»Stimmt«, bestätigte David.

Jo Pestum

Die Christbaumräuber

Aladin und sein Freund Paul haben einen genialen Plan ausgeheckt. Zusammen wollen sie einen Christbaum „besorgen“ – natürlich für einen guten Zweck. Doch leider werden die beiden Langfinger bei ihrem nächtlichen Fichtenraub beobachtet. Und nur ein paar Tage später wird Aladin von einem Unbekannten ganz gemein erpresst. Um wen kann es sich bei dieser verzerrten Telefonstimme nur handeln? Gemeinsam beginnen sie zu ermitteln – und kommen einer fiesen Bande auf die Spur …

Arena

200 Seiten. Gebunden.
Mit geschlossenen, perforierten Seiten.
ISBN 978-3-401-06249-5
www.arena-verlag.de

Jo Pestum

Das verschwundene Christkind

Ein Weihnachtskrimi in 24 Kapiteln

Ausgerechnet kurz vor dem großen Krippenspiel ist die berühmte Krippe mit dem Christkind aus der Kirche verschwunden. Ehrensache für Lina, Jan und Achmet, die Figuren rechtzeitig wiederzufinden. Doch schon ihre erste Spur verläuft im Sand. Denn die Tür zur Krypta, in der die Krippe aufbewahrt wurde, ist unversehrt. Und auch durch die Fenster kann der Christkinddieb nicht geflohen sein. Die drei Freunde sind ratlos, bis sie eine erstaunliche Entdeckung machen …

Jo Pestum

Der Weihnachtsmann im Tannenbaum

Miriam und Kati verstehen die Welt nicht mehr. Ihr Freund Orhun will plötzlich nicht mehr mit ihnen reden! Stattdessen treibt er sich jeden Tag auf dem Weihnachtsmarkt herum. Was für ein Geheimnis verbirgt er? Die beiden Freundinnen beschließen herauszufinden, was mit Orhun los ist. Eines wird ihnen jedenfalls schnell klar: Orhun kann ihre Hilfe dringend gebrauchen …

Arena

200 Seiten. Arena Taschenbuch.
Mit geschlossenen, perforierten Seiten.
ISBN 978-3-401-02945-0
www.arena-verlag.de

Jo Pestum

Die Lametta-Bande

Zelten im Winter? Mit Schnee und Würstchengrillen am Lagerfeuer? Philipp, Lutz, Jakob und Annette sind sofort begeistert von der Idee. Aber dann treiben Tierdiebe ihr Unwesen in der Umgebung und die Freunde stecken plötzlich mitten im Abenteuer. Ob sie es schaffen, den gemeinen Erpressern rechtzeitig auf die Spur zu kommen?

Arena

200 Seiten. Arena Taschenbuch.
Mit geschlossenen, perforierten Seiten.
ISBN 978-3-401-02947-4
www.arena-verlag.de